Hannah und der Schwarzkünstler Faust

Uschi Flacke ist Autorin und Kabarettistin. Nach dem Abitur auf dem zweiten Bildungsweg studierte sie Geschichte, Politik, Germanistik und Theaterwissenschaft und ist in unzähligen Theater- und Fernsehproduktionen, Talk- und Bühnenshows aufgetreten. Sie schreibt Bühnenprogramme, Kolumnen und Kritiken fürs Feuilleton und arbeitet als Drehbuchautorin unter anderem für »Schloss Einstein« und »Die Sendung mit der Maus«. Inzwischen hat sie auch zahlreiche Kinder- und Jugendbücher veröffentlicht.

Uschi Flacke

Hannah und der Schwarzkünstler Faust

CARLSEN

Außerdem von Uschi Flacke im Carlsen Verlag lieferbar:
Die Hexenkinder von Seulberg
Hexenhut und Monstermaul
Tessa und Sara im Castingfieber

Veröffentlicht im Carlsen Verlag
November 2006
Mit freundlicher Genehmigung des Ueberreuter Verlages

Umschlagbild: Joachim Knappe
Umschlaggestaltung: formlabor
Corporate Design Taschenbuch: Dörte Dosse
Gesetzt aus der Veljovic von H & G Herstellung, Hamburg
Druck und Bindung: GGP Media GmbH, Pößneck
ISBN-13: 978-3-551-36481-4
ISBN-10: 3-551-36481-8
Printed in Germany

Für Uschy Biermann

Der Schwarzkünstler* Faust lebte etwa von 1480 bis 1540. Dieser Roman basiert auf den Originalquellen der damaligen Zeit, nicht aber auf dem erst 1587 erschienenen *Volksbuch*, dem bereits eine große Legendenbildung nachgesagt wird.

Die mit * gekennzeichneten Begriffe werden im Anhang erklärt.

Wer sich selbst nicht erkannt hat, hat nichts erkannt. Wer jedoch sich selbst erkannt hat, hat auch schon die Erkenntnis über die Tiefe des Alls erlangt.

(Thomas-Evangelium)

Es kam, wie es kommen musste. Der allmächtige Himmel ist über ihm zusammengebrochen, die Hölle hat sich aufgetan. Der Teufel hat am Ende ein irrwitziges Spiel mit ihm getrieben und ihn mit einem gewaltigen Donnerschlag in den Abgrund gerissen. Sein Wissen vom reinigenden Feuer und vom tosenden Wind, vom reinsten Wasserquell, vom Wirken der Weltenkräfte und von der Beschaffenheit metallener Stoffe, sie haben ihm nichts genutzt. Sein eigenes Horoskop hat ihn zum Narren gehalten …

Die alte Frau tunkte den Kiel der weiß schimmernden Gänsefeder in das Tintenfass und zögerte, bevor sie weiterschrieb. Aus den Mauern der Klosterzelle kroch eine unerbittliche Kälte. Das kleine Kruzifix an der Wand wirkte im fahlen Licht der Kerze wie ein hingeworfener Schattenriss. Die Frau starrte in die Flamme, die sich in ihren trüben Augen spiegelte, als würden Lichter auf Perlmutt fallen. Plötzlich flackerte die Kerze hell auf. Erschrocken schaute sie sich um. Hatte da jemand gegen die Flamme gehaucht? Konnte da etwas in den düsteren Mauern hocken und ihre Gedanken belauschen?

Ihre schmalen Finger zitterten und sie umfasste ein Amulett mit seltsamen Zeichen, das an einer silbrigen Kette um ihren Hals hing. Sie schloss die müden Augen. Winzige Falten durchzogen ihre Haut wie weit verzweigte Lebenslinien. Dann legte sie vorsichtig die frisch geschöpften Papierbogen zurecht und schrieb weiter. Die Feder kratzte leise, als wollte sie den Himmel um Verzeihung bitten:

Ein Reisender flüsterte, ein greller Blitz habe die Nacht erhellt. Riesige schwarze Flügel hätten sich über das Land gebreitet und den Mond verdunkelt. Dann sei eine Stichflamme in den Boden gefahren und ein grässliches Gelächter aus der Erde gehallt. Das Vieh habe laut brüllend die Holzzäune eingetreten, mit schäumenden Mäulern sei es wie von Sinnen durch die Nacht gerannt. Die Kirchenglocken hätten angefangen zu läuten, als wäre ein loderndes Feuer ausgebrochen, das die Dörfer niederzubrennen drohte. Doch das Seil, das hoch in den Kirchturm führte, sei von niemandem gehalten worden, es sei in wilden Tänzen hoch- und runtergeschnellt, als wäre der Wahnsinn selbst in den Strick gefahren. Und es habe nach Schwefel gerochen. Nach dem gleichen Stoff, mit dem die Elemente aufzuschließen waren, um den Stein der Weisen* zu finden …

Die alte Frau zog mit ihren schmalen Fingern einen Brief aus der Brusttasche. Er war ihr erst am Morgen zugestellt worden. Der schwarze Siegellack glänzte im Kerzenlicht. Das Siegel zeigte das Zeichen des Jupiters. Noch einmal fuhr sie mit dem Finger über die Erhebungen, über Bogen und Linien. Dann zerbrach sie es in kleine Stücke. Es knackte leise, so wie gestern, als der Bursche dem Kaninchen das Genick gebrochen hatte. Sie zerbröselte den Siegellack in der Kerze, Stück für Stück, starrte in die zuckende Flamme, als wollte sie das Licht bändigen und die Höllengeister zwingen in die andere Welt zurückzukehren. Der Lack zerschmolz und tropfte wie schwarzes Blut auf einen Wachsfleck, der sich wie ein milchiger Fladen auf dem Eichentisch ausgebreitet hatte. Die Kerze flackerte unruhig auf, dunkle Schatten huschten über die grob gemauerten Wände des alten Klosters. Vorsichtig faltete sie das Papier auseinander. Verschnörkelte Buchstaben waren darauf gemalt, es war eine gleichmäßige, kunstvolle Schrift. Der Kopf der alten Frau schwankte, der Federkiel fiel ihr aus der Hand. Es war, als würden sich die feinen Bogen, die geschwungenen Zeichen und Lettern des Schreibens vor ihren Augen verlieren und sie in eine andere Welt hineinziehen, in eine Welt jenseits der Zeit. Ihr Atem ging heftig, als sie die Feder wieder aufnahm, in die Tinte tauchte und anfing dunkle Schriftzeichen auf einen weißen Bogen zu malen, als hätte eine unsichtbare Macht von ihr Besitz genommen:

Ende Mai 1506.
Mit einem Gewitter hatte alles angefangen. Mit grellweißen Blitzen, die spät am Nachmittag über den Himmel zuckten. In der Ferne tauchten Bilder auf von damals, als die Postkutsche über den Handelsweg von Leipzig in Richtung Frankfurt fuhr. Es war nicht mehr weit bis Gelnhausen, als dieser heftige Sturm aufkam. Düstere Wolkenberge jagten über den Himmel und innerhalb kürzester Zeit war es so dunkel, als wollte sich das Licht von der Welt verabschieden. Der Wind peitschte prasselnden Regen gegen das mit Leder bespannte Holz der Kutschentür. Abgerissene Äste und Blätter wirbelten hoch und ein Heulen wie von verirrten Teufelsseelen lag in der Luft. Da sackte ein Kutschenrad in eine schlammige Vertiefung des aufgeweichten Waldwegs. Wieder zuckte ein Blitz taghell über den Himmel. Sofort krachte ein Donnern hinterher, als wollte die Erde zerbersten. Das Pferd bäumte sich auf, der Kutscher trieb es wie besessen mit der Peitsche an, aber das Wagenrad hing fest. Da wurde ein wollenes Bündel aus dem Wagen geworfen, höchstens zwei Ellen* lang. Als es auf dem schlammigen Boden aufschlug, war ein jammerndes Stöhnen zu hören, das vom heulenden Wind davongetragen wurde. Es klang so erbärmlich, als hätte jemand die geheimnisvolle Mandragora-Wurzel, die Alraune, die im Schatten der Galgen zu finden war, aus der Erde gezogen.

Kaum merklich bogen sich die schweren Zweige einer hoch gewachsenen Tanne auseinander. Ein Blitz erhellte das Gesicht eines Mannes, der hier Schutz gesucht hatte, als hätte eine Lichtflamme über seine Haut gewischt.

Dann war alles wieder düster. Regen prasselte auf die Erde, es roch nach Moos und vermoderten Pilzen. Der Kutscher rieb über die flackernde Glaslaterne an der Seite der Kutschenwand, knallte mit der Peitsche und trieb das verängstigte Tier an. Das nass glänzende Fell zuckte, Wasserrinnsale liefen über Rücken und Lederriemen. Nebelwolken stoben aus seinen Nüstern. Es zog und zerrte, ein letzter Ruck und das Wagenrad war aus dem morastigen Boden gezogen. Das Pferd wieherte auf, raste davon und zog die wankende Kutsche hinter sich her. Das dumpfe Pferdegetrappel verlor sich bald in der Ferne.

Der Mann löste sich aus dem Schutz der Tanne und näherte sich dem Bündel. Vorsichtig stieß er mit dem Fuß nach dem schmutzigen Tuch und hörte ein leises Wimmern. Er kniete nieder, schlug eine Seite der Decke auf. Darunter lag ein schmaler Körper, der in Lumpen gehüllt war.

»Sie wollten das Balg loswerden«, brummte er. »Ich kann's nicht brauchen. Morgen wird es schon jemand finden.«

Er stapfte den schlammigen Weg weiter, als er wieder das Wimmern hörte, es klang wie ein verletztes Tier. Zögernd drehte er sich um, hob das Lumpenbündel auf und warf es über die Schulter. Es war leicht wie eine Feder. Aus der wollenen Decke löste sich ein schmaler Arm, der leblos herunterbaumelte. Der Fremde schaute hoch zum Firmament. Es lockerte allmählich von Süden her auf, die schmutzig grauen Gewitterwolken wurden wie von unsichtbaren Kräften davongejagt. Gerade wollte der Fremde mit seiner Bündellast weitermarschieren, als etwas zu Boden rutschte. Im Morast blitzte ein silberner

Anhänger mit einem seltsamen Symbol auf. Er bückte sich, wischte das schlammige Amulett an der Hose sauber und fuhr mit dem Finger über das Zeichen. Für einen kurzen Augenblick blieb er regungslos stehen, wagte kaum zu atmen, umschloss es fest mit seiner Hand und steckte es dann ein.

Nach einem Fußmarsch von einer halben Stunde erreichte er die letzten Planwagen, die in einer langen Reihe vor dem Haitzer Tor von Gelnhausen warteten, dem engsten Tor auf der Handelsstraße von Leipzig nach Frankfurt. Wieder hatten Handelsleute die Ladung zu breit gestaut. Fässer und Säcke mussten umgeladen werden, um durch das enge Tor zu passen. Das konnte Stunden dauern. An einem der Planwagen blieb er kurz stehen und lächelte zufrieden, als er eine alte Eichentruhe mit schweren Schlössern entdeckte. So hatte sich also das Geld für die Wegezölle gelohnt, die alle paar Meilen bezahlt werden mussten, um Schutz für seine Waren zu erhalten. Der Fremde nickte, besser auf den Wegen reisen, die Kaufleuten und Reisenden fest vorgeschrieben waren, als von Raubrittern ausgeplündert zu werden.

Endlich lag das Haitzer Tor vor ihm, ›die Maßnahme‹, wie es auch genannt wurde. Ein Planwagen mit Kisten, die mit Lederriemen aneinander gebunden waren und seitlich über die Holzbretter ragten, passte nicht durch die Einfahrt und musste umgeladen werden. Direkt dahinter wartete eine schwarze Kutsche. Der nasse Lederbezug, der an das Holz genagelt war, glänzte in der Abenddämmerung. Es musste eine hoch gestellte Persönlichkeit darin sitzen. Die Vorhänge waren zugezogen.

Der Fremde stutzte, seine Nasenflügel zuckten, als hätte er wie ein Raubtier Witterung aufgenommen. Regungslos blieb er stehen und starrte auf das Fenster. Da wurde der dunkle Vorhang einen Fingerbreit zur Seite gezogen. Das blasse Gesicht eines Mannes mit einer stark ausgeprägten Nase war zu erkennen. Und schon fiel der schwere Stoff wieder zurück und nahm die Sicht auf den Reisenden. Der Kutscher saß in dunkle Decken gehüllt auf seinem Platz und wartete.

»He, ihr da vorne!«, rief die ungeduldige Stimme eines Handelskaufmanns weiter hinten. »Beeilt euch. Wir wollen auch noch durch, bevor die Tore geschlossen werden. Oder sollen wir hier vor den Mauern lagern und uns von dem Gesindel ausrauben lassen?«

In diesem Moment rollte der Planwagen vor ihnen weiter. Das Pferd wieherte auf, als die Holzräder des Wagens an der engen Toreinfahrt entlangschabten. Jetzt führte die schmale Straße steil links hinab. Das nasse Kopfsteinpflaster schimmerte im feurigen Schein der Pechfackeln, die Bedienstete in der Hand hielten. Burschen legten in Abständen Holzbohlen vor die Räder des Wagens, damit er nicht in Fahrt kam und an einer Häuserwand zerschellte. Dann folgte auch die schwarze Kutsche.

Als der Fremde durch das Haitzer Tor die Stadt betrat, gab ihm ein ältlicher Bediensteter ein Stück Leder. »Ihr kennt das Stapelrecht?«, fragte er mürrisch und rieb sich mit der verkrüppelten linken Hand über die müden Augen.

Der Neuankömmling drückte ihm eine Münze in die Hand. »Wer kennt es nicht!«

»Gut. Dann lasst Euch das Leder morgen auf dem Obermarkt lochen!« Der Alte gähnte. In seinem zerzausten Bart glänzten winzige Wassertröpfchen. »Dem Himmel sei Dank. Bald ist Abend.«

»Die da draußen haben schon Angst, Torschlusspanik.«

»Aber sie schaffen es schon. Es wäre ja schade um die gute Ware!«, brummte er und wandte sich dem Nächsten zu.

Der Fremde ging weiter und ließ das Lederstück in einer Tasche seines weiten Umhangs verschwinden. Wie oft hatte er auf seinen Reisen quer durch die deutschen Fürstentümer schon Gelnhausen passiert und mit dem Stapelrecht Bekanntschaft gemacht. Es verfügte, dass jeder Handelsreisende drei Mal in der Stadt zu übernachten hatte. Das war ein einträgliches Geschäft für alle, denn so konnte nicht nur ausgiebig Handel betrieben werden, auch die Wirte hatten ihren Gewinn. Die Schänken waren immer überfüllt und nur wenige Schlafplätze zu finden. Das Stückchen Leder wurde jeden Tag mit einem anderen Zeichen gelocht und musste beim Verlassen der Stadt als Dokument vorgezeigt werden.

Allmählich wurde es dunkel. Es war, als würde ein grauer Schleier über die Stadt gelegt, der sämtliche Farben verschluckte. Der Fremde ging an den Wagen vorbei, die wegen der abschüssigen Handelsstraße nur äußerst langsam vorankamen. Das leblose Bündel hing wie ein Lumpensack über seiner linken Schulter. Jetzt war er bei der schwarzen Kutsche angelangt. Er reckte sich. War da nicht ein heller Spalt zwischen den dunklen Vorhängen?

Doch da wurde der schmale Schlitz hastig zusammengezogen.

Ein zerlumptes Kind lief mit einer Pechfackel an den Kutschen vorbei und rief einen Namen. Die Flamme loderte wie ein tanzendes Lichterspiel zwischen den Planwagen hin und her. Beißender Rauch lag in der Luft, der sich aber schnell im Abenddunst wieder auflöste.

Plötzlich war ein Aufschrei zu hören, ein Rumpeln und Rattern, das Wiehern aufgeschreckter Pferde. Ein Handkarren, der durch Holzbohlen nicht genügend abgesichert war, rollte die Gasse hinunter und krachte gegen den nächsten Wagen. Strohballen kippten herunter, Klirren und Zerbersten von Geschirr war zu hören, Splitter und Scherben von Töpfen und Tellern lagen weit verstreut auf dem Kopfsteinpflaster.

Der Fremde zog eine Kapuze über den Kopf und stapfte unbeirrt die Handelsstraße weiter, die jetzt in einer langen Kurve den Berg hinauf in die Oberstadt führte. Endlich lag vor ihm auf der rechten Seite das Gasthaus *Der Goldene Löwe*. Schräg gegenüber erhob sich der *Arnsburger Klosterhof*. Dort stiegen reisende Geistliche ab, aber auch weltliche Fürsten und hoch gestellte Personen.

Der Fremde öffnete die schwere Eichentür vom *Goldenen Löwen* und betrat den Schankraum. Die dickliche Wirtin, die mit einer Wurzelbürste den Tresen schrubbte, schaute hoch. Ihr verschwitztes Gesicht war von feinen Adern durchzogen, als trüge sie rote Spinnweben unter der Haut. Die blassblauen Augen waren verquollen, die dicke Unterlippe hing herunter, so dass eine seitliche Zahnlücke zu sehen war. »Der Herr Doktor Faust«, stammelte sie, während sie sich die geschwollenen Hände an der Schürze abtrocknete. Ihre Augen weiteten sich, ein zögerliches Lächeln flog über ihre Lippen.

»Ihr kennt mich?«, fragte Faust belustigt, während er seinen Blick durch den Gastraum schweifen ließ. In der Mitte des Raumes stand ein Kachelofen, an dem nasse Mäntel und Joppen* trockneten. Eine feuchte Wärme breitete sich aus, vermischt mit Gerüchen nach altem Schweiß und Schmutz. An den blank gescheuerten Tischen saßen dicht gedrängt Händler und Bauern, Zimmerleute und Fassmacher und tranken Wein. Die Stimmung war ausgelassen, der Tag musste gute Einnahmen gebracht haben.

»Wer kennt Euch nicht?«, sagte die Wirtin und rieb verlegen die Hände ineinander. »Der Kutscher, der Euer Gepäck brachte, hat Euch beschrieben.«

»Und wie hat er mich beschrieben?« Faust stand jetzt dicht vor ihr und schaute sie verschmitzt an.

»Nun«, die Wirtin lächelte verschämt und errötete. »Er sagte, Ihr wäret ein großer, stattlicher Mann mit dunklen, lockigen Haaren und zählet gerade mal sechsundzwanzig Jahre. An Euren Augen würde Euch jeder erkennen. Die seien so stark, dass sich niemand aus ihrem Bann lösen könne. Man flüstert, sie könnten sogar mitten in die Seele hineinschauen …«

Faust rieb sich vergnügt über das stoppelige Kinn und flüsterte beschwörend. »Dann passt nur auf, dass Ihr nichts Teuflisches im Sinne habt.«

Die Wirtin schüttelte erschrocken den Kopf und zupfte ihre Haube zurecht. Ihre dicke Unterlippe zitterte leicht.

»Aber Herr, ich gehe regelmäßig zur Beichte …« Mit einer fahrigen Handbewegung strich sie die weiße Schürze glatt, die sich über dem Kleid und mehreren Unterröcken bauschte. Es raschelte leise. Ein Hauch von Lavendel zog ihm in die Nase.

Faust näherte sich ihrem Gesicht. Er fühlte ihren heißen, stockenden Atem. »Und Ihr glaubt, die Kirche wäre rein von Sünden?«

Die Wirtin starrte ihn mit weit aufgerissenen Augen an. »Die Kirche … mein Gott … was lästert Ihr da.«

Faust zog spöttisch einen Mundwinkel hoch und flüsterte: »Würde man das sündige Pfaffengesindel aus der Kirche schmeißen, würde es in manchem Gotteshaus still auf der Kanzel werden.«

»Lasst diese lästerlichen Reden«, stieß sie hervor und bekreuzigte sich. Ihr Gesicht war hochrot angelaufen und auf ihrer Stirn glänzten winzige Schweißperlen. »Die Inquisition hat mehr Ohren, als Ihr glaubt. Oder wollt Ihr die Folter spüren?«

In diesem Moment ging ein leises Zittern durch das Lumpenbündel auf seiner Schulter und er glaubte ein feines Stöhnen zu hören. »Das Gepäck ist also da.« Seine dunklen Augen flackerten und er fasste mit der kräftigen Hand nach dem kleinen Körper. »Und wo ist mein Zimmer?«

Die Wirtin wuselte mit einer Leichtigkeit, die manchen Beleibten zu Eigen ist, aus dem überfüllten Schankraum und winkte ihn hinter sich her. Mit einer dicken Stumpfkerze leuchtete sie das dunkle Treppenhaus aus. Ihre festen Sandalen klackten über die hölzernen Dielen und Stufen hoch in den ersten Stock. Ein Duft von frisch geröstetem Lauch und gebratenem Speck zog durch das Gasthaus. Mit einem kräftigen Stoß öffnete sie eine Tür und entzündete die Kerze, die auf einem Eichentisch dicht beim Fenster stand.

»Ihr habt das Zimmer ganz für Euch allein«, sagte sie und lächelte verschämt. »So wie es vereinbart war. Und die Bezahlung…«

»… erfolgt auch wie vereinbart. Ich zahle in dieser Kammer für die anderen vier Lager mit.« Faust schaute sich um und nickte zufrieden, als er die alte Eichentruhe mit den schmiedeeisernen Schlössern entdeckte. Daneben waren einige Sachen gestapelt. Während die Wirtin leise aus dem Zimmer huschte, schielte sie nach dem Lumpenbündel, das er über seiner Schulter trug. Als er hörte, wie ihre Sandalen wieder die Treppe hinunterklackten, verriegelte er die Kammertür.

Vorsichtig ließ er das leblose Wesen auf eine der Strohmatratzen gleiten. Er fasste nach der zierlichen Hand, die aus der verschmutzten Decke baumelte, und fühlte nach dem Puls. Dann holte er die Kerze, stellte sie auf den Dielenboden und besah sich ausführlich die Innenfläche. Die Hügel unterhalb der Fingeransätze waren schwielig, die Haut rissig und rau. Das waren nicht die Hände von reichen Kaufleuten oder Adligen, die nichts von Arbeit wussten, von Dreck und Armut. Dann fuhr er mit der Fingerkuppe langsam die Lebenslinie entlang, die Schicksalslinie, die Herzlinie und zog überrascht die Augenbrauen hoch. Vorsichtig schob er das schmutzige Tuch zur Seite und sah in ein schmales, kleines Gesicht. Die Lippen des

Kindes wirkten bleich, die Kratzer an der Wange waren blutig verkrustet, aber nicht entzündet.

Faust nahm die Kerze, setzte sich an den Holztisch und warf einen kurzen Blick auf die Gasse. Gegenüber im *Arnsburger Klosterhof* waren die Fenster teilweise erleuchtet. Große Leuchter mit flackernden Kerzen erhellten die Zimmer. Aber sonst war alles ruhig. Dann suchte er in seiner Hosentasche nach dem Amulett und hielt die geschlossene Hand unter das Kerzenlicht. Seine Mundwinkel zuckten. Eine ungeheuerliche Anspannung lag auf seinen Gesichtszügen, als er Finger für Finger seiner Hand öffnete, bis der Anhänger silbern aufblitzte. Ein stattlicher Löwe war darauf abgebildet, der sein Maul unbarmherzig geöffnet hatte, um die Sonne zu fressen. Teilnahmslos ließ diese das Abtauchen in die Dunkelheit über sich ergehen, als wäre es vom Schicksal so bestimmt.

»Was macht Ihr da? Das gehört mir!«, unterbrach ihn plötzlich eine leise, aber energische Stimme.

Sofort hatten sich seine Finger wieder fest um das Amulett geschlossen. Er drehte den Kopf. Das Lumpenbündel hatte sich aufgesetzt. Schmale Hände umklammerten die Decke. Große katzengrüne Augen starrten ihn an. Die Kerze warf ein flammendes Licht auf das zierliche Gesicht.

»Gebt mir sofort mein Amulett zurück!« Eine Hand streckte sich herausfordernd aus dem zerrissenen Tuch.

»Ist es dir so wichtig?«, fragte Faust. Seine Stimme hatte etwas Lauerndes.

Da rutschte dem Kind das dunkle Tuch den Rücken herunter auf das Strohlager. Dichtes, regennasses Haar fiel weit über die Schultern, das dünne Leinenkleid klebte auf seiner Haut. Eine Wunde am Arm hatte wieder angefangen zu bluten, ein paar Tropfen rannen den Arm herab. »Mein Amulett, ich will es zurück!«, stöhnte das Mädchen leise, als hätte es nicht genügend Luft zum Atmen.

»Wo hast du es her?« Faust musterte das Kind unerbittlich, während er mit dem Daumen über das aufgeworfene Silber des Schmuckstücks fuhr.

»Das geht keinen was an.« Es stand auf, wankte, hielt aber die Hand weit ausgestreckt. »Es gehört mir, Hannah ...«

In diesem Moment waren auf der Gasse aufgeregte Stimmen zu hören. Unruhiges Hufgeklapper drang herauf. Faust lief ans Fenster. Fackeln beleuchteten eine dunkle Kutsche. Ein Mönch öffnete die Tür und verbeugte sich. Dabei nahm er das Barett vom Kopf, der so blank rasiert war, dass sich das Flackerlicht darin spiegelte. Aus der Kutsche stieg ein Mann, der im Gewand der Benediktiner gekleidet war. Das goldene Kreuz, das an einer schweren Goldkette hing, wies ihn als Abt aus. Faust blieb regungslos, als der Schein der Fackel auf das Gesicht des Neuankömmlings schien. Er hatte einen weißen Bart, der in zwei Spitzen bis auf die Brust reichte. Seine Kappe verdeckte das leicht gelockte, ergraute Kopfhaar, das bis auf die Schultern fiel. Über der großen, leicht gekrümmten Nase blitzten helle, kluge Augen auf. Jetzt öffnete er leicht die vollen Lippen ...

Es besteht kein Zweifel, dachte Faust. Er musste es sein ...

Als Hannah am nächsten Morgen erwachte, stand vor ihrem Matratzenlager Brot und Gänseschmalz. Sie musste ohnmächtig geworden sein, als sie das Pferdegetrappel auf dem Kopfsteinpflaster gehört hatte. Lautlos war sie in sich zusammengesackt und in eine andere Welt hinabgestiegen. Der Fremde, der sie aufgelesen hatte, stand am Fenster und wirkte äußerst angespannt. Seine Gesichtszüge waren maskenhaft ruhig, während er mit halb geschlossenen Augen hinunter auf die Langgasse starrte. Das silberne Amulett ließ er unruhig zwischen seinen Händen hin und her wandern.

Was für feingliedrige Finger er hatte! Hannah richtete sich auf. Ihre Hüfte schmerzte. Bei dem Sturz aus der Postkutsche musste sie sich eine starke Prellung zugezogen haben. Wieder fühlte sie sich, als würde sie wegsacken. Dunkler Schwindel erfasste sie, als würden unsichtbare Wesen ihre Kräfte aufsaugen. Langsam drückte sie sich auf der Strohmatratze hoch, spitze Halme stachen ihr in die Handflächen. Die Wunde am Oberarm war jetzt mit Leinenstreifen verbunden, eine gelbliche Salbe war durch den Stoff gesickert. »Das ist meins!« Hannahs Stimme klang wie die eines gehetzten Tieres.

Der Mann drehte seinen Kopf, seine dunklen Augen schienen sich in ihre Gedanken zu bohren. »Sag erst, woher du es hast. Du könntest es ja gestohlen haben.«

Ein leises Klopfen war an der Tür zu hören, wieder und wieder, als beinhaltete es eine geheime Botschaft. Es klang dumpf wie ein Herz, das begonnen hatte hölzern zu pochen. Hannah fuhr erschrocken zusammen und versteckte sich hinter der aufgestellten Truhe.

»Herr Doktor Faust!« Die dickliche Wirtin steckte ihren Kopf durch die Tür. Ihr Gesicht war erhitzt, kleine Schweißperlen standen ihr auf der Stirn. »Es ist eine hoch angesehene Person, die dort drüben Einzug gehalten hat. Ein berühmter Abt. Sein Name ist Trithemius von Sponheim.«

»Also doch!« Faust nickte. »Ich danke Euch.« Die Holztür klackte wieder ins Schloss. Sofort setzte er sich an den Eichentisch und holte Feder, Tintenfass und gerolltes Papier aus einem Lederbeutel.

»Ihr seid Doktor Faust?«, fragte Hannah leise. Sie hatte sich hinter der Eichentruhe wieder aufgerichtet. Ihre dunklen Haare hingen ihr fast bis auf die Hüfte.

Faust drehte sich überrascht um. »Du kennst mich?«

»Natürlich!« Hannah hielt den Kopf schief und musterte ihn. Ihre schlaksigen Arme hatte sie über dem Bauch verschränkt. »Jeder redet von Euch. Ihr seid überall bekannt. Man sagt, Ihr wäret ein Mann des Volkes und würdet Eure Künste nicht nur Adligen und Reichen zukommen lassen.«

»Ein Mann des Volkes …«, wiederholte er. Ein vergnügtes Lächeln huschte über sein Gesicht. »Dann kannst du mir ja auch verraten, woher du dieses Amulett hast.«

Das Mädchen senkte den Blick. Sein schmaler Körper zitterte, die nackten Füße hatte es schräg gegeneinander gestellt. »Das kann ich nicht. Ich habe es versprochen!«

»Wie du willst. Dann geh!« Seine Stimme klang scheinbar gleichgültig und bestimmt.

»Aber ich könnte Euch hilfreich sein«, sagte sie zaghaft, während sie die Hand gegen die schmerzende Hüfte stemmte.

»Als Mädchen?« Er lächelte spöttisch. »Willst du mir das Wams waschen? Die Löcher in den Beinkleidern stopfen? Und dir den lieben langen Tag Zöpfe flechten?«

Einen Moment zögerte sie. Dann hob sie blitzschnell ihre zerschlissene Weste, zog einen spitzen Dolch aus einem Lederband, das ihr um die Hüfte hing, und stürzte auf Faust zu. Der hob überrascht den Blick, während sie mit festem Griff ihr Haar umfasste und es mit der Klinge bis zum Kinn abschnitt. Lange Locken fielen auf die Holzdielen. »Und jetzt?« Sie stellte sich breitbeinig vor ihn hin und sah ihn herausfordernd an. »Wie sehe ich jetzt aus? Immer noch wie ein Mädchen?«

»Nicht schlecht!« Er hatte die Augenbrauen hochgezogen und schmunzelte. »Doch ich werde mir keine Last ans Bein binden.«

»Aber was ein Junge kann, kann ich schon lange. Außerdem könnte ich Euch bei den Zaubereien auf dem Jahrmarkt helfen«, bettelte Hannah und fügte leise hinzu: »Ich kenne mich in manchen Dingen aus.« Sie schaute ihn mit ihren katzengrünen Augen flehend an. Das kurze Haar fiel ihr strähnig ins blasse Gesicht. Die dünnen Arme hingen überlang an ihrem schmalen Körper herunter. Das Leinenkleid musste sie wohl schon einige Jahre tragen, es bedeckte kaum die Oberschenkel. Die nackten Füße waren verdreckt, die Beine mit Schmutzschlieren überzogen. Nur die Leinenstreifen, mit denen der Oberarm verbunden war, schimmerten hell, als wären sie günstige Vorzeichen für eine bessere Zeit.

Faust musterte sie schweigend. Dann wandte er seinen Blick zum Fenster. Schwalben segelten im frühen Sonnenlicht durch die schmale Gasse und ließen sich durch den Aufwind wieder hochtreiben. Auf dem Dach gegenüber hockten sie wie schillernde Federbüschel und spreizten und streckten ihr Gefieder.

Plötzlich stockte er. Sein Blick fiel auf zwei Bettler, die neben der Toreinfahrt vom *Arnsburger Klosterhof* standen. Sie waren in zerrissene Lumpen gehüllt und hatten Kapuzen über den Kopf gezogen. Dem einen fehlte die Nase, zwei blutverkrustete Löcher klafften in seinem Gesicht. »Vermagst du einen Brief zu übergeben und mir die Antwort zu bringen«, fragte Faust zögerlich.

Hannah zuckte mit den Schultern. »Was soll daran so schwierig sein?«

»Gut«, meinte er und drückte ihr ein Geldstück in die Hand. Dann schaute er wieder durchs Fenster auf die Gasse. »Besorg dir zuerst vernünftige Kleidung. Vernünftige! Hörst du. Und wasch dich. Für deinen Dienst will ich dich entlohnen. Aber mehr kann ich nicht für dich tun.«

Hannah nahm die Münze und biss kräftig auf das Geldstück. Ihre Zähne hinterließen keinerlei Abdruck, also musste sie echt sein. Ein leichter Kupfergeschmack blieb ihr auf der Zunge.

Während Faust die Schreibfeder zur Hand nahm und sich über den Eichentisch beugte, schlüpfte Hannah durch die Zimmertür ins Treppenhaus; die Münze in ihrer Hand hielt sie mit den Fingern fest umschlossen.

Auf der Gasse atmete sie tief durch, als wollte sie alle guten Heilkräfte, die der Himmel schickte, in sich aufsaugen. Dann lief sie los. Ihre nackten Füße klatschten wie nasse Lappen auf die Pflastersteine. Sie sprang über Pferdemist und Dreck, vorbei an Bettlern, vornehmen Herrschaften und streunenden Hunden zum Untermarkt. Bedienstete waren gerade dabei, direkt neben den Häusern breite Steinplatten über ausgehobene Gräben zu legen. So konnten Abwässer und Kot ungesehen den abschüssigen Berg hinunter in die Kinzig geleitet werden. Auf dem Untermarkt boten Bauern und Töpfer, Korbflechter und Metzger ihre Waren an. Krämer feilschten mit Käufern, dazwischen standen Zelte, in denen Wunderheiler und Wahrsager ihre Dienste anboten.

Aber in den Seitenstraßen hatten auch die Handwerker viel zu tun, unzählige Wagenräder waren auf den zerfurchten Feldwegen zerborsten, Lederriemen gerissen und Pferdegeschirr musste geflickt werden. Mehrere junge Burschen warteten mit den Pferden begüterter Herren beim Hufschmied und übten sich im Weitspucken. Direkt daneben stand ein Tierheiler bei einem Gaul, der wohl lahmte, und strich mit seltsam eckigen Bewegungen an seinem Körper entlang.

Hannah entdeckte einen hochgeschossenen Bauern mit geschwollener Wange, der sich in das Zelt des Zahnreißers schlich. Sofort schlugen vorn auf einer Bretterbühne ein paar Gaukler die Trommel und fingen an wilde Späße vorzuführen. Marktfrauen und Zunftleute* kreischten vor Vergnügen, so dass die Schmerzensschreie des Bauern im Lärm fast untergingen.

In diesem Moment wurde Hannah von zwei Armen gepackt und zu Boden geschleudert. Über ihr hockte ein junger Bursche, kaum älter als sie. Ein fauliger Geruch schlug ihr entgegen. Seine Sommersprossennase stand leicht schief, als hätte er sie bei einer Rauferei gebrochen.

»Her mit den Münzen«, grinste er breit.

»Aber ich habe doch selber nichts«, knurrte Hannah bissig und spuckte ihm mitten ins Gesicht.

Der Junge umfasste mit eisernem Griff ihr Handgelenk und schüttelte ihre Faust. »Warum hältst du die dann geschlossen? Los, mach sie auf!«

Hannah tastete mit der anderen Hand unter die Joppe, zog blitzschnell den Dolch aus dem Ledergurt und ratschte ihm damit über den Arm. Blut sickerte aus der Wunde. Der Bursche jaulte auf, das Gesicht wütend verzerrt. Mit seinem nackten Fuß versetzte er Hannah einen kräftigen Tritt gegen die Hüfte und rannte zwischen Bettlern und Bettelmönchen davon.

Als Hannah zurück ins Gasthaus kam, hielt sie ein zusammengefaltetes Leinenbündel unterm Arm. Faust ließ gerade zähflüssigen Lack auf einen Umschlag tropfen und presste ein Siegel hinein, so dass sich die rot glänzende Masse an den Kanten hochwölbte. »Gut«, sagte sie und ließ die restlichen Münzen auf den Tisch klimpern. »Die Sachen habe ich. Und jetzt?«

Mit einer knappen Geste deutete er auf den *Klosterhof*. »Dort drüben ist Abt Trithemius abgestiegen«, flüsterte er geheimnisvoll und lächelte hintergründig. »Man nennt ihn auch den Zauberabt, der höchsten Einfluss beim Kaiser und den Fürsten hat.«

»Beim Kaiser?« Hannah riss die Augen weit auf.

Faust nickte. »Er soll am Hofe Kaiser Maximilians gewesen sein, um den Kaiser in geheimen Dingen zu unterrichten.«

»Ja, und?«, sagte Hannah scheinbar gleichgültig, obwohl sie höchsten Respekt vor den geheimen Wissenschaften hatte, hinter denen sich auch der Höllenfürst verbergen konnte. »Jeder Adlige hält sich seine Alchemisten und Hofastrologen. Warum dann nicht auch der Kaiser?«

Faust lächelte herausfordernd. »Aber man sagt, der Abt habe dem Kaiser den Geist seiner verstorbenen Gemahlin Maria Blanca von Burgund erscheinen lassen ...«

Hannah legte das Bündel mit den neu erworbenen Kleidern auf die Strohmatratze und stellte sich achselzuckend ans Fenster. »Wer weiß, ob's wahr ist.«

»Er behauptet von sich«, fuhr Faust mit beschwörender Stimme fort, »er sei einer der größten Magier aller Zeiten, er habe Freundschaft mit den guten Geistern des Himmels und könne Wunder vollbringen.«

Hannah stockte der Atem. Da! Hinter einem der Fenster im *Klosterhof*. War da nicht ein Lichtschein? Eine Kerze schwebte wie von Geisterhand durch das dunkle Zimmer. Sie schluckte. Sicherlich war der Mensch, der sie hielt, nicht zu erkennen. Ganz sicherlich.

»Deshalb hast du bestimmt nicht den Mut, ihm diesen Brief zu überbringen!« Faust beobachtete jede Regung ihres Gesichts.

Hannahs grüne Augen blitzten. »Unsinn. Natürlich traue ich mich. Was gibt es denn sonst noch von diesem Wundermann zu berichten?«

»Er baute als Abt in Sponheim eine riesige Bibliothek auf und hat inzwischen mehr als zweitausend Bücher aus aller Welt gesammelt. Auch geheime Bücher, verloren geglaubte Pergamente, alte Handschriften und Folianten, in denen man fast auf alle Fragen des Lebens eine Antwort findet.«

»Und deswegen wollt Ihr zu ihm?«

»Das sollte dich nicht weiter interessieren.«

»Tut es aber. Wenn ich ihm die Nachricht bringen soll, will ich auch wissen, warum!« Hannah hatte die dünnen Arme über das kurze Leinenkleid verschränkt, dunkle Haarsträhnen fielen ihr über die Augen.

Faust lächelte belustigt. »Ich komme gerade aus Krakau*, von der einzigen Universität, an der man Magie studieren kann.«

»Ich weiß. Und Alchemie*, die Handlesekunst, die Optik und die Fähigkeit, in den Wolken zu lesen. Meine Mutter …« Hannah stockte und biss sich auf die Lippen. Ein leises Zucken ging über ihre Augenlider.

Faust schaute sie überrascht an. »Du weißt, was Optik ist? Woher hast du dein Wissen?«

Hannah senkte den Blick und kratzte in nervöser Anspannung abgesplitterten Lack vom Fensterbrett. Ihr Atem ging merklich schneller. Die Enge der Kammer schien sie auf einmal zu erdrücken.

Dann räusperte er sich und fuhr fort: »Ich bin jedenfalls mehr als gespannt, einen der größten Magier hier im Land zu treffen.«

Hannahs Blick wanderte nachdenklich über die dunklen Scheiben vom *Klosterhof*. Dann schob sie spöttisch die Unterlippe vor. »Wie soll er heißen? Abt Trithemius?« Ihre Stimme klang angriffslustig. »So großartig kann er nicht sein. Ich kenne ihn nicht. Aber Ihr seid überall bekannt.«

Nachdem die dickliche Wirtin das Mädchen im Wäschezuber abgeschrubbt, die verklebten Haare mit einer Masse aus Seifenkraut gewaschen und gleichmäßig nachgeschnitten hatte, schlüpfte Hannah in ihre neue Leinenhose. Dazu passend hatte sie ein Hemd erstanden, das ebenfalls aus grobem Leinen gefertigt war. Darüber trug sie eine Joppe aus Schafwolle. Sogar für ein paar lederne Schnürschuhe hatte das Geldstück noch gereicht. Den Lederriemen mit dem Dolch hatte sie wieder um die Hüfte gebunden, die alte Weste und das zerrissene Leinenkleid hingen zum Trocknen auf der Leine. Daraus konnte man sicherlich noch einen Umhang für den Winter nähen. Dann nahm sie voller Stolz das letzte neue Kleidungsstück vom Wäschetisch: eine Lederkappe mit einer Krempe. Zufrieden setzte sie die Gugel auf. Wer sollte sie jetzt noch erkennen?

Hannah schaute in das verschmutzte Seifenwasser, schillernde Flecken schwammen auf der trüben Oberfläche. Ihr Spiegelbild wirkte seltsam verzerrt. Sie nahm einen kleinen Stein und ließ ihn in den Zuber plumpsen. Die Wellen verwischten ihr Bild, als wollten sie es davontragen in vergangene Zeiten. War da nicht ein Gesicht mit düsteren Augen, die sie drohend anglotzten? Mit einem Mal spürte sie eine unbändige Kraft in sich aufsteigen – Hannah? Wer war Hannah! Jetzt sah sie doch aus wie einer der ganz jungen Burschen aus der Stadt. Niemand würde vermuten, dass sie ein Mädchen war. Auch die

Menschen in ihrem Dorf würden sie nicht wiedererkennen. Ganz bestimmt nicht. Höchstens der alte Theodor …

Sie rannte durch die Wirtsstube in den hinteren Trakt, von dort die Holztreppe hoch in den ersten Stock und riss die Tür auf. Faust drehte sich erschrocken um. Mit strahlenden Augen und verschmitztem Lächeln stand sie vor ihm. Ihre Haut glänzte rosig vom Abrubbeln mit der Wurzelbürste. Die dünnen Beine steckten kerzengerade in den Lederschuhen, ihre schlaksigen Arme waren selbstbewusst über der Brust verschränkt. Den Hut hatte sie sich schief auf den Kopf gesetzt.

Faust nickte zufrieden und überreichte ihr den dicken Brief mit dem Siegel. »Aber persönlich abgeben. Und lass dich nicht abweisen. Oder hast du doch Angst vor dem Magier?«

Hannah schüttelte den Kopf und versuchte ihrer Stimme einen rauen Unterton zu geben. »Warum sollte ich? Er ist ein christlicher Herr. Er wird mir nichts Böses tun.«

»Dann lauf los und bring es ihm.« Er drehte sich zum Fenster und ließ seinen Blick durch die Gasse wandern.

»Warum geht Ihr eigentlich nicht selbst?«, fragte sie vorsichtig.

»Ich habe meine Gründe«, antwortete er bestimmt und fügte leise hinzu: »In dem Schreiben sind mehrere Arbeitsproben. Lass dich von niemandem aufhalten, hörst du? Von niemandem. Und merke dir genau, was er zu sagen hat.«

Hannah nickte. Dann lief sie los.

Faust beobachtete vom Fenster aus, wie Hannah auf die Gasse und weiter über die Pflastersteine rannte. Mit einer Hand drückte sie die Lederkrempe der Mütze tief in die Stirn. Aber jetzt? Was machte sie? Mitten auf dem Weg stockte sie, blieb stehen und betrachtete das Siegel auf dem Brief: das Zeichen des Jupiters. Warum ging sie nicht weiter? Es schien, als würden ihre Gedanken wie von einer unsichtbaren Macht in das rote Lacksigillum hineingezogen.

Da lösten sich aus der Toreinfahrt des *Arnsburger Klosterhofs* zwei verkrüppelte Bettler, die sich ihre Kapuzen tief ins Gesicht gezogen hatten. Unmerklich näherten sie sich, schlurften Schritt für Schritt an das Mädchen heran. Fausts Gesicht verhärtete sich. Er richtete seine ganze Aufmerksamkeit auf Hannah und bündelte seine Gedankenkraft. Da ging ein leises Zittern durch ihren Körper und sie setzte ihren Weg fort. Für den Bruchteil einer Sekunde schaute sie die Fassade hoch. Dann drückte sie die schwere Tür auf und verschwand in dem Gasthaus. Die beiden Bettler schleppten sich gebückt weiter die Gasse hoch, vorbei an breithüftigen Weibern, die auf Handkarren Käfige mit gackernden Hühnern über das holprige Pflaster zum Markt fuhren. Weiter hinten in der Langgasse wurden Ballen mit bunten Stoffen auf einen Pferdewagen verladen. Die beiden Bettler hockten sich am Steinportal des Kaufmannshauses auf den Boden und streckten ihre knochigen Hände aus. Bei den Reichen mochte es eine milde Gabe geben, waren ihre Häuser doch sogar aus Stein gebaut, aus Angst, eingelagerte Waren durch Feuer zu verlieren.

Die Schatten waren merklich länger geworden, als sich endlich die schwere Eichentür wieder öffnete. Die goldene Türklinke blitzte kurz auf und Hannah kam mit hastigen Schritten herausgelaufen. Sie drängte sich an Jakobspilgern vorbei, die auf dem Weg nach Santiago de Compostela waren, und verschwand im *Goldenen Löwen*.

Als sie kurz darauf die Zimmertür von ihrer Kammer öffnen wollte, war sie verschlossen. Aber die Wirtin hatte für sie einen Schlüssel in der Schürzentasche. »Du sollst warten«, raunte sie ihr zu und wischte sich den Schweiß von der Stirn. »Der Doktor wird gleich von seinen Geschäften zurück sein.«

Hannah setzte sich ans Fenster, horchte auf jeden Laut im Flur, auf Flüstern oder Dielenknarren, aber alles blieb ruhig. Da entdeckte sie, dass die schwere Eichentruhe des Magiers nicht verschlossen war. Auf Zehenspitzen huschte sie zur Tür, lauschte, doch nichts regte sich. Vorsichtig hob sie den schweren Truhendeckel hoch und blieb verwundert stehen. Seltsame Geräte waren dort gestapelt, andere waren sorgfältig in Decken gehüllt. Sie kniete nieder und fand Kolben und Gläser, Mörser und Tiegel. Daneben lagen alte Schriften mit seltsamen Zeichen, Pergamente und Folianten. Auf einem Buch stand in dicken Buchstaben: DOCTORIS JOHANNIS FAUSTI/ MAGIAE NATURALIS ET INNATURAL / *Der dreifache Höllenzwang genannt/Passau Anno 1505.*

Gebannt schlug sie die ersten Seiten auf. Ihr Blick fiel auf eine Zeichnung, darauf war ein grässlicher, Feuer spuckender Teufel mit flatterndem Ziegenbart zu sehen, der sich von seiner Beinkette losgerissen hatte. Die Krallenarme und -beine hielt er weit von sich gestreckt, als würde er geradewegs in die Hölle fahren. Die schwarzen Flügel hatte er ausgebreitet, während der Schwanz einem geheimen Schriftzeichen gleich in der Luft hing.

Hannah blätterte zurück und las. »Vorrede an den Kabbalisten*: Wer sich mit deren Geistern ergeben will, der muss sich vorher wohl prüfen, ob er hiervon auch Nutzen haben kann, denn sonst wäre alle seine Mühe vergebens. Daher, wenn du einen Geist rufest, so musst du wissen, zu welchem Zwecke du denselben haben willst, denn die Geister sind verschieden ...«

»Dürfte man fragen, was du da zu suchen hast?«, fuhr eine scharfe Stimme sie an.

Hannah zuckte zusammen. Blitzschnell verstaute sie die Schrift hinter ihrem Rücken in der Truhe. »Ich ... ich suche nur das Amulett. Es gehört mir!« Sie schluckte und spürte ein leises Pochen in der Wunde am Arm, die merkwürdig schnell abheilte.

Faust ging mit schweren Schritten auf den Eichentisch zu und ließ sich auf den Stuhl fallen. »Du hast nichts an meinen Sachen zu suchen! Ich warne dich!«

»Und was ist mit dem Amulett? Es gehört mir«, sagte sie trotzig.

»Erst sagst du, woher du es hast!«, forderte er sie eindringlich auf. Als Hannah schwieg, fuhr er fort: »Und? Was hast du mir zu sagen? Was meint der Abt? Kann ich ihn sprechen? Ihn kennen lernen?« Mit seinen Fingerkuppen trommelte er leise auf den Holztisch, dumpfe Töne tanzten wie Klopfgeister durch die Luft.

»Ich habe den Abt gar nicht zu Gesicht bekommen«, sagte Hannah und schüttelte den Kopf. »Obwohl ich immer wieder gedrängt habe. Aber sie haben mich wieder und wieder weggeschickt. Bis mir sein Kaplan durch einen Diener ausrichten ließ, der Abt würde sich mit niemandem auseinander setzen, der Perlen vor die Säue werfe.«

»Perlen vor die Säue!« Fausts Gesicht verhärtete sich. Adern traten an seinen Schläfen hervor. »So ist es wahr. Er mag niemanden neben sich dulden. Nun, so soll er durch das Geschwätz der Leute erfahren, wer ich bin!« Er prüfte, ob der lederne Beutel an seinem Gürtel hing, griff nach seinem Umhang und stapfte aus dem Zimmer. Das Poltern seiner klobigen Stiefel auf der Holztreppe hallte durchs ganze Gasthaus. Er stürmte auf die Gasse, warf einen verächtlichen Blick hoch zum *Klosterhof* und rannte weiter. Hannah lief in schnellen Schritten immer hinter ihm her, vorbei an ein paar Zelten mit Astrologen und Magiern, Kartenlegern und Heilsverkündern.

»Siehst du das?«, schimpfte er lautstark ohne sich nach ihr umzusehen. Wütend packte er einen Wunderheiler, der einem alten Weib für eine Heilsalbe ein paar Münzen abnehmen wollte, an der Gurgel. »Aufschneider, Kurpfuscher, Scharlatan! Das stinkt doch gegen den Himmel! Das in deinem Topf, das ist doch weiter nichts als Kälberfett mit Duftölen! Friss es selber!« Faust grub mit drei Fingern die Masse aus dem Tiegel und schmierte sie dem verängstigen Mann mitten ins Gesicht. Der Greisin rief er zu:»Kommt später zum Obermarkt. Ich will Euch helfen.« Fluchend rannte er weiter, drückte fliegende Händler und Scholaren* zur Seite, zwängte sich mitten durch eine

Horde von Landsknechten und marschierte in Richtung Obermarkt.

Hannah sah im Vorbeigehen, wie ein Wahrsager hastig seine Karten zusammenschob, die er auf einem wackeligen Tisch ausgebreitet hatte, und jemandem zuzischelte: »Vorsicht, da kommt der Doktor Faust!« Als hätte der Name selbst einen magischen Klang, trug er sich fast lautlos von den Bauernständen zu den schwerreichen Kaufleuten, die miteinander in Verhandlung standen, und weiter zu den Postboten von Taxis*, die ihn mit auf den Weg zu ihren Kunden nahmen.

Faust bahnte sich einen Weg durch die gaffende Menge, an dem Feuerschlucker vorbei, der wie ein Dämon eine gleißende Flamme hoch über die Köpfe der Leute spuckte, bis zu dem Tierbändiger, der zur Freude der Lumpenkinder einen tapsigen Braunbären im Kreis tanzen ließ. Hannah blieb erst überrascht stehen. Sollte das etwa …? Dann schüttelte sie den Kopf und lief weiter.

Und schon standen sie vor der überdachten Kaufhalle, deren Treppengiebel in den Himmel zu weisen schien. Ein Wagen wurde gerade durch eins der beiden hochgestreckten Portale direkt in das Warenhaus gezogen. Es roch nach Gewürzen, frisch aus dem Orient. An Ständen boten Handelsleute Salz und Edelsteine, kostbare Stoffe, Weihrauch, ziselierte Goldgefäße und geknüpfte Teppiche an. Faust lief zu einem Stand, um sich das Lederstück lochen zu lassen. Eine Kaiserkrone, die an Kaiser Maximilians Aufenthalte in Gelnhausen erinnern sollte, wurde in das Leder gestanzt.

Rechts neben der Markthalle hatte ein Schlachter seinen Stand aufgeschlagen. Sein nackter, öliger Oberkörper glänzte in der Sonne. Er hielt einen wild flatternden Hahn am Hals, während er eine Dienstmagd neckte, die aufreizend ihren Körper wiegte. Dann nahm er ein Handbeil, schlug dem Federvieh den Kopf ab und hängte es zu den anderen Hennen, die an Stricken an einem Bretterverschlag baumelten. Das heruntertropfende Blut versickerte zwischen den Pflastersteinen, fette Fliegen surrten über einem Haufen lebloser Hühnerköpfe.

Faust blieb plötzlich stehen. Er drehte sich so abrupt um, dass Hannah fast gegen ihn prallte. »Besorg mir da drüben einen Hahn«, raunte er ihr zu und drückte ihr eine Münze in die Hand. »Einen lebenden. Und den abgehackten Kopf von einem toten. Etwas Blut in einer abgebundenen Schweinsblase brauche ich auch. Das steck alles in einen Sack und bring es mir. Aber zu niemandem ein Wort.«

Hannah sah ihn fragend an, zuckte dann jedoch mit den Schultern und lief rüber zum Schlachter, um das Verlangte zu besorgen.

Faust wartete an einem Holzgerüst, während er von Bettlern und Gauklern, Bauern und Marktweibern belagert wurde, die ihm ihre geöffneten Hände für eine Weissagung entgegenstreckten. Als Hannah sich zu ihm zwängte, packte er den Leinensack, drängte sich fort und machte sich hinter einer Ecke daran zu schaffen.

Kurz darauf krachte ein donnernder Knall über den Marktplatz, als wäre ein Pulverfass explodiert. Auf dem Holzgerüst flammte bläuliches Licht mit schillernden Flammenspitzen auf, die sich dem Himmel entgegenstreckten, und mehlige Rauchschwaden wuchsen aus dem Boden. Mit einem Satz sprang Faust auf das Brettergestell, mit der rechten Hand umfasste er einen schmutzig braunen Leinensack, in dem sich etwas bewegte. Ein erschrockener Aufschrei ging durch die Menge. »Das ist der Schwarzkünstler Faust«, flüsterte es. »Der Faust!« Ein Zischen und Raunen hangelte sich über den Obermarkt, als würde die Nachricht wie im Echo weitergegeben: »Der Faust, der Faust.«

Dutzende von Augenpaaren waren auf ihn gerichtet, es wurde ganz still, nur ein paar Säuglinge plärrten auf den Armen der Mütter. Gegenüber auf der nördlichen Seite des Obermarkts wurde im Franziskanerkloster vorsichtig ein Fenster geöffnet, das Licht der spiegelnden Sonne schwamm wie ein heller Fleck über die Köpfe der Menge hinweg.

»Ein großer Magier befindet sich hier im Ort«, donnerte die Stimme von Faust über die Menschenköpfe. »Er ist so groß, dass er sich mit unsereinem nicht auseinander setzen mag.« Faust stand breitbeinig, den zappelnden Leinensack hielt er weit von sich gestreckt. »Dieser große Magier meint, er würde sonst Perlen vor die Säue werfen ... wen meint er wohl mit den ... Säuen?«

Ein empörtes Tuscheln und Zischen ging durch die Menge. Ein Bauer hob die Mistforke. »Wer ist er, der sich der große Magier nennt?«, rief er mit kehliger Stimme.

Faust wartete einen Moment, bis das Tuscheln und Raunen sich gelegt hatte und die Menschen ihn erwartungsvoll anstarrten. Dann rief er: »Es ist der große Abt Trithemius von Sponheim.«

»Abt Trithemius von Sponheim ...«, wisperte und flüsterte es.

Faust hob die Hand, um die Menschen zur Ruhe zu bringen. Dann dröhnte er weiter: »Als würde er anders brunzen*, als unsereiner es tut. Denn was hinten herauskommt, bleibt doch immer das Gleiche.«

Die Marktweiber kreischten vor Vergnügen und die Bauern schüttelten sich vor Lachen. Aus den Zunfthäusern, die um den Markt gebaut waren, drängten Zimmermannsleute und Küfer*, Metzger und Töpfer, um sich das Spektakel anzusehen. Auch die Hübschnerinnen* mit ihren grellfarbigen Kleidern drängten sich näher an das Holzpodest. Etwas weiter entfernt standen die reichen Kaufmannsleute und neugierige Pilger. Edle Damen tupften sich mit dem neumodischen Schnupftuch die Nase.

»Aber bin nicht ich der größte Magier, den es hier zu Lande gibt?« Faust suchte mit der Hand in dem Leinensack nach dem zappelnden Etwas und setzte einen flatternden Hahn auf den Bretterboden. Der lief taumelnd ein paar Schritte vor. Faust nahm einen Degen und schlug ihm den Kopf ab. Blut floss auf die Bretterdielen. Hannah hielt erschrocken die Hand vor den Mund. Was machte er da? Warum musste er das Tier töten?

Faust packte den Hahn an den Beinen und hob ihn hoch wie eine Siegestrophäe. Der abgeschlagene Rest vom Hals stand wie ein Stumpen in der Luft. »Du armes Tier!«, grinste er. »Jetzt musst du wohl im Feuer geröstet werden. Oder möchtest du doch lieber noch ein paar Hennen bespringen?«

»Hennen bespringen!«, rief ein dicklicher Bauer und Zunftleute und Hübschnerinnen fielen in den Ruf mit ein. »Hennen bespringen! Hennen bespringen!«

Faust ließ ein weißes Stück Leinen, das sich sogleich rot verfärbte, über das Federvieh fallen. Beschwörend hielt er die Hand über den Hahn und murmelte etwas Unverständliches. Dann befühlte er das Tier, betastete seine Flügel, seinen Körper und riss mit einer schnellen Bewegung das Tuch hoch, als sollte es selbst davonflattern.

»Er hat ihn wieder ganz gezaubert!«, kreischte ein junger Bursche, während ein Aufschrei durch die Menge ging. »Der Kopf ist ja wieder dran!«

Der Hahn krähte schrill, drehte seinen Kopf in alle Richtungen, flatterte mit den Flügeln und lief aufgescheucht davon. Ein paar zerrupfte Federn schwebten zu Boden. Die Zuschauer klatschten begeistert in die Hände.

Hannah stand direkt an dem Holzpodest und beobachtete, wie Faust das blutige Leinentuch in dem Sack verschwinden ließ. Wie hatte er das gemacht? Wie konnte er nur den Hahn wieder lebendig werden lassen? Sie selbst hatte doch gesehen, wie er das Tier mit dem Degen geköpft hatte. Hannah bemerkte, wie ein Kaplan in einer Mönchskutte mit einem Stift Notizen anfertigte. Sie stutzte. War das nicht dieser Kaplan Theophilius von Eltz, der im Dienste des Trithemius stand und den sie kurz zuvor im *Klosterhof* gesehen hatte?

Die Menge johlte und kreischte. Die alte Frau, der Faust bei dem Quacksalber Hilfe zugesagt hatte, streckte ihm bittend die Hand entgegen. Er half ihr aufs Podest und besah sich die verschorfte Haut. Wieder wurde es still auf dem

Marktplatz. Er nahm einen kleinen Tiegel aus einer der Taschen seines Umhangs. Während er vorsichtig etwas Salbe auf ihren Arm strich, fuhr er mit der anderen Hand in einem Abstand von einer Elle darüber, als wollte er die entzündeten Hautfetzen beruhigen und besprechen.

»Ich, der Zauberer Georg Sabellicus Faust der Jüngere, sage dir, es wird heilen!«, rief er und fuhr mit weit hörbarer Stimme fort: »Wahrscheinlich lässt sich der ehrwürdige Abt mit den Säuen nicht ein, weil er als Magier nicht viel taugen mag. Denn dann müsste er ja vorführen, was er kann, und könnte sich nicht nur hinter Hirngespinsten verstecken.«

Die Menge lachte und wartete gespannt auf neue Wunder. Das Fenster im Franziskanerkloster wurde leise geschlossen. Dann zog Faust einen Burschen auf das Bretterpodest, der sich beim Fässerverladen verhoben hatte und sich das Kreuz hielt. Mit gekonntem Griff packte der Magier ihn von hinten unter die Arme, drückte ihm das Knie in das Hinterteil, zog ruckartig, so dass die Wirbel knackten, als hätte er ihm sämtliche Knochen gebrochen. Ein Aufschrei ging durch die Menge. Der Bursche ging in die Knie, schüttelte benommen den Kopf und streckte vorsichtig seinen Rücken immer höher über den Schmerzpunkt hinaus. Dann hob er siegessicher die Hand und sprang erleichtert vom Podest, als hätte es nie ein Rückenleiden gegeben.

Die Zunftleute warfen jubelnd ihre Mützen hoch und wollten mehr von den Künsten sehen. Hannah strahlte, zog den Krempenhut vom Kopf und hielt ihn den Gaffenden unter die Nase. Schnell sammelten sich die ersten

Münzen darin. So übersah sie die beiden Bettler, die sich schlurfend der Bretterbühne näherten. Sie gingen seltsam gebückt und hatten ihre Kapuzen tief ins Gesicht gezogen. Der eine hielt sich mit seinen Fingern wie mit überlangen Spinnenbeinen ein Tuch vors Gesicht.

Faust stand breitbeinig auf der Bretterbühne und streckte die Arme aus. »Ich bin der Quellbrunn der Nekromantie*, der Verstorbene erscheinen lassen kann. Der zweite aller Magier, der den Lauf der Gestirne zu deuten weiß. Und mit dem ersten meine ich sicherlich nicht den werten Abt Trithemius. Ich bin der, der die Linien der Hand kennt, der die Wahrheit aus der Luft greift. Der Zweite der Hydromantie*, der aus dem Wasser lesen kann.«

Faust griff unbemerkt in die Tasche und ließ auf der Bühne eine erneute Stichflamme auflodern. »Und ich erfahre vieles aus dem Feuer, ohne mir dabei die Finger zu verbrennen. Wenn alle Werke von Plato und Aristoteles samt all ihrer Philosophie aus der Menschen Gedächtnis verloren gegangen wären, könnte ich wie ein zweiter Hebräer Esra* sie alle durch mein Genie und noch treffender wiederherstellen.« Da entdeckte er den Kaplan Theophilius von Eltz, der immer noch eifrig mitschrieb. »He, Ihr da! Wie ein zweiter Hebräer Esra«, donnerte seine Stimme über den Marktplatz. »Sagt das Eurem Herrn. Habt Ihr das notiert oder soll ich es noch einmal wiederholen?«

Ein Gelächter ging durch die Menge. Das Gesicht des Kaplans lief dunkelrot an. Er presste seine Lippen zu schmalen Linien zusammen und drängte hoch zur Klosteranlage.

»Am morgigen Tage«, rief Faust und stemmte seine Hände in die Hüften, »wenn die Sonne noch nicht im Zenit steht, will ich euch mein Handwerk anbieten. Ich werde hier ein Zelt aufschlagen, und wer meine Hilfe benötigt, soll sie auch bekommen.«

Mit einem kühnen Satz sprang er von der Tribüne. Hannah hielt ihm strahlend die Mütze mit einer beachtlichen Anzahl von Münzen entgegen. Die beiden Bettler standen geduckt an der Bretterbühne. Hannah schnupperte. Ein seltsamer Geruch nach altem, bitterem Knoblauch zog ihr in die Nase. Da entdeckte sie, wie einer der Bettler heimlich einen Dolch zog und die andere Hand nach dem ledernen Beutel ausstreckte, den der Magier an seinem Gürtel befestigt hatte. »Vorsicht!«, schrie Hannah entsetzt.

Faust schnellte herum. Mit einem gezielten Hieb warf er den Angreifer zu Boden. Blitzschnell sprang der wieder auf, verhüllte sein Gesicht und drängelte sich mit dem anderen durch die Menge davon. »Nimm den Leinensack mit«, rief er Hannah zu. »Ich will sehen, ob es sich bei den beiden wirklich nur um Bettler handelt.«

Sofort stürzte er ihnen hinterher. Immer wieder reckte er sich, um die beiden Kapuzenträger zwischen dem geschäftigen Marktvolk zu entdecken. Hannah hatte alle Mühe, ihm zu folgen. Die Bettler liefen in Richtung Marienkirche und verschwanden in einem der großen Portale aus Sandstein. Als Faust jetzt dicht gefolgt von Hannah in das Kirchenschiff trat, wehte ihnen eine fröstelnde Kühle entgegen. Beschwörend legte er den Finger auf den Mund. Weiter hinten hallten Schritte nach. Eine Tür fiel ins Schloss. Der dunkelrote Vorhang des Beichtstuhls bewegte sich leise. Lautlos schlich Faust darauf zu. Sein Gesicht war wie versteinert, nur die heftigen Kaubewegungen im Kiefergelenk verrieten seine Anspannung. Die kunstvollen Kerzenleuchter aus Silber spiegelten verzerrt seine Bewegungen wider. Jetzt sprang er los, riss den schweren Vorhang vom Beichtstuhl auseinander, aber er war leer. Nur ein abgewetztes Kissen lag auf einem Stuhl. Hannah schnupperte. War da nicht wieder dieser Geruch nach altem, bitterem Knoblauch?

Die beiden hockten sich abseits in eine Kirchenbank, warteten und horchten, aber alles blieb still. Nur die Rufe der Händler, die draußen im Kirchturm Verträge aushandelten, hallten dumpf in das hohe Kirchenschiff.

Hannah öffnete vorsichtig den Leinensack, den sie immer noch in der Hand hielt. Darinnen lag ein abgetrennter Hahnenkopf und ein Stückchen Hals, das an einem Draht befestigt war. »Das ist der zweite Kopf, den ich besorgt habe, nicht wahr?«, flüsterte sie nachdenklich.

Faust grinste und nickte. »Darin hatte ich die Schweinsblase versteckt.«

»Und der richtige Kopf? Wo war der?«, fragte sie leise.

»Den richtigen Kopf hatte ich unter den Flügel des Hahns gebunden. Der falsche war mit einem Draht auf dem Rumpf befestigt. Den hab ich später abgeschlagen.«

»Und als Ihr das Tuch über den Hahn geworfen habt …«

»… habe ich den falschen abgenommen und den richtigen vom Rumpf gelöst.«

Hannah nickte nachdenklich. »Aber warum macht Ihr das?«

»Warum! Warum!« Faust zuckte gleichgültig mit den Schultern. »Das Volk liebt das Spektakel. Also sollen sie es haben. Und es schadet doch keinem.«

»Aber Ihr nennt Euch den größten Magier …«

»Auch ein Magier muss essen und trinken. Unsereins hat nicht die fetten Einkünfte eines Abtes Trithemius! Und deine Wunde ist doch schnell verheilt, oder? Der Bursche mit dem schiefen Steiß konnte wieder aufrecht gehen. Und die Salbe wird der Alten gut tun. Also, was willst du? Manchmal muss man ein paar Donnerschläge loslassen, bevor man gehört wird.«

»Der Abt Trithemius betrügt aber nicht!«, bemerkte Hannah trotzig.

»So? Da wäre ich mir nicht so sicher«, grinste Faust.

In diesem Moment betraten Pilger die Kirche. Sie murmelten eintönig ihre Gebete, deren Klang die ganze Kirche ausfüllte. Faust streckte sich und gähnte laut. Dann stemmte er sich von der Kirchenbank hoch und schlenderte zurück zum Eingangsportal. Vor einem Kirchenbild aus Stein blieben sie stehen. Es zeigte das Jüngste Gericht. Auf der linken Seite war die Auferstehung von den Toten und der Weg der Seligen in das Gottesreich zu sehen, die Gruppe der Verdammten führte nach rechts in die Hölle.

Ein Pfarrer stand betend vor dem Bild, während er die Kerzen segnete und dem Magier einen abfälligen Blick zuwarf: »Nur die Kirche schützt Leib und Seele, versteht Ihr? Leib und Seele! Das darf kein anderer, das ist Sünde!«

»So?«, meinte der Magier ironisch. »Die Seele, das lass ich mir ja gerade noch gefallen, aber heilt die Kirche auch den Leib? Die eiternden Furunkel und die drückenden Blähungen? Die überlaufende Galle und die schwarze Pest?« Faust fing so laut an zu lachen, dass es im ganzen Kirchenschiff nachhallte. »Wozu hat Gott uns unseren Verstand gegeben, wenn wir ihn nicht benutzen?«

Der Pfarrer warf ihm einen empörten Blick zu und eilte lautlos davon, als würde er in seinem dunklen Gewand eine Handbreit über den Steinfliesen schweben. Faust schaute wie gebannt auf die gesegneten Kerzen. Sie waren armdick und hatten kaum gebrannt. Kurz entschlossen pustete er vier von ihnen aus und steckte sie ein. Dann drehte er sich um und ging zum Ausgang, der in den Kirchturm führte. Dort fanden sich Händler und Käufer zusammen, die handelseinig geworden waren. Auf einem langen Tisch lagen stapelweise Papiere und Pergamente.

»Mach hier deine drei Kreuze unter den Vertrag«, brummte gerade ein städtischer Bediensteter, der einem jungen Küfer erklärte, wo er zu unterschreiben hatte.

»Und was steht da drüber?«, fragte der unsicher.

»Dass du einen Ballen Tuch gekauft hast. So geschehen in St. Marien«, antwortete der Bedienstete und gähnte. »Nun bekreuzige schon den Vertrag.«

Der Küfer nahm ungelenk einen Gänsekiel zwischen seine dicklichen Finger und malte drei kräftige Kreuze unter das Papier. Faust sah sich unbemerkt nach allen Seiten um, während Hannah durch eine Deckenöffnung hoch zu den Glocken schaute. Plötzlich stutzte sie und kniff ihre Augen zusammen. War da nicht eben eine Gestalt in schmutzig braunen Gewändern vorbeigehuscht?

Sie reckte ihren Hals und wartete. Aber nichts weiter war zu sehen. Verunsichert schüttelte sie den Kopf. Sicherlich war das nur ein Trugbild gewesen, das in ihren Gedanken herumgeisterte. Wer sollte sich da oben herumtreiben? Sie musste sich getäuscht haben.

Faust drückte die schwere Holztür vom Kirchturm auf. Draußen schien eine warme Frühlingssonne. Hannah streckte genießerisch ihre Nase in die Luft. In diesem Moment war lautes Krachen, Zerbersten von Holz und Pferdegewieher zu hören. Ein Handelswagen hatte in der engen Kurve vor der Kirche die Ecke einer Hausfassade gestreift und war umgekippt. Stoffballen aus Seide hatten sich weit auf dem Kopfsteinpflaster ausgewickelt. Es schimmerte in allen Blautönen, der Herrschaftsfarbe, die nur den Reichen und Adligen zugedacht war. Sofort beschlagnahmte ein Bediensteter die Waren, denn der Boden gehörte der Stadt.

»So lassen sich gut Geschäfte machen«, lachte Faust laut. »Jetzt verkaufen sie die Ware auf eigene Rechnung. Erzähl mir einer was von Diebesgesindel und ehrbaren Leuten!« Der Magier lief die schmalen Treppen der Kirchgasse hinunter zum Untermarkt. An den Hauswänden wucherte Efeu und die weißlichen Blüten des Knöterichs hingen wie Trauben von den Torbögen. Auf der Breiten Straße warteten die Hübschnerinnen in grellen Kleidern, die Haare mit Henna gefärbt, und hoben kokett die Röcke bis zu den Waden. Eine von ihnen, die große Ohrringe trug und deren Nase mit Sommersprossen übersät war, erkannte wohl den Magier. Sofort tänzelte sie über die hausnahen Sandsteinplatten auf ihn zu.

In diesem Moment wurde sie von einer dicklichen Handelskauffrau zurechtgewiesen. Die edle Dame zupfte ein blütenweißes Schnupftuch aus ihrer Tasche, als wollte sie die Dirne damit wegscheuchen. »Runter da«, schimpfte sie. »Hier hat keine aus eurer Zunft was zu suchen. Dieser Weg ist nur für anständige Bürger.« Die Hübschnerin wich sofort vom Bürgersteig hinunter, als wäre die Breite Straße wie mit einem unsichtbaren Strich in verschiedene Bereiche eingeteilt. Ein paar Wagen holperten über das Pflaster, so dass sie eng an die Bordsteinkante gedrängt wurde.

»Siehst du, das ist wie im Leben«, meinte Faust spöttisch und blinzelte Hannah zu. »Oben gehen immer die Edlen und Reichen, die nach kostbaren Ölen riechen. Und unten in gebührendem Abstand die, die nichts weiter als ihren Körper haben und mit dem Dreck der Welt fertig werden müssen.«

»He, wartet«, zischte die eine mit den großen Ohrringen und lief auf Faust zu. »Ich habe was für Euch.«

»So?«, grinste er breit. »Was kann das denn wohl sein?«

Die Hübschnerin schaute sich verstohlen um. Ihre Augen blitzten ängstlich, die Wangen glühten vor Erregung. Hastig flüsterte sie: »Da trachtet einer nach Eurem Leben …«

»Ihr kennt mich?«, fragte Faust erstaunt.

»Ich … ich …« Sie schreckte zusammen. Irgendjemand musste sich hinter einem Fenster gezeigt haben. Eilig lief sie davon.

Faust rieb sich das Kinn und brummte: »Komm, Hannah. Das hier ist nichts für dich.«

Hannah lief ihm hinterher und schnupperte. Es roch stark nach Petersilie. Der Geruch weckte plötzlich eine Erinnerung, die wie ein Bild in ihr auftauchte. Er trug sie zurück in das alte Haus, wo sie geboren worden war. Sie sah Theresa, wie sie gebückt in ihren alten Kleidern an der Feuerstelle stand und wohl einen Sud aus diesem Kraut kochte. Trübes Licht fiel durch die engen Fenster. An dem wackeligen Holztisch saß in sich zusammengesunken eine Magd, die Magd vom Bauern, und weinte leise. Theresa schüttete jetzt den Sud in einen Becher. Dieser Dampf, der aus dem Becher stieg… Hannah schnupperte. Sie konnte sich jetzt genau erinnern, wie Theresa das Getränk vor die Magd auf den Tisch gestellt hatte. »Hier, trink«, hatte sie gesagt. »Das macht dein Blut sehr flüssig. Ich hoffe, dünnflüssig genug… Dein Leib wird es dann wieder abstoßen.« Hannah schluckte. Ihr schmales Gesicht wurde blass. Sie spürte ein Brennen in den Augen und wischte sich trotzig übers Gesicht.

Als Faust im Gasthaus die Holztreppe zu seiner Kammer hochstieg, um ein paar Münzen für das Essen zu holen, blieb er wie vom Donner gerührt stehen. Das Schloss der Tür war aufgebrochen, im Zimmer war die Eichentruhe umgekippt, der Dielenboden übersät mit Splittern von zerbrochenen Glaskolben und Destilliergeräten, Seiten waren aus Büchern gerissen und Folianten zerknickt. Auf dem Tisch flackerte in einem Messingtopf ein Feuerchen, das sich durch zerrissene handgeschriebene Manuskripte fraß. Faust griff hastig nach einem Holzbrett und drückte es auf das Gefäß, um das Feuer zu ersticken. Im gleichen Moment war draußen auf der Straße Pferdegetrappel zu hören. Hannah lief ans Fenster und sah eine schwarze Kutsche, die aus der Toreinfahrt vom *Arnsburger Klosterhof* davonfuhr. Der düstere Fenstervorhang wurde kurz zur Seite geschoben. Ein Mann mit hellen Wasseraugen schaute suchend zu ihnen hoch, einen winzigen Augenblick nur, dann nahm der zurückfallende Stoff ihnen wieder die Sicht.

Plötzlich schrie Hannah auf, hob Papiere und Leinentücher zur Seite, stieß nach Glasscherben und zerbrochenen Apparaturen. »Mein Amulett. Sie haben mein Amulett!«

Faust schüttelte den Kopf und fasste nach dem Lederbeutel an seinem Gürtel. »Das ist gut aufbewahrt.«

Über Hannahs Gesicht huschte ein leises Lächeln. »Und jetzt?«, fragte sie erleichtert.

»Jetzt gehen wir essen«, brummte Faust, während er das Türschloss zurück in die Fassung drückte. »Das hier werde ich später ordnen.«

Er stapfte mit schweren Schritten die schmale Holztreppe hinunter in die Schankstube. Dort dampfte auf jedem Tisch ein Topf mit Suppe, aus denen sich Bauern und Zunftleute mit Blechlöffeln dickliche, braune Brühe in den Mund stopften. Sie schmatzten und rülpsten und verwischten mit den Ellbogen die bräunlichen Kleckse, die auf dem Tisch klebten. Andere aßen Brot mit Käsescheiben und gedörrtem Fleisch oder durchwachsenem Speck.

Faust und Hannah setzten sich abseits an einen der blank gescheuerten Tische. Die dickliche Wirtin lächelte dem Magier kokett zu, kam mit wiegenden Hüften auf ihn zugewankt und stellte einen großen Becher Wein vor ihn hin. Er nahm prüfend ihre rechte Hand, die vom Schrubben und Putzen rot aufgedunsen war, und betrachtete die Linien und Hügel unter den Fingeransätzen, den Handballen und die Querrillen an den Fingern. »Ihr solltet mehr für Eure Gesundheit tun«, sagte er leise.

Die Wirtin antwortete mit hochrotem Kopf: »Aber ich gehe regelmäßig zum Aderlassen und zur Harnschau!«

»Aderlassen und Harnschau!« Faust verzog verächtlich das Gesicht. »Bei Herzleid, pulsierendem Blut und jedem stecken gebliebenen Furz bitten die Bader* zum Aderlass! Diese Geldschinder!«

»Steht es denn sehr schlecht um mich?«, fragte die Wirtin zögerlich. Verunsichert rieb sie die Hände an der Schürze ab.

»Nein. Nehmt nur regelmäßig ein paar Kräuter, die ich Euch nenne. Ihr braucht etwas, was Euer wallendes Blut beruhigt.« Faust zwickte ihr deftig ins breite Hinterteil. »Und Ihr solltet etwas weniger mit Euch rumtragen. Das treibt Euch den Schweiß auf die Stirn.« Die Wirtin kicherte verlegen und drohte kokett mit dem Zeigefinger, während er fragend eine Augenbraue hob. »Habt Ihr zufällig jemanden beobachtet, der sich heimlich die Treppe hochgestohlen hat?«

»Die Treppe?« Die Wirtin überlegte angestrengt. Ihre fleischige Unterlippe hing herunter wie ein lebloser Wulst.

Energisch schüttelte sie den Kopf. »Da war niemand. Jeder muss hier durch den Schankraum, wenn er in den ersten Stock will. Ich hätte ihn bestimmt gesehen.«

»Wart Ihr nicht in der Küche, um Suppe zu holen?«, fragte Faust nach.

Sie schüttelte wieder den Kopf, die Augenlider flatterten leicht. »Das macht das Katrinchen. Ich passe auf, dass sich hier keiner heimlich davonstibitzt. Umsonst gibt's hier nämlich nichts. Nur die Bettler dürfen sich hin und wieder eine Suppe holen.«

»Bettler?«, fragte Faust hellhörig.

»Ja.« Die Wirtin ächzte ein paarmal, als würde ihr die Luft zum Atmen fehlen. »Denen gibt Katrinchen dann in der Küche was.«

»Waren heute auch Bettler hier?«

Die Wirtin überlegte und nagte winzige Hautfetzen von ihren aufgesprungenen Lippen. Dann tippte sie mit dem Zeigefinger gegen die Stirn. »Stimmt, ja, gleich zwei zusammen. Erbärmlich sahen sie aus. Stimmt irgendetwas nicht?«

Faust schüttelte den Kopf. »Nein, nein. Alles in Ordnung.«

»Und was darf ich Euch bringen?« Die Wirtin schaute ihn erwartungsvoll an. Auf ihrem hochroten Gesicht bildeten sich winzige Schweißperlen, die sie fahrig mit dem Handrücken wegwischte.

Hannah beobachtete, wie Faust seine Augen zu schmalen Schlitzen verengte. Eine seltsame Anspannung lag auf seinem Gesicht, als hätte er sich in eine andere Dimension zurückgezogen. Dann räusperte er sich und fragte scheinbar gleichgültig: »Ist noch von dem Braten da?«

»Ein kleiner Rest. Gerade genug für Euch und das Kind.« Sie lächelte und ging schwerfällig davon, um das Gewünschte zu holen.

»Wieder diese Bettler«, brummte er nachdenklich, als die Wirtin am Tresen mit gewichtigen Handbewegungen auf das Katrinchen einredete, das mit leicht geöffnetem Mund und stierem Blick den Kopf wiegte.

»Was ist mit den Bettlern? Was wollen die denn?«, flüsterte Hannah. »Worauf haben die es bloß abgesehen?«

Faust antwortete nicht, sondern legte nur die Hand auf den Lederbeutel an seiner Gürtelschnalle und nahm einen großen Schluck aus dem Becher mit Wein. Dann zog er einen Kohlestift aus einer Tasche seines weiten Mantels und kritzelte ein paar Zeichen auf ein Stückchen Pergament, die er aber sogleich mit dem Fingernagel wieder abkratzte. Hannah hatte ihn schon mehrfach dabei beobachtet, wie er von dieser Tierhaut Aufzeichnungen abgewaschen oder weggewischt hatte. Es schien, als wollte er sich gewagter Überlegungen, nachdem er sie durchs Niederschreiben fest im Gedächtnis verankert hatte, wieder entledigen.

Als er die Kohle zurück in den Mantel steckte, entdeckte Hannah, dass auf dem Innenfutter Filztaschen und -täschchen aufgenäht waren. Einige wirkten ausgebeult, aus anderen lugten seltsame silberne Instrumente heraus. Wieder andere schienen eckig verformt. Nachdenklich sah Faust aus dem Fenster mit der Bleiverglasung. Er wirkte, als hätte er sich in sich selbst zurückgezogen.

In diesem Moment kam Katrinchen an ihren Tisch. Sie war ein blasses Mädchen mit müden Augen. »Die Wirtin meinte, ich soll Euch meine Hand zeigen«, sagte sie zögerlich und streckte sie ihm entgegen.

»Na, dann mal her damit!«, lachte er und nahm die schmale Handinnenfläche in seine. Rötliche, haarfeine Linien zogen sich über den Daumenballen, während die Lebenslinie zerfurcht und auseinander gerissen schien. Die Schicksalslinie spaltete sich und endete zwischen weißlichen Punkten, winzige Flecken auf durchsichtiger Haut. »Es ist alles in Ordnung«, brummte er und strich sich über das stoppelige Kinn. »Du solltest nur öfter raus an die Sonne. Das wird dir gut tun!«

Katrinchen knickste kurz und huschte lautlos zurück in die Küche. Ein feiner Haarzopf tänzelte auf ihrem Rücken hin und her und ihre Füße schienen den Boden kaum zu berühren. Faust trommelte leise mit den Fingerspitzen auf die Tischplatte. Dann griff er resolut nach dem Weinbecher, trank ihn in einem Zug leer und winkte nach einem neuen.

»Warum habt Ihr Katrinchen nicht gesagt, dass sie nicht mehr lange zu leben hat?«, fragte Hannah plötzlich.

Faust schaute überrascht zu ihr herüber. »Woher willst du das wissen?«

Hannah blitzte ihn mit ihren katzengrünen Augen an. »Die abgerissene Lebenslinie. Die Farben der Furchen, die Anzahl der Querrillen um das Handgelenk, die Flecken und der Verlauf der Schicksalslinie, die Längsrillen, die hoch in die Finger verlaufen, die Länge der Fingerkuppen …«

»Du weißt mehr von den Dingen, als ich dachte.« Faust lächelte anerkennend. »Und weitaus mehr als mancher hergelaufene Bader, der sich als Chiromant* bezeichnet.«

»Warum sagt Ihr Katrinchen nichts über ihre Krankheit?«

»Sie hat die Schwindsucht. Da kann ihr keiner mehr helfen.« Faust griff nach dem Becher, als wollte er ihn zwischen seinen Fingern zerdrücken. »Und nur weil diese hirnverbrannten Ochsen an den Universitäten in ihrem eigenen Sumpf stecken bleiben. Die Welt ist in Aufruhr, endlich hat ein willensstarker Genius bewiesen, dass die Welt eine Kugel ist, ein Mann namens Leonardo da Vinci entwickelt Flugapparate, sie haben das Schießpulver erfunden, die Ritter mit ihren armseligen Schwertern können abdanken, die Bauern merken allmählich, dass die Leibeigenschaft kein gottgegebenes Gesetz ist, zum ersten Mal ist einem lebenden Weib das Kind aus dem Bauch geschnitten worden ...« Er packte Hannah erregt an den Schultern und schüttelte sie heftig. »Verstehst du nicht? Und hier setzen gottverdammte Bader bei Verstopfung, Schwindsucht oder Gelbfieber nichts als Blutegel an. Blutegel! Sie schlottern alle vor Angst, den Himmel einzureißen. Da könnte ja ein göttlicher Blitz herunterzucken und ihre arme Seele rösten.«

Faust verzog spöttisch das Gesicht. »Und was mit Katrinchen ist«, fuhr er fort. »Was soll ich ihr sagen? Dein Leben ist keinen Pfifferling mehr wert? Sieh zu, dass dich ein Pfaffe von deinen Mädchensünden lossagt? Nein! Wenn es Gott gibt, wird er ihre Seele auch so in den Himmel aufsteigen lassen.« Er griff nach dem neuen Becher Wein, trank und stellte ihn so derb zurück auf den Tisch, dass er überschwappte.

»Wenn es Gott gibt?«, fragte Hannah leise. »Glaubt Ihr nicht an Gott?«

Da öffnete sich die Gasthaustür. Ein bulliger Mann mit

schulterlangem Haar und weitem Umhang stapfte herein. Hannah sackte urplötzlich in sich zusammen, zog die Kappe tief ins Gesicht und linste zwischen ihren Haarsträhnen zu ihm herüber. Jetzt drehte er sich suchend um und ließ sich auf einen Stuhl fallen. Sein sonnengegerbtes Gesicht wirkte fremdländisch und an seiner rechten Hand fehlte der kleine Finger. Hannah atmete erleichtert auf und schob die Mütze wieder zurück.

»Vor wem hast du Angst?«, fragte Faust leise und packte sie am Handgelenk. »Wirst du gesucht? Hast du was ausgefressen? Was ist mit dem Amulett?«

Hannah senkte den Blick. Ihr Gesicht wirkte mit einem Mal aschgrau und eingefallen, die Nasenflügel zuckten leicht wie der Flügelschlag eines sterbenden Nachtfalters. Faust ließ ihren dünnen Arm wieder los, den er mit Zeigefinger und Daumen fast zweimal hätte umschließen können, und schaute wieder auf die Gasse. Sonniges Licht fiel durch die Scheiben. Die Fenstersprossen spiegelten sich in seinen Augen wie gekrümmte Gitterstäbe. Er blieb einen Moment still. Nur das Schwatzen, das rülpsende Schmatzen und das Klappern der Blechlöffel an den Nachbartischen waren zu hören.

In diesem Augenblick stellte die Wirtin zwei Teller mit dampfenden Bratenstückchen auf den Tisch und legte etwas gebackenes Gerstenbrot dazu. Ein würziger Geruch nach gebratenem Rindfleisch zog ihnen in die Nase. »Lasst es Euch schmecken«, wünschte sie und lachte breit. Faust knurrte zufrieden, tunkte ein deftiges Stück von dem Brotlaib in die Soße und steckte es genüsslich in den Mund. Die Wirtin rief dem Katrinchen zu: »Bring dem

Doktor Faust doch noch einen Krug Wein. Aber nimm den guten von unseren Weinbergen!«

Im Gastraum drehte sich langsam ein Kopf nach dem anderen nach ihm um, schmuddelige und verschlagene Gesichter, rot erhitzte und speckig glänzende.

»Seid Ihr wirklich der Faust?«, fragte ein älterer Bauer mit einer schuppigen Stirn, die er hochzog, um seine Schlupflider zu heben. »Der Doktor Faust?«

Faust schüttelte den Kopf und nahm einen großen Schluck Wein. »Nach dem Essen bin ich der Doktor Faust«, rief er dem Alten zu. »Aber jetzt bin ich nur ein verdammt hungriger Reisender, der sich den Bauch voll schlagen will.«

Die Wirtshausgäste lachten und schlürften umso schneller mit ihren Blechlöffeln die braune Suppe, stopften den gebratenen Speck mit dem Lauch in sich hinein, um ja nichts zu verpassen.

Endlich streckte sich Faust, rülpste einmal kräftig und nahm ein paar bunte Karten aus der Tasche, die er von einem Magier aus Italien erworben hatte. Es war das Tarot-Spiel. Darin sollten die gesamten Weisheiten der Welt stecken. Schon bald war er von Gaffern und Bittstellern umringt, die hofften, er würde für sie einen kurzen Blick in die Zukunft wagen.

Hannah beobachtete genau, wie er die Karten legte, welche Schlüsse er aus den geheimnisvollen Bildern zog. Doch blieb ihr der Hintergrund der Deutung verborgen, die er den Bauern und Zunftleuten, den armen Schluckern und Wegelagerern gegen ein paar Münzen unterbreitete. Seine Augen funkelten vor Übermut, als er die

Wirtin um eine geschälte Zwiebel bat. »Wer von Euch möchte denn einen süßen Pfirsich mit saftigem Fruchtfleisch?«, fragte er verschmitzt.

Ein junger Bauernbursche, dem der Geruch nach Stall an den Kleidern klebte, meldete sich überschwänglich. »Ich! Ich möchte gern den Pfirsich!«

Faust sah ihn an, als wollte er ihn mit seinem Blick durchdringen. Der Bursche wiegte den Kopf leicht hin und her und lächelte benommen. »Hier, nimm diese köstliche Frucht«, beschwor ihn Faust und drückte ihm die glänzende Zwiebel in die Hand. »Sie schmeckt wunderbar süß!«

Die anderen starrten den Burschen an, wie er die Knolle an den Mund führte, sich über die Lippen leckte und herzhaft hineinbiss.

»Na, schmeckt sie dir?«, fragte Faust spitzbübisch. »Diese süße, reife Frucht?«

Der Junge strahlte und biss erneut heißhungrig hinein. Spucke tropfte auf seine schmutzige Leinenhose. Nach und nach fingen die Bauern und Zunftleute an zu kichern und zu lachen, bis sie ausgelassen in die Hände klatschten und jubelten, als der Bauernjunge das letzte Stück zwischen die Zähne schob und sich mit dem Handrücken den Mund abwischte.

»Wein für alle«, rief ein behäbiger Handelskaufmann, »wenn Ihr noch so eine Schurkerei vorführt!«

»Gut«, meinte Faust und musterte ihn eindringlich. »Liebt Ihr Tiere?«

»Aber ja doch!«, antwortete er, rieb sich über den Speckbauch und lachte derb. »Besonders als Braten im Kochtopf!«

»Dann mögt Ihr doch sicherlich auch Schweine?«

»Aber ja doch! Sie schmecken ausgezeichnet!«

»Wie Ihr wollt!« Er lenkte seine ganze Aufmerksamkeit auf den Handelskaufmann und flüsterte beschwörend. »Ein Schwein ist eine feine Sache!«

Der nickte, ließ sich auf den Boden fallen und wankte auf allen vieren laut grunzend durch die Gaststube. Die Wirtsgäste brüllten laut los vor Lachen, schlugen sich auf die Schenkel und wischten sich die Tränen aus den hochroten Gesichtern.

»Jagt die Sau!«, kreischte ein Metzger übermütig und lief hinter dem Kaufmann her, der verschreckt aufgrunzte und versuchte sich unter den Tischen zu verstecken.

»Jagt die Sau! Jagt die Sau!«, schrien die anderen begeistert und liefen ihnen hinterher. Ein alter Zimmermann schlug im Takt mit seinem Blechlöffel auf den Esstisch. »Jagt die Sau! Jagt die Sau!«

Faust schnippte mit den Fingern, der Handelskaufmann schüttelte benommen den Kopf, erstaunt darüber, was er da unter dem Tisch zu suchen hatte, und zwängte sich zwischen den Bänken wieder hoch.

»Lasst's gut sein für heute«, rief Faust vergnügt und reckte sich. »Morgen gibt's vielleicht mehr.«

»Vielleicht?«, rief die Wirtin enttäuscht. »Wollt Ihr uns schon wieder verlassen?«

Faust lächelte tiefgründig, stand auf und strich sich den Mantel glatt. »Von Wollen ist hier keine Rede. Manchmal jagt einen auch der Teufel aus der Stadt …«

»Der Teufel?«, flüsterte es erschrocken.

Mit einem Mal war es still in der Wirtsstube. Eingeschüchtert wich der Metzger zurück, der Handelskaufmann bekreuzigte sich, der alte Zimmermann konnte sein Wasser nicht mehr halten und ein dünnes Rinnsal floss über den Steinfußboden. Der Bauernbursche krümmte sich, als hätte sich sein Magen verkrampft. Faust bahnte sich mit ausladenden Schritten eine Gasse zwischen den verängstigten Gaffern. »Und wer will schon dem Leibhaftigen höchstpersönlich begegnen?« Er lachte laut auf und Hannah huschte geduckt hinter ihm her.

Als sie spät in der Nacht die Scherben in der Kammer zusammengekehrt hatten, die metallenen Apparaturen neu verpackt, Tiegel und Töpfchen geordnet und unversehrte Handschriften in der Truhe verstaut waren, ließ Hannah sich erschöpft auf die Strohmatratze fallen. Ihr schmaler Körper zitterte vor Übermüdung. Die Wunde am Arm war fast geheilt, nur die Hüfte schmerzte. Faust gab ihr eine weitere Salbe zum Einreiben. Sie brannte auf der Haut, als wollte sie sich in die Knochen hineinfressen. Dann setzte er sich an den Eichentisch und legte im Flackerlicht der dicken Wachskerze Bücherfetzen und zerrissene Seiten zusammen, um sie zu kopieren. Immer wieder war das Rascheln von Papier, das leise Kratzen der Schreibfeder und das unwillige Fluchen des Magiers zu hören. »Wenn sie mich nicht so aufwühlen würde …«, brummte er ungehalten.

»Aufwühlen? Wer?«, fragte Hannah vorsichtig.

»Die Sehnsucht. Diese Sehnsucht, die Welt zu begreifen. Den Gang der Gestirne. Den Kosmos. Wie alles mit allem zusammenhängt, wie der Mensch hineingefügt ist in die Gesetze des Lebens …« Er schloss die Augen und stöhnte leise. »Wenn man das begreift, heißt das nicht, Gottes Gedanken nachzudenken?«

Hannah wagte kaum zu atmen. Draußen jaulte irgendwo eine Katze, es klang wie das leise Wimmern eines Kindes.

»Und wenn ich Gottes Gedanken nachdenke«, fuhr er zögernd fort, »wie können sie dann schlecht sein?«

Das Kerzenlicht flackerte auf und tanzte in wilden, verzehrenden Tänzen über die Wände. Hannah spürte, wie ein eiskalter Hauch über ihren Körper ging. Sie atmete heftig und bekreuzigte sich. Was redete er da? Wollte der Teufel sich seiner Gedanken bemächtigen? War es das Böse, das Einzug in ihren Leib begehrte? Wie konnte Faust sich aufspielen, gottähnlich zu werden, in die Schöpfung mit ihrer unermesslichen Größe eindringen zu können? Das war ketzerisch. Nur Gott und seine kirchlichen Stellvertreter auf Erden hatten das Recht, über Leib und Seele zu richten. Sie spürte, wie sich eine bleierne Schwere mit dunklen Flügeln über sie breitete. Das flackernde Kerzenlicht flog wie ein verlorenes Irrlicht davon und bald wurde sie von einer unendlichen Leichtigkeit fortgetragen.

Als sie wieder zum Eichentisch hinüberblickte, war die dicke Kerze weit heruntergebrannt. Sie musste eingeschlafen sein. Faust knetete gerade aus Kerzenwachs eine Kugel und drückte sie bis zur Hälfte platt. Aus dem Lederbeutel, den er an der Gürtelschnalle befestigt hatte, zog er das silberne Amulett heraus und nahm davon einen Abdruck.

Dann rührte er in einem Tiegel eine weiße Masse an, die er in den Wachsabdruck träufelte. Etwas später hielt er ein genaues Abbild ihres Amuletts in der Hand.

Am nächsten Morgen war er schon früh auf den Beinen, um in der überdachten Markthalle am Obermarkt das Leder ein zweites und gegen ein paar Münzen auch ein drittes Mal lochen zu lassen. Zwischen den Ständen mit Kardamom, Zedernöl, Weihrauch und Jordanwasser in Glasflaschen fand er dann einen Stand mit Büchern und Schriften, der von Mönchen umlagert war. Faust zog die Kapuze seines braunen Mantels tief ins Gesicht und fand zwei Schriftenrollen, die er hastig an sich nahm: die geheimen Werke Salomos* und das sechste und siebente Buch Mose, die es weder in der lateinischen noch in der griechischen Bibel zu lesen gab. Seine Finger zitterten, als er dem Händler die gewünschte Anzahl Münzen in die weit ausgestreckte Hand drückte. Sofort ließ er die Schriften in seinem Mantel verschwinden.

»Heilige Reliquien«, krächzte ein Greis mit schulterlangem weißem Haar und hielt ein Kästchen mit Elfenbeinverzierungen hoch. »Knochensplitter vom heiligen Antonius!«

Faust lachte verstohlen und machte sich auf den Weg. Er wollte noch versuchen die Hübschnerin ausfindig zu machen, die ihm diese vertrauliche Nachricht überbringen wollte. Schon von weitem sah er, dass sich in der Breiten Straße vor einem Haus eine Menschentraube gebildet hatte. Weiber in bunten Kleidern standen zusammen, weinten und hielten die Hände gefaltet. Faust spürte eine seltsame Anspannung und lief auf eine schluchzende Dirne zu. »Was ist passiert?«, fragte er eindringlich und fasste sie behutsam an den Schultern.

»Sie haben sie umgebracht«, flüsterte sie mit unterdrückter Stimme. Ihre schwarze Augenschminke verlief mit den Tränen zu dünnen Schmutzschlieren. »Und wer weiß, wen es heute von uns in der Finsternis trifft.«

»Wen haben sie umgebracht?« Seine Augen flackerten unruhig.

»Die Sabine. Die mit den Sommersprossen auf der Nase. Ein krummer Dolch steckt tief in ihrem Rücken. Sie liegt ganz oben auf der Treppe. Jetzt warten wir auf den Leichengräber.«

Der Magier schaute sich verstohlen nach allen Seiten um. Aber nichts Auffälliges war zu sehen. Energisch drängte er sich an den Gaffern und Trauernden vorbei und lief in das schmale Haus die Holztreppen hoch. Auf den obersten Holzstufen lag ausgestreckt die Hübschnerin, der ärmliche Rockfetzen bedeckte gerade mal ihre Waden. Die Holzsandalen waren von ihren nackten Füßen gerutscht. Die Haare, deren Farbe an Herbstlaub erinnerte, hingen wirr über Kopf und Schultern. In einer tiefen Wunde am Rücken steckte der gebogene Dolch. Der Blutfleck in ihrem roten Kleid war dunkel verkrustet; ihre rechte Hand hielt sie seltsam verkrampft. Faust bückte sich, bog vorsichtig die schmalen Finger zurück und fand ein herausgerissenes Stück Stoff, Stoff aus schmutzig braunem Leinen. Er ließ es in einer Innentasche seines Umhangs verschwinden und machte sich auf den Weg, zurück zum *Goldenen Löwen*.

Als Hannah aufwachte, verstaute Faust gerade seine Bücher und Schriften in der Eichentruhe und ließ den Deckel hart auf das Holz herunterknallen. Er stand breitbeinig vor ihr, die Kapuze seines Mantels bis in die Stirn gezogen, und suchte in der Ledertasche nach dem Amulett. Energisch drückte er es ihr in die Hand und warf ihr noch eine goldschimmernde Münze zu. »Hier, für dich«, brummte er. »Ich werde meiner Wege ziehen. Du kannst bei der Wirtin bleiben, sie würde dich hier behalten, da sie selbst keine Kinder hat. Katrinchen wird nicht mehr lange leben. Du könntest eine tüchtige Hilfskraft werden.«

»Aber ich will gerne mit Euch kommen …«

»Die Wege sind zu gefährlich, Diebe, Mörder, Halsabschneider. Wer weiß, wohin mein Ziel mich morgen führt. Hier hast du eine warme Mahlzeit und ein Dach über dem Kopf.«

»Aber …«

»Lass es so gut sein! Ich besorge jetzt den Handkarren für die Truhe. Es ist besser so, Hannah!«, sagte er mit beschwörender Stimme.

Hannah fühlte ein Frösteln unter der Haut. Mit ihren dünnen Armen stemmte sie sich auf der Strohmatratze hoch. Die Haare hingen ihr wirr ins Gesicht. Er brummte ihr noch etwas zu, drehte sich brüsk um und verschwand im Treppenhaus. Die schweren Schritte auf der Holztreppe entfernten sich, hallten auf dem Kopfsteinpflaster nach, bis sie sich mit dem Gassenlärm vermischten.

Hannah sprang auf. Blitzschnell hatte sie ihren Entschluss gefasst. Sie schlüpfte in ihre Sachen, hängte sich das Amulett um den Hals und rollte das alte Kleid und die

Joppe zusammen. Ohne zu zögern öffnete sie den Deckel der Holztruhe und kletterte hinein. Sie legte sich ganz an die Seite, deckte ein paar von den alten Lumpentüchern, in die vorher Glaskolben eingewickelt gewesen waren, über sich und wartete, was nun geschehen würde. Tatsächlich hörte sie bald das mürrische Fluchen von einem, der seinen Burschen antrieb. »Beeil dich, du Rumtreiber. Du dreimal verfluchter Taugenichts! Du armseliger Galgenstrick«, schimpfte er los, um seiner hohen Fistelstimme einen herrischen Ausdruck zu geben. »Nun pack schon zu.«

Hannah spürte, wie die Eichentruhe angehoben und unter Ächzen und Stöhnen die steile Holztreppe hinunter in die Wirtsstube und dann auf die Gasse gewuchtet wurde. Mit einem derben Schlag wurde sie abgestellt. Sie biss sich auf die Lippen, um nicht laut aufzuschreien, denn der Aufprall hatte ihre schmerzende Hüfte gegen das Holz geschleudert.

»Hier soll die Truhe drauf«, hörte sie die dröhnende Stimme von Faust. Schritte kamen näher. Hannah krampfte sich zusammen.

»Dann mal los!«, fuhr der mit der Fistelstimme seinen Gehilfen an. »Und rauf damit!«

Die dunkle Truhe wurde noch einmal hochgehoben und wieder abgestellt. Diesmal klang es dumpf und hölzern, das musste der Handkarren sein.

»Ich will sehen, ob ich noch Platz für die Geräte finde«, knurrte Faust mürrisch. Schwere Schritte kamen auf den Karren zu.

Hannah blieb regungslos liegen und wagte kaum zu atmen. Jetzt wurde der Truhendeckel geöffnet. Helles Licht sickerte durch die Lappen über ihr. Irgendetwas wurde in die Truhe gelegt, etwas Spitzes drückte gegen ihren Oberschenkel. Dann wurde es wieder dunkel und der Deckel knallte auf das Holz. Sie hörte, wie johlende Kinder um den Handkarren herumsprangen und mit Stöcken dagegen schlugen. Plötzlich nahm sie ein schlurfendes Geräusch wahr, als würden sich schleppende Schritte nähern. Irgendjemand klopfte prüfend gegen die Truhe und es roch nach altem, bitterem Knoblauch.

In diesem Moment ruckelte der Karren an und wurde fortgezogen. Der Wagen holperte über Pflastersteine die Gasse entlang. Neben sich hörte Hannah die Schreie der Marktweiber und Stoffhändler. Ein süßer Duft von Honigkuchen zog ihr in die Nase. Dann klirrten Säbel, Hunde jaulten auf und Stiefel knallten hart auf die Erde. Dazwischen tauchte immer wieder die hohe, predigende Stimme eines Bettelmönchs auf, der sich anpries, gegen ein paar Münzen für den Nachlass der Sünden zu beten.

Hannah streckte sich ein wenig und entdeckte einen winzigen Spalt zwischen dem Holz, durch den gleißendes Licht flimmerte. Die Sonne musste schon hoch am Himmel stehen. Allmählich wurde es ruhiger auf der Handelsstraße. Der Karren holperte über unebene Wege und nur hin und wieder war Pferdegetrappel, das Rufen eines Kutschers oder Peitschenknallen zu hören.

Es musste schon später Nachmittag sein. Hannahs Hüfte schmerzte und sie sehnte sich danach, die Beine ausstrecken zu können. Aber trotz des Quietschens und Rollens der Räder wagte sie nicht, sich zu bewegen. Jetzt wurde der Holzkarren über etwas Weiches gezogen, es musste Gras oder Moos sein. Das Rumpeln ließ nach, bis der Wagen endlich zum Stehen kam. Hannah hörte gleichmäßiges Wasserrauschen. Irgendwo nölten und quakten Enten, dumpfes Pochen eines Waldspechts hallte herüber. Rauch von frisch entzündetem Holz zog durch die schmale Ritze im Holz und brannte ihr in den Augen. Sie hörte Schritte, die sich näherten. Ob der Magier jetzt die Truhe öffnete? Würde er sie davonjagen? Sie schnupperte. Es roch köstlich nach gebratenem Fleisch. Das Wasser lief ihr im Mund zusammen, ihr Magen verkrampfte sich schmerzhaft.

»Nun komm schon raus«, hörte sie plötzlich Fausts Stimme. »Oder glaubst du, ich hätte nicht mitbekommen, dass du dich da drin versteckst?«

Hannah fuhr erschrocken zusammen. Vorsichtig setzte sie sich hoch und öffnete den Truhendeckel einen Spalt. Keine dreißig Schritte von hier schlängelte sich ein Fluss zwischen Hügeln und bewaldeten Hochebenen. Faust saß vergnügt an einem Lagerfeuer, über dem drei Fleischstücke brutzelten. Sie waren auf Stöcke gespießt und lagen quer über zwei Astgabeln, die in der Erde steckten. Fett tropfte ins Feuer, es zischte und kleine Flammen züngelten hoch. »Nun setz dich schon zu mir«, brummte er und lächelte verstohlen.

Hannah kletterte aus der Truhe und hockte sich verlegen zu ihm an die Feuerstelle. »Wie lange habt Ihr schon gewusst, dass ich da drinhocke?«, fragte sie zögernd, als er ihr ein aufgespießtes Stück Fleisch in die Hand drückte. Sie pustete und biss vorsichtig in die heiße Kruste.

»Eigentlich wusste ich es schon im Wirtshaus.«

»Und warum habt Ihr mich dann nicht gleich mitgenommen?«

»Es sollte ganz allein deine Entscheidung sein. Die Arbeit im *Goldenen Löwen* wäre nicht das Schlechteste für dich gewesen. Aber wahrscheinlich bist du nicht dafür geschaffen.« Faust brach eine Kante aus einem bröckligen Gerstenbrot und fuhr fort: »Jetzt bist du selbst dafür verantwortlich, was mit dir geschieht.«

Hannah atmete erleichtert auf und biss herzhaft in das Fleischstück. Es schmeckte köstlich. Mit ihren schmalen Fingern umklammerte sie das silberne Amulett, das sie wie eine kostbare Erinnerung hütete. Seine Umrisse drückten sich fast schmerzhaft in ihre Handfläche. Der Abdruck schimmerte hell wie das weiße Fleisch des Huhnes, dem Theresa im Kräutergarten des Fürsten lautlos den Hals umgedreht hatte. Die Innereien des Tieres hatten auf einem Teller in der Kammer gelegen, blutig und verschlungen. Damals, als die Gaukler ins Dorf gezogen waren und Theresa noch lebte. Wo blieben eigentlich die Seelen nach dem Tod?, überlegte Hannah. Warteten sie im Himmel bis zur Wiederauferstehung? Nachdenklich hob sie den Kopf. Das Firmament leuchtete heute tiefblau, die schmale Sichel des Mondes schimmerte wie ein Stoffbild aus Orientseide.

Plötzlich war lautes Kläffen zu hören. Auf der anderen Seite des Flusses weideten Schafe, die von einem struppigen Hund weitergetrieben wurden. Es sah aus, als würden im hohen Gras blökende Schafsfelle vorbeiziehen. In diesem Augenblick hörten sie Menschenschreie und aufgebrachte Stimmen. Nicht weit entfernt flussabwärts wurde eine Frau von einer Menschenmenge zum Wasser gezerrt. Faust sprang auf und löschte das Lagerfeuer mit einem großen Lappen, den er wieder und wieder in die Flammen schlug. »Los, versteck dich hinter den Büschen!«, zischte er, während er geduckt den Handkarren so leise wie möglich tief in ein Laubwäldchen zog.

Hannah beobachtete von einer dicht gewachsenen Brombeerhecke aus, was am Ufer weiter geschah. Das Haar der Frau hatte sich aus der Haube gelöst und hing ihr bis auf die Hüften. Zwei Männer schubsten sie weiter, die aufgebrachte Menge johlte und drohte mit den Fäusten. Nur ein paar wenige senkten verängstigt die Köpfe und weinten. Ein Pfarrer im schwarzen Gewand hielt ein hölzernes Kreuz beschwörend zum Himmel empor.

»Was machen die denn da?«, fragte Hannah verunsichert.

»Sie machen wohl die Wasserprobe!« Fausts Gesichtszüge verhärteten sich, als der Frau Füße und Hände gebunden wurden. Ihr Körper zuckte und bäumte sich auf. Sie schrie und bettelte, flehte und jammerte. Dann wurde sie in ein Boot verfrachtet. Ein Buckliger knotete einen Leinensack mit schweren Steinen um ihre nackten Füße. Jetzt wurde sie vom Fährmann hinausgerudert und von zwei Begleitern einfach in den Fluss geworfen. Das Wasser platschte auf, ein paar Wellen tanzten an der Oberfläche, gurgelnde Luftblasen stiegen hoch, dann war es still.

»Sie ertrinkt, nicht wahr?«, fragte Hannah leise.

»Ja, sie ertrinken alle.« Faust fuhr sich erregt mit der Hand durch das Haar. »Ich habe jedenfalls noch nie gehört, dass eins von den armen Weibern wieder aufgetaucht wäre und aller Welt verkündet hätte: Schaut her, ich bin eine Hexe! Trotz schwerer Säcke an den Füßen, trotz gebundener Hände kann ich schwimmen!«

Die Männer in dem Boot suchten mit langen Stangen den Fluss ab, einige liefen barfuß durch das seichte Uferwasser, Kinder durchkämmten das Schilfgras und die flussnahen Büsche. Sie wirkten wie kleine Spielzeugmarionetten, die irgendeinem Fürsten zur Belustigung ein Gauklerstück vorspielten.

»Aber es gibt doch Hexen, oder?« Hannah sah ihn mit unendlich traurigen Augen an.

»Jeder glaubt daran«, antwortete Faust leise und fuhr mit scharfer Stimme fort: »Aber ich nicht, das sind Hirngespinste, weiter nichts. Sie predigen in den Gottespalästen: Du sollst deinen Nächsten lieben wie dich selbst. Und dann ersäufen und verbrennen sie im Namen der Kirche Hexen und Ketzer. Und warum? Weil sie selbst keinen Einblick in das Wirken der Weltenkräfte haben. Die Ärmsten werden auf dem goldenen Altar der irdischen Dummheit geopfert.«

Der Fährmann steuerte das Holzboot nach Anweisung eines Mannes im dunklen Talar den Fluss rauf und runter, um zu sehen, ob die Verdächtige nicht doch wieder auftauchte.

»Jetzt sehen sie doch, dass sie unschuldig ist. Da kann sie wenigstens ein christliches Begräbnis bekommen«, sagte Hannah leise.

»Doch nur, wenn man sie findet«, meinte Faust mit bitterem Unterton. »Mir wäre lieber, sie wäre am Leben geblieben.«

»Aber warum habt Ihr Angst vor den Leuten?«

»Sie platzen doch vor Aberglauben. Die Inquisition peitscht alle auf. Wenn der Pöbel erst in Wahn gerät, schlägt er alles kurz und klein.«

»Aber was wollen sie Euch vorwerfen? Sie kennen Euch doch gar nicht vom Angesicht her.« Hannah sah, wie die Augen des Magiers aufblitzten.

»Und wenn sie die Truhe durchstöbern und die Bücher finden und Geheimschriften?«, sagte er und zog verächtlich einen Mundwinkel hoch. »Der Pfaffe wird wohl ein paar Worte wie ›Teufelswerk‹ und ›Höllenzwang‹ entziffern können. Was glaubst du, was sie dann mit mir anstellen? Vielleicht erschlagen sie mich. Oder ich werde auch in den Fluten versenkt. Und selbst wenn ich mich wehren könnte, meine Schriften werden sie verbrennen, die Worte ausräuchern, bis die Wahrheit in Schutt und Asche liegt. Was für ein törichtes Volk!«

»Aber warum haben sie Angst davor?«

»Weil sie die Wahrheit dem Teufel zuordnen und nicht begreifen, dass sie ein Werk des Himmels ist.«

Hannah starrte auf das kleine Boot. Die Männer tauchten jetzt mit kräftigen Schlägen die Holzpaddel immer wieder ins Wasser und ruderten das Boot ans Ufer. Der Bucklige schob mit der langen Stange den Leichnam der Frau an Land. Sie wirkte wie eine aufquellende Todesblume, die langen Haare umspielten den gekrümmten Leib, umhüllt von einem Blütenbett aus alten Kleiderlumpen. Ein Pfarrer in schwarzer Kutte streckte wieder das Kreuz gen Himmel. Leises, gottesfürchtiges Murmeln hallte zu ihnen herüber.

Hannah zitterte. Ihre Lippen waren blass geworden. Mit ihren schmalen Fingern umfasste sie das Amulett, als würde eine schmerzhafte Erinnerung in ihr aufsteigen. Trotzdem konnte sie ihren Blick nicht von der Menschentraube lösen, die sich zu einer Prozession formte. An der Spitze schritt der Pfarrer, dann kamen zwei Männer, die eine Holzbahre zwischen sich trugen. Darauf lag die Tote. Die Stricke an Armen und Beinen waren inzwischen durchtrennt, eine Hand baumelte leblos herunter wie die einer hölzernen Marionette. Hinter ihr ging der Bucklige, die anderen folgten schweigend, die Köpfe demütig gesenkt.

Sobald sie außer Sichtweite waren, brachen Faust und Hannah auf. Der Magier fasste mit festem Griff die Holzstangen von dem vierrädrigen Handkarren und zog ihn hinter sich her, immer die schmalen Feldwege und holprigen Pfade der Handelsstraße entlang, während Hannah schweigend neben ihm herlief. Sie war tief in Gedanken versunken, ihre Füße setzten sich wie von selbst voreinander, sie wich Steinen und Unebenheiten aus und sprang über heruntergefallene Äste und Zweige. Der Verstand war völlig ausgeschaltet, als liefe sie als Schlafwandlerin durch die Welt. Sie versuchte ihre Gedanken zu ordnen und die düsteren Bilder in ihrem Kopf zu verscheuchen.

»Warum habt Ihr Euch eigentlich kein Maultier genommen?«, fragte sie endlich.

»Die Diebe haben sämtliche Münzen aus der Truhe gestohlen«, antwortete Faust knapp und spannte seine Oberarmmuskulatur. Er stierte geistesabwesend auf den Waldweg, während er mit gleichmäßigen Schritten weiterging und den Holzkarren ohne zu ermüden hinter sich herzog. Die Handelsstraße führte jetzt durch weite Ebenen und düstere Nadelwälder, an hügeligen Landschaften vorbei, die mit dichten Laubbäumen bewachsen waren, weiter zu einer Hochebene. Von dort waren blühende Obstbäume zu sehen. Weite Wiesen streckten sich sonnengelb in den Tälern aus. Ganz in der Ferne glitzerte in einem schmalen Flussbett Wasser. Kleine Häuser lagen wie hingewürfelt am Ufer.

»Wie lernt man eigentlich Magie?«, fragte Hannah plötzlich und kratzte mit ihrem Fuß den Umriss ihres Amuletts in die Walderde.

Faust zog belustigt die Augenbrauen hoch. »Magie lernen?«

»Ja. Ihr lest doch auch ständig in alten und neuen Schriften. Kann man das dann nicht lernen?«

»Kommt drauf an. Die meisten lernen Formeln, Beschwörungen, Symbole. Sie bleiben aber Lernende, die ihre Köpfe mit Wissen voll stopfen. Du musst selbst zur Magie werden. Dein Bewusstsein muss eins werden mit ihr, sonst kannst du nicht zur höchsten Erkenntnis gelangen. Doch es ist nicht jedem gegeben. Wem die Berufung fehlt, der kann sich noch so bemühen und wird nichts begreifen.«

Hannah sah ihn fragend an. »Wie meint Ihr das?«

Faust schaute hoch zum Himmel, wo ein paar Bussarde ihre Kreise zogen.

»Raubvögel haben einen ungemein scharfen Blick«, erklärte er. »Und Hunde haben einen besonders ausgeprägten Geruchssinn. Diese Fähigkeiten wirst du nie lernen können, sosehr du dich auch bemühst. Einige Menschen können ein gutes Mahl bereiten, andere sprechen mehrere Sprachen. Aber es gibt auch Menschen, die sehen mehr als andere. Sie haben die Fähigkeit, Einblicke in die Schöpfung, in die Zusammenhänge der Welt zu nehmen. Wieder andere sind zum Heilen berufen. Oder zur Bildhauerei. Zur Malerei oder zum Lehren.«

»Aber wie kann ich wissen, wozu ich berufen bin?«

»Kennst du nicht diese unbändige Sehnsucht in dir nach irgendetwas, was du gern tun möchtest? Was du erforschen möchtest? Was du wissen willst?« Hannah nickte nachdenklich, während Faust leidenschaftlich die Hände weit ausstreckte, als wollte er alle Kräfte des Himmels in sich aufnehmen. »Du musst das Schöpferische in dir entdecken und freilassen, so wie die Urmaterie, die in jedem Stoff sitzt und nach Erlösung drängt. Du musst … selbst zum Schöpfer werden.«

Fausts Atem ging angestrengt. Er drehte sich suchend um, sammelte Steine und formte daraus einen Kreis. Zögernd musterte er Hannah für einen kurzen Moment. Dann legte er Reisig in den Steinkreis, dickere Zweige und getrockneten Baumschwamm, der durch die Funken der Feuersteine besonders leicht entflammte. »Die meisten Menschen harren der Dinge, die da kommen. Sie werden dumpf und einfältig, lassen sich beherrschen und kontrollieren. Sie sind nicht in der Lage, selbst das Feuer in sich zu entfachen.«

Als die ersten Flammen die Äste hochzüngelten, es knisterte und knackte, warf er Hannah einen eindringlichen Blick zu: »Du musst zuerst das Feuer in dir entfachen, die Leidenschaft zu den Dingen!«

Dann nahm er eine Eisenpfanne und eine Kiste mit Lebensmitteln vom Wagen. Mit einem kurzen Messer schnitt er gesalzenes Schweinefleisch in Würfel und briet es in der Pfanne mit geschmolzenem Fett knusprig braun. Dann begoss er es mit einer Mischung aus Senf, Honig und braunem Bier. Später schüttete er noch etwas dicke Milch dazu und würzte alles mit einer Spur Thymian.

Als er Hannah einen Holzteller reichte und ihr von dem Fleisch auffüllte, fragte sie: »Und wenn ich wissen will? Und verstehen? Wie finde ich heraus, ob ich das kann?«

Faust schmunzelte, während er die Soße auf seinem Teller mit Brot auftunkte. »Es gibt drei große Aufgaben, die du bewältigen musst, ehe du Dinge in dir öffnen kannst.«

»Drei große Aufgaben?« Erwartungsvoll schaute sie zu ihm hoch.

Wie dünn sie war, dachte er. Die Unterarme ragten dürr und knochig aus dem Leinenhemd, als könnte jeder stärkere Wind sie umknicken. Und mit was für einem lauernden Blick sie ihn anstarrte. Ihre Katzenaugen hatten dunkle Ränder, die Gesichtshaut war von einer blässlichen Farbe, das Haar hing ihr zottelig ins Gesicht. Er hätte sie mit Sicherheit im Spital von Gelnhausen gelassen, wäre da nicht dieses Amulett gewesen. Und die Begabung für gewisse Dinge, wie er es aus ihren Handlinien herauslesen konnte.

»Als Erstes musst du deinen Willen stärken«, fuhr er endlich fort. »Ohne eisernen Willen ist nichts zu bewerkstelligen. Du darfst dich nicht einschüchtern lassen, nicht schwanken, nicht mutlos werden. Nur Menschen mit furchtloser Beharrlichkeit können sich dem Ziel nähern.«

Hannah lächelte zufrieden. Willen? Den hatte sie. Das hatte man ihr schon in frühester Kindheit als verderbliche Eigenschaft vorgeworfen. Sie war kaum neun Jahre alt gewesen, als sie sich jeden Abend nach dem Stampfen, Wringen und Schrubben der Wäsche heimlich zum alten Theodor gestohlen hatte. Er war früher einmal Schreiber am fürstlichen Hof gewesen, als Greis hatte er Unterkunft in einem abgegrenzten Stallverschlag bei einem reichen Bauern gefunden, dem er hin und wieder ein paar Schriften aufzusetzen hatte. Hannah hatte ihm die verräucherte Kammer gefegt, den Nachttopf geleert und Wasser vom Brunnen geholt. Dafür hatte er ihr im Licht selbst gezogener Talgkerzen beigebracht, wie der Gänsekiel geführt werden musste. Aus Schleifen, Windungen und Bögen hatten sich allmählich Worte und Sätze gebildet, bis zwei Tage nach dem Johannisfest, damals, als Trommeln und laute Gesänge die Vaganten ankündigt hatten …

»Als Zweites brauchst du Imagination«, unterbrach Faust ihre Gedanken.

Hannah kratzte sich verunsichert im Nacken. »Imagination?«

»Ja, Vorstellungskraft. Schließ die Augen, stell dir einen Raubvogel vor. Du siehst seinen scharfen Schnabel, die starren Augen, das schillernde Gefieder. Du schlüpfst in seinen Körper, fliegst davon … das musst du üben, vielleicht über Jahre. Je genauer das Bild in deinem Kopf wird, umso besser.«

»Das hat mir Theresa auch immer gesagt …«, sagte Hannah leise. Traurigkeit breitete sich wie ein Tuch aus düsteren Erinnerungen über sie. Sie senkte den Kopf, als wollte sie sich verkriechen. Der Hut rutschte ihr vom Haar und kullerte ins Gras. Sofort griff sie danach, setzte ihn wieder auf und zog ihn tief in die Stirn.

»In meiner Kindheit kannte ich auch eine Theresa«, brummelte Faust. »Sie arbeitete als Dienstmagd, als ich mit meinem Freund Entenfuß* …«

»Entenfuß?« Hannah versuchte zu lächeln. »Hieß er wirklich so?«

»Ja, den Entenfuß gab's wirklich. Er war mein bester Freund. Wir waren zusammen in Knittlingen in der Lateinschule und haben nachmittags stundenlang unsere Vorstellungskraft geschult. Entenfuß hatte bei seinem Vater ein seltsames Büchlein gefunden: *Über die Magie*. Darin stand, dass man Herr über seine Gedanken werden kann. Wir brachten also Bilder vor unseren Augen zum Leuchten, ließen Farben entstehen, vergehen, neu aufblitzen. Wir flogen auf Höllendrachen davon, spielten in Gedanken die Wunder der Heiligen nach und kämpften gegen gehörnte Riesen, bis die Bilder uns gehorchten.«

»Und was ist aus diesem Entenfuß geworden?«

»Er lebt heute im Kloster Maulbronn, ganz in der Nähe von Knittlingen. Ich denke, dass ich eines Tages dort Station machen werde. Und jetzt stell dir blitzartig einen Baum vor. Eine Burg. Eine Trompete. Eine gelbe Sternblume. Einen blauen Wolfskopf.«

Faust beobachtete, wie Hannah mit geschlossenen Augen im Gras lag. Die dünnen Arme hatte sie weit von sich gestreckt. Die Lippen waren fest zusammengepresst. Ihre Stirn kräuselte sich ärgerlich. Unter den feinen Lidern bewegten sich ihre Augäpfel aufgeschreckt hin und her.

Hannah stemmte sich entrüstet hoch. »Die Bilder werden nicht so, wie ich will!«

»Das klappt nicht von heute auf morgen. Das musst du üben! Genauso wie Lesen und Schreiben.«

»Und weiter? Welche Prüfung muss man noch meistern?«

»Als Drittes brauchst du Konzentration«, fuhr Faust fort, während er die Eisenpfanne mit Gras auswischte und wieder auf dem Handkarren verstaute. »Lenke deine gesamte Aufmerksamkeit auf ein Wort oder ein Bild.«

»Ich denke an ein rotes Band …«

»Gut. Denke an dieses rote Band. Lass dich von keinem anderen Gedanken ablenken, deine gesammelte Konzentration liegt bei diesem roten Band. Und jetzt hab nur dieses Bild vor Augen. Mehr nicht. Lass ein paar Minuten vergehen. Du musst der Herrscher über deine Gedankenbilder werden.«

Hannah stellte sich das rote Band vor. Nur das rote Band. Es war ein schmales Seidenband, so rot wie die Abendglut an der Himmelskuppel. Es lag auf einem dunklen Eichentisch, der mitten auf einer Wiese stand. Aber es blieb nicht so, wie Hannah es wollte. Das Band wiegte sich, bog sich hin und her, schlängelte sich davon. Jetzt wurde es bläulich, hatte seltsame Flecken und flatterte hoch. Ob das ein Windhauch war? War es stürmisch am Firmament? Hannah ertappte sich, wie auch ihre Gedanken davonflogen, weg von dem roten Haarband, hin zum Himmelswind und zu Theresa, die heimlich auch ein rotes Band getragen hatte. Immer wieder versuchte Hannah ihre Gedanken zu ordnen, aber sie führten ein Eigenleben, blitzten an Stellen auf, wo Erinnerungen mit Sehnsüchten, Erfahrungen mit Hoffnungen zusammentrafen. Sie setzte sich auf und schüttelte den Kopf. »Es geht nicht!«

»Denk an die erste große Aufgabe: Nicht aufgeben!«, hörte sie die eindringliche Stimme des Magiers. »Behalte deinen Willen! Ich habe als Kind stundenlang auf Kiesel gestarrt. Oder Blätter. Oder ein Loch im Zaunpfosten. Ich habe meine Gedanken gelehrt mir zu gehorchen. Je mehr du sie beherrschst, desto stärker werden sie. Und irgendwann können sie sogar die Mächte der Finsternis bezwingen.« Faust lachte laut auf. Es klang spöttisch und selbstgefällig, als hätte er schon manche Erfahrung in dieser Kunst gesammelt.

Hannah spürte plötzlich eine seltsame Unruhe in sich aufsteigen. Es war, als würden unzählige spitze Stacheln aus prickelnder Neugier in ihre Haut getrieben. Im Wirtshaus hatte sie doch heimlich in den Schriften des Doktor Faust geblättert. Und hatte da nicht auf der ersten Seite in dicken Buchstaben gestanden: *Dreifacher Höllenzwang*? Konnte Faust die Hölle tatsächlich dreifach bezwingen mit Willen, Imagination und Konzentration? Sie beobachtete, wie er angelehnt am Holzkarren stand und ein bräunliches Blatt zu einer schmalen Hülse drehte. Jetzt zündete er sie an, sog den Qualm tief ein und trat das heruntergebrannte Lagerfeuer aus. Hannah zauderte einen Moment. Ob es wirklich gut war, mit einem zu reisen, der den Satan höchstpersönlich herausforderte?

»Komm weiter«, rief Faust ihr zu und nahm die Holzstangen des Wagens zwischen die Arme, als wollte er sich selbst anspannen. »Ich will heute noch ein paar Meilen schaffen.«

Wieder gingen sie schweigend nebeneinanderher, nur das gleichmäßige Quietschen und Holpern des Handkarrens war zu hören. Faust schien unnahbar, sein Gesicht wirkte regungslos wie eine Maske aus Wachs. Hannah versuchte immer wieder, ein Bild vor ihren Augen erscheinen zu lassen und festzuhalten. Eine Trommel wie die der herumreisenden Vaganten. Ein Greisengesicht wie das von Theodor. Eine rote Schleife wie die von Theresa... Aber schon nach ein paar Schritten huschte es jedes Mal davon.

»Gut«, meinte Hannah schließlich. Ihre Stimme klang fest und sie stapfte selbstbewusst mit ausladenden Schritten voran. »Willen habe ich. Das Konzentrieren und Bildermachen muss ich erst noch richtig lernen. Und was ist sonst zu tun?«

»Dann brauchst du unbedingt Wissen«, brummte Faust. »Sehr viel Wissen um die Dinge. Schon allein, damit du dir nicht selber schaden kannst.«

»Selber schaden?«

Faust sah sie mit einem seltsamen Gesichtsausdruck an. »Es ist wie mit dem Feuer. Wenn du nicht weißt, wie du es beherrschen kannst, wird es dich beherrschen.«

Hannah schluckte. Sie spürte ein erregtes Zittern auf der Haut, als würde ein eisiger Wind über ihren Körper streifen, und fasste einen Entschluss: Nichts auf der Welt sollte sie davon abhalten können, mit ihm weiterzureisen. Jede Möglichkeit wollte sie nutzen, um in den geheimen Schriften zu lesen und erfahrener zu werden.

Jetzt ging der Weg durch einen dichten Laubwald. Es roch süßlich nach Holunderblüten, ein hundertfaches Surren und Summen lag in der Luft. Hannah spürte ein schmerzhaftes Ziehen in der Hüfte. Trotzdem bemühte sie sich mit Faust Schritt zu halten, der tief in Gedanken versunken war. Immer wieder hielt er an, holte Pergament und Kohlestift aus der Innenseite seines Mantels und schrieb in einer fremden Schrift ein paar Zeichen auf.

An einer nahen Quelle ließ er sich kühles Wasser über die Hände laufen. Seine Finger waren schwielig und rot unterlaufen. An mehreren Stellen hatten sich wässrige Blasen gebildet. Er nahm aus einem Porzellantiegel eine Salbe, strich sie über die wunden Stellen und verband sie mit Leinenstreifen. Dann füllte er die Trinkflaschen aus Ziegenleder mit frischem Quellwasser und verstaute sie wieder auf dem Handkarren. »Warte hier«, sagte er und steckte Hannah eine Holzpfeife zu. »Ich will nach einem bestimmten Kraut Ausschau halten.«

Kaum war er im nahen Dickicht verschwunden, huschte sie auf Zehenspitzen zu dem Handkarren. Sie lauschte, aber alles blieb ruhig. Lautlos öffnete sie den Truhendeckel. Auf der rechten Seite lagen die Bücher. Und da, unter den Schriften des Salomo: *Der dreifache Höllenzwang*. Sie blätterte und las über das Anrufen von Geistern dort weiter, wo sie im Wirtshaus unterbrochen worden war: »Zum Beispiel du verlangest Geld, entweder von Schätzen oder auch ohne dieselben, so kannst du den Aciel auf einem Scheideweg rufen. Verlangest du aber Künste, Wissenschaften oder etwas anders, so musst du auch den Geist, der dafür zuständig ist, rufen. Aber merke, dass dir kein Geist gehorcht, wenn du nicht in der göttlichen Schrift wohl erfahren bist. Dann ist es nötig, dass du deine Natur untersuchst, ob dir auch die Geister zugetan sind ...«

Hannah schreckte hoch. Erhob sich nicht plötzlich ein leise pfeifender Wind, der sich wie ein unsichtbarer Schal um ihren Hals schlang? War da nicht ein leises Rascheln im Laub? Wurden da nicht von unsichtbaren Füßen Moose und Farne niedergetreten? Hannah schüttelte verärgert über sich selbst den Kopf und las weiter: »... und dass du alle Zubereitungen kennst, einen Exorzismus gelehrt anzustellen und die Mittel dafür anzuschaffen. Dann musst du auch des Lesens und Schreibens sehr wohl erfahren sein. Nur wisse, dass jeder Geist das erste Mal auf einem Kreuzweg zu zitieren ist. Wenn der Geist erscheint und er ist grausam und schrecklich anzusehen, so muss sich der Mensch ein rechtes Herz fassen, dass er den Geist durch Zwang ändert, welchen Zwang, ich, Faust, dir auch hernach sagen will ...«

Hannah horchte auf. Äste und Zweige knackten, Laub raschelte unter kräftigen Schritten. Jemand näherte sich durch das Gehölz. Sofort steckte sie das Buch zurück in die Truhe und schloss den Deckel. Im gleichen Moment tauchte Faust zwischen den hohen Baumstämmen auf. In seinen Händen hielt er mehrere Pflanzen, Kräuter und Farne. Er band sie zusammen und hängte sie zum Trocknen an einen Nagel, den er in den Karren geschlagen hatte. »Wir wollen weiter«, brummte er. »Nur noch eine kleine Strecke. Dann schlagen wir das Nachtlager auf. Bis zur nächsten geschlossenen Stadt schaffen wir es nicht mehr.«

Sie wanderten auf der Handelsstraße weiter, die untergehende Sonne immer im Rücken. Jedes Mal wenn das Trappeln von Hufen, das Ziehen von Karren oder entfernte Rufe zu hören waren, versteckten sie sich im angrenzenden Dickicht und warteten, bis Handelsreisende, Bettelmönche, Scholaren oder Gaukler vorbeigezogen waren.

Langsam wurde es kühl. In den weiten Tälern zog nebliger Dunst auf, der Bäche und Wiesen allmählich unter sich begrub. Das Firmament schien immer mehr von einer düsteren Farbe durchtränkt, nur weit im Westen glühte es wie Feuer, als wollte sich der letzte Tag noch nicht verabschieden.

»Wo wollt Ihr eigentlich hin?«, fragte Hannah, als sie zu einer Hochebene aufstiegen.

»Nach Würzburg«, antwortete Faust. »Eigentlich wollte ich in die andere Richtung, nach Kreuznach. Aber dort kommt es gerade zu Streitereien zwischen den Pfälzern und Hessen. Da muss ich meine Nase nicht reinstecken.«

»Ein neuer Krieg?« Hannah zog die wollene Weste enger.

»So schlimm wird's nicht werden. Es geht nur um ein paar Ländereien und Klöster, Wälder und Dörfer, die neu aufgeteilt werden sollen.« Faust grinste breit und fügte hinzu: »Bin gespannt, wie es unserem ehrenwerten Abt Trithemius ergehen wird; das Kloster Sponheim liegt ja ganz in der Nähe von Kreuznach.«

Als sie den Wald hinter sich gelassen hatten, verließen sie die Handelsstraße und zogen zu einem Bauerndorf, das sie gerade noch in der Abenddämmerung entdeckt hatten. Ein paar verwitterte Holzlatten waren aus den schiefen Ställen gebrochen, es roch nach Kuhmist. Als sie sich einer Hütte näherten, war lautes Gezeter und Weinen zu hören, denn die Fensterlöcher waren nur mit Pferdedecken verhängt. Faust pochte ein paarmal gegen die Tür. Ein Mann mit hochrotem Kopf öffnete. Jetzt war das Wimmern und Stöhnen noch deutlicher. »Verschwindet!«, schimpfte er ungehalten. »Wir können keine Bettler gebrauchen!«

»Wir sind keine Bettler«, gab Hannah empört zurück.

»Macht, dass ihr fortkommt!« Das Gesicht des Bauern war wütend verzerrt. Er wollte die Tür zuziehen und verriegeln, aber Faust hatte seinen Fuß auf die Schwelle gestellt.

»Vielleicht können wir euch helfen. Jemand scheint starke Schmerzen zu haben«, bot er sich an.

»Und uns die letzte Habe stehlen?« Er griff nach einer Schaufel, die im dunklen Flur stand. Der Lichtschein eines Herdfeuers tanzte über sein wutentbranntes Gesicht. »Jetzt verschwindet. Oder …« Er hob den Spaten hoch über den Kopf, als wollte er mit aller Wucht zum Schlag ausholen.

Faust packte ihn blitzschnell am Handgelenk. »Jetzt beruhigt Euch«, brummte er versöhnlich. »Ich bin wirklich erfahren in der Heilkunde. Was bleibt Euch, wenn Ihr mich erschlagt?«

Wie aus weiter Ferne drang eine dünne weibliche

Stimme zu ihnen herüber. »Lass ihn herein. Oder willst du, dass der Bub stirbt?«

Der Bauer ließ langsam den Arm sinken. Den Spaten stellte er hochkant auf den Holzstiel und legte wie zufällig seine Finger über die scharfe Kante der Schippe. Misstrauisch beäugte er den Fremden in seinem dunklen Umhang mit der Kapuze über dem Kopf. »Also gut. Kommt herein.«

Faust drängte sich an dem Bauern vorbei in die Kammer, aus der das Wimmern kam. Auf einer Strohmatratze lag ein Kind, kaum sechs Jahre alt. Das Gesicht hatte es schmerzhaft verzerrt. Das blonde Haar klebte schweißnass an seiner Stirn.

»Was ist denn passiert?«, fragte Faust leise.

»Der Ochse hat dem Bub das Bein zerschmettert. Es steht ganz schief«, brummte der Bauer.

Das linke Bein lag seltsam verkrümmt. Ein Knochen schimmerte weißlich durch die dünne Haut. Die Bäuerin hatte sich zu ihrem Kind gesetzt und hielt seine schmale Hand, die vor Schmerzen zuckte.

»Ich brauche Licht. Habt ihr Kerzen?«, fragte Faust und lagerte das Bein vorsichtig auf eine alte, zusammengefaltete Schafsdecke.

Der Bauer fasste ihn derb an der Schulter. »Was wollt Ihr mit meinem Sohn anstellen? Wollt Ihr ihn aufschneiden?«

Faust schüttelte den Kopf. »Nein. Ich will den Knochen nur in die alte Stellung zurückbringen und das Bein schienen, damit es wieder zusammenwachsen kann.«

Der Kleine wimmerte leise und verdrehte die Augen, so

dass nur noch das Weiße zu sehen war. Seine Lippen waren blutleer und zitterten.

»Was ist also mit den Kerzen!«, fragte Faust eindringlich.

»Wir haben nur das Feuer im Ofen«, antwortete die Bäuerin leise und hauchte gegen die kalte Hand des Kindes.

Hannah warf Faust einen fragenden Blick zu. Als er nickte, huschte sie nach draußen, um Kerzen aus der Holztruhe zu holen.

»Dann brauche ich einen geraden, kräftigen Holzstecken!« Mit den Händen zeigte er den Abstand von einer Elle.

Während der Bauer in den Stall lief, um nach einem Stück Holz zu suchen, mischte er aus verschiedenen Tinkturen, die er in kleinen Fläschchen mit sich führte, ein Tonikum.

»Was gebt Ihr da meinem Matthias?«, fragte die Bäuerin zaghaft.

»Das ist gegen die Schmerzen«, antwortete Faust leise und tröpfelte es dem Jungen mit einem kleinen Löffel zwischen die Lippen. Dabei schaute er das Kind mit beschwörendem Blick an und flüsterte ihm zu: »Jetzt hör mir genau zu: Das hilft dir! Die Schmerzen lösen sich jetzt auf. Sie schmelzen wie dünnes Eis in der Frühjahrssonne. Kennst du dünnes Eis, das schmilzt? ... Spürst du das warme Sonnenlicht? ... Die Schmerzen lösen sich auf. Sie lösen sich auf ... und du kannst gut schlafen.«

Die Bäuerin sah erstaunt zu, wie das Kind sich entspannte. Es sackte fast verwundert in sich zusammen, verdrehte die Augen und lächelte, als würde es von himmlischen Mächten davongetragen.

»Haltet ihn fest«, befahl er dem Bauern, der sofort den Brustkorb des Kindes umfasste und mit seinen hervorquellenden Augen jede Bewegung des Magiers genau beobachtete. Faust befühlte das Bein, tastete nach der Bruchstelle, ließ die Finger über Schwellungen und Verhärtungen gleiten, über Abschürfungen und Hautfetzen, bis er vorsichtig die Knochen gegeneinander drückte …

Die alte Frau im Kloster schreckte hoch. Der weiße Gänsekiel in ihrer Hand zitterte, etwas Tinte tropfte aufs Papier und zerplatzte zu einem hässlichen Fleck, als wollte er mit seinen wuchernden Armen die geschriebenen Worte unleserlich machen. Erregte Stimmen hallten draußen über den Klosterplatz. War da nicht der Ruf nach Teufelsjägern laut geworden? Sie streckte ihren schmerzenden Rücken, ging zum Fenster der alten Klosteranlage und schaute hinaus in die Abenddämmerung. Im Hof standen Männer mit dunklen Kapuzen und hatten ein Feuer entzündet. Schriftstücke und Papiere wurden in die Flammen geworfen. Glühende Fetzen tanzten durch die Luft und flogen hoch, als wollten sie sich mit den Feuerdämonen verbünden.

»Werft alles in die Flammen«, hörte sie die nölende Stimme eines Fremden, der mit gewichtigen Schritten zurück zum Kloster lief. »Nichts darf an diesen Teufelsbündler erinnern. Wir müssen alles reinigen, was er besudelt hat. Die Klosterhalle, das Refektorium, die heilige Kirche, das steinerne Kreuz, den Brunnen. Holt Weihrauch, räuchert alles aus. Und denkt an den Turm, wo er gearbeitet hat …«

Die alte Frau schlurfte zurück zum Schreibtisch, auf dem mehrere Kerzen flackerten. Mit zittrigen Händen nahm sie den Brief mit dem Siegellack, der ihr am Morgen zugestellt worden war, und versteckte ihn in ihrem Brustkleid. Der Himmel würde Erbarmen mit ihr haben. Mit einer gekrümmten Haarnadel zog sie an der Unterseite des Tisches einen versteckten Metallring heraus. Ein leises Klacken war zu hören und der Mechanismus gab ein Schubfach frei, gerade groß genug für die beschriebenen Blätter. Es knisterte wie Feuer, das sich an trockenem Reisig hochzüngelte, als sie die handgeschöpften Papiere darin zusammendrückte. Behutsam schob sie die Lade zurück in die Verankerung, legte sich in Kleidern auf die Strohmatratze und zog eine Leinendecke hoch über die Schultern. Atemlos horchte sie nach den aufgeschreckten Rufen und trampelnden Schritten, die durch die Gänge hallten und allmählich wieder abebbten.

»Geht schlafen«, schallte jetzt eine herrische Stimme vom Klosterhof hoch. »Morgen suchen wir weiter.«

Nach ein paar Atemzügen war alles still. Die alte Frau stemmte sich hoch und ächzte leise, als sie ein schmerzhaftes Ziehen in der Hüfte spürte. Am Schreibtisch nahm sie ein kleines Messer aus dem Lederbeutel, der an ihrem Gürtel herunterbaumelte. Fast zärtlich strich sie mit der Fingerkuppe über den Holzgriff, in den die ausladenden Hörner eines Stieres eingeschnitzt waren. Dann stutzte sie mit festem Schnitt eine Gänsefeder zurecht und tauchte den spitzen Kiel in das Tintenfass:

Das Feuer im Ofen flackerte hell, Lichtflecken huschten über die blutleeren Lippen des kleinen Matthias. Faust drückte eine Holzlatte gegen die Innenseite des gerichteten Beines und umwickelte alles mit Streifen aus getrockneter Ochsenhaut. Die Bäuerin streichelte dem Kleinen ungelenk über die Stirn, ihre Finger waren schwielig und von der Feldarbeit blutig verschorft. Kalter Schweiß verklebte sein Haar, aber sein Atem ging tief und regelmäßig, als hätte er sich weit in traumlose Welten zurückgezogen.

Es war stockdunkel, als sie endlich schlafen gingen. Der Magier bestand darauf, sich im verwitterten Stall bei den Kühen niederzulegen, auf alten Decken direkt neben dem Handkarren mit seiner Eichentruhe. Die Luft war stickig vom heißen Atem der Tiere und vom dampfenden Mist, der zwischen den Strohhalmen klebte. Hannahs Augen brannten vor Müdigkeit. Trotzdem lag sie wach. Da war diese Erinnerung an den herausstehenden Knochen, die sie nicht loslassen wollte. Wie bleich und störrisch er sich unter die dünne Haut geschoben hatte. Fast glaubte sie das Zerbersten hören zu können, den schmerzhaften Aufschrei des Kindes, als er zerbrochen wurde, und das Brüllen des Ochsen. Sie fühlte sich elend, ihr Magen schien zu revoltieren. Immer wieder tauchte dieser gesplitterte Bruch vor ihren Augen auf, jedes Mal war er zerfurchter und blutiger, mit herausquellenden Adern und herunterhängenden Hautfetzen.

Da blitzte in ihr auf, dass ein Magier doch seine Gedanken beherrschen musste. Sie erinnerte sich, wie Faust den herausstehenden Knochen abgetastet hatte, als könnte er mit den Fingerspitzen tief in den Körper hineinschauen. Dann stellte sie sich vor, genau das Gleiche in ihrer Vorstellung zu tun: Sie ließ die Splitter weich werden wie Talg und mit dem Knochen verwachsen, der sich zurück zum Schienbein krümmte und wieder mit ihm verschmolz.

Hannah lächelte zufrieden, als ihr die Gedankenbilder endlich gehorchten, und drehte sich gähnend auf die Seite. Da spürte sie ein seltsames Kribbeln in den Fingern, als würden sich ihre Hände wundersam verformen. Sie wuchsen zu hell glühenden Kristallen, mit denen sie davonschwebte, weit weg zu Theresa und Theodor. Sie selbst legte ihnen die Hände auf und fühlte im gleißenden Licht der Fingerspitzen, wo sich in ihren Leibern üble Körpersäfte versteckten.

Plötzlich pressten sich kräftige Finger auf ihr Gesicht. Hannah schlug um sich, sofort wurden ihre Handgelenke zurückgerissen. Taumelnd wirbelte sie durch eine grelle Spirale, bis sie aus dem Schlaf in die Wirklichkeit hochschreckte, aber die fremde Hand lag immer noch wie eine eiserne Maske über ihrem Mund.

»Pst«, flüsterte eine Stimme dicht neben ihrem Ohr. Es war Faust. Erleichtert sackte sie in sich zusammen und lauschte. Im gleichen Moment waren Geräusche von herumschlurfenden Schritten zu hören. Die Stalltür wurde langsam geöffnet, Sterne blitzten durch die Türöffnung. Die Kühe stampften unruhig mit den Hufen. Stroh raschelte. Ein Geruch nach altem, bitterem Knoblauch breitete sich aus. Der Griff um Hannahs Mund hatte sich gelockert, aber sie wagte kaum zu atmen. Eine Eiseskälte durchzog ihren Körper. Plötzlich brüllte eins der Rinder laut auf, was im Stall dröhnend nachhallte. Die Stille danach war beklemmend, so als hätte man die Zeit angehalten. Dann entfernten sich die schlurfenden Schritte endlich wieder.

Schon vor Sonnenaufgang standen sie auf. Faust suchte als Erstes die umstehenden Häuser, Ställe und Schuppen ab. Dann schmierte er Kälberfett in eins der quietschenden Wagengelenke und umwickelte die Räder mit Leinenfetzen.

»Wie soll ich Euch danken?« Der Bauer senkte beschämt den Kopf. »Wir sind Leibeigene. Wir haben nichts.«

»Ich weiß. Die Zeiten sind schlecht.« Faust nickte ihm aufmunternd zu und schaute ein letztes Mal nach Matthias, der am Küchenfeuer auf einem zotteligen Fell lag. »Es wird heilen, macht euch keine Sorgen.«

Über dem Feuer dampfte in einem ausgebeulten Topf frische Rahmsuppe, die die Bäuerin mit Gerstenmehl von der Winterernte zu einem Brei angedickt und mit Kräutern verfeinert hatte. Nach dem Essen drückte Faust ihr noch ein Fläschchen mit schmerzstillendem Tonikum in die Hand und verstaute die Reste der Talgkerzen in seiner Holztruhe.

Inzwischen leuchtete die Morgendämmerung grellrot,

als wollte sie das Firmament verbrennen, und tauchte eine nahe Waldschneise in glühendes Licht. Dort tummelten sich mehrere Wildschweine, die mit ihren Schnauzen die Erde aufwarfen und grunzend nach Eicheln suchten.

»Den Mühlenbauern haben sie neulich dabei erwischt, wie er eins von den Schweinen da gejagt hat«, sagte der Bauer mit tonloser Stimme. »Die Leute des Fürsten haben ihn einfach abgestochen.«

Hannah griff erschrocken nach ihrem Amulett, so gab es also auch in anderen Fürstentümern die Todesstrafe für Viehdiebe und Wilderer. Erst neulich hatte sie gehört, dass der Salzburger Fürstbischof hungrige Bauern dabei überrascht hatte, wie sie in seinen Wäldern einen Hirschbock erlegt hatten. Zur Strafe hatte er sie in Hirschhäute einnähen und seinen Hunden zum Fraß vorwerfen lassen.

»Die Reichsgesetze haben uns Bauern vergessen«, meinte die Frau bekümmert. »Der Grundherr setzt einfach die Steuern für unsereinen fest und wir müssen zahlen. Sie saugen uns aus wie die Blutegel.«

»Und die Pfaffen und Fürsten fressen und saufen sich auf unsere Kosten voll«, schimpfte der Bauer und spuckte aus. »Da stehen die fetten Braten im Wald herum, pfundschwere Fische tummeln sich in den Bächen, und wir haben kein Recht, davon zu nehmen. Hat Gott nicht die Schöpfung für alle gemacht? Die Vorräte vom Winter sind fast verbraucht. Und bald stehen wieder diese Steuereintreiber vor der Tür. Wie sollen wir da überleben?«

Da hebelte die Bauersfrau mit einer Mistforke im Flur eine Holzdiele hoch. Darunter lag ein dunkles Versteck, aus dem sie einen zusammengefalteten Lappen hervorzog. Fast trotzig warf sie den Kopf in den Nacken und wickelte das Tuch auseinander. Mit feinem Garn war darauf ein Bundschuh gestickt, derselbe Schuh, den die armen Leute an ihren Füßen trugen und an dem sie überall im Reich zu erkennen waren.

»Merkt euch diese Fahne gut«, zischte ihnen der Bauer zu und in seiner Stimme klang ein gewisser Stolz. »Es ist die Fahne der Bauern. Noch sind wir entrechtet. Noch leben wir in Fron*. Aber eines Tages wird sie als Siegesfahne auch hoch über den Gipfeln vom Spessart wehen. Sie werden sich noch wundern, diese Herren mit den edlen Stiefeln aus Leder.«

»Ich würde es euch wünschen!« Faust zog die Kapuze vom Mantel über den Kopf, nahm die Stangen vom Holzwagen und stapfte los. Hannah lief ein letztes Mal zum kleinen Matthias, dem sie eben noch mit einem Löffel Gerstenbrei in den Mund gestopft hatte.

»Gehst du für immer?«, fragte er traurig. Das geschiente Bein hatte er weit von sich gestreckt.

»Bestimmt kommen wir auf dem Rückweg wieder vorbei«, sagte sie aufmunternd.

»Du bist ein Mädchen, nicht wahr?«, fragte Matthias.

»Ein Mädchen! Wie kommst du denn darauf?«, meinte Hannah verächtlich, band ihre wollene Joppe enger und zog den Hut tief ins Gesicht.

»Wenn du dich hinhockst, machst du die Beine zusammen.« Matthias lächelte ein wenig. »So hocken Jungen sich nicht hin. Aber ich verrat dich nicht!«

Hannah grunzte kurz, wie sie es von Faust kannte. Dann lief sie nach draußen, winkte den Bauern noch einmal zu und rannte dem Handkarren hinterher, mit dem der Magier schon vorausgezogen war. Das Rumpeln der umwickelten Räder klang jetzt etwas abgedämpft.

»Das wird nicht lange halten«, meinte Faust. »Aber wichtig ist, dass wir so leise wie möglich sind. In den dunklen Wäldern im Spessart haust so manches dunkle Gesindel.«

Schweigend gingen sie zurück zur Handelsstraße, der einzigen Verbindung zwischen den großen Dörfern und Städten.

Faust blieb oft still, lauschte nach allen Seiten oder legte sich auf die staubige Erde, um durch das leise Zittern des Bodens vor herannahenden Pferden gewarnt zu sein. Hannah dachte immer wieder an die schlurfenden Schritte der letzten Nacht. Hatte wirklich ein Hauch von altem, bitterem Knoblauch in der Luft gelegen oder hatte ihr die Angst nur einen üblen Streich gespielt?

Jetzt knackten Äste, Laub raschelte. Ein Tier jaulte hell auf. Der Wind tanzte säuselnd durch die Blätter, tastete sich über Hannahs fröstelnde Arme und fuhr ihr als eisiger Hauch in den Nacken. Blitzartig drehte sie sich um. Aber sie konnte nichts entdecken. Trotzdem fühlte sie sich von unzähligen Augen beobachtet. Waren das etwa die Geister, die Faust zu beschwören verstand? Vielleicht hockten sie ja auf Ästen, stierten aus Fuchshöhlen oder warteten im Gebüsch, widerliche schwarze Gestalten mit grinsenden Mäulern und Drachenschwänzen, Klumpfüßen und haarigen Bauchlappen. Oder waren es doch Raubritter, die mit ihrem Plündern, Morden und Brandschatzen zu ehrlosen Landsknechtshorden verkommen waren und vorbeiziehenden Handelsreisenden auflauerten? Hannah schaute sich immer wieder verstohlen um. Wieder knackten Äste, seltsam hohles Rufen von aufgeschreckten Nachtkäuzen hallte durch den Wald.

»Warum ziehen wir eigentlich nicht mit den anderen Handelsreisenden?«, fragte sie plötzlich.

»Wer weiß, wer sich hinter den Gesichtern verbirgt«, meinte Faust, wischte sich die schwitzigen Hände an der Hose ab und grinste breit. »Und da hat man schnell einen Dolch im Rücken stecken, was auf Dauer für die Gesundheit nicht sonderlich zuträglich sein soll.« Einen Moment stutzte er, horchte und schlug sich mit dem Karren seitlich tief ins Dickicht. »Los, hierher!«, zischte er, wuchtete einen abgebrochenen Ast mit dichtem Blattwerk über den Karren und versteckte sich zwischen hohen Farnen. Kaum hatte sich Hannah hinter einen Busch gekauert, hörte sie Hufgetrappel von Pferden und wilde, grölende Stimmen. Und schon galoppierte eine Gruppe von gepanzerten Rittern mit Kampfgeschrei näher. Sie schienen betrunken, äußerst angriffslustig und johlten:

»Nimm dem Bauern, was er hat,
nimm ihm das Weib, nimm ihm die Saat,
lass ihn die Erde fressen
und friss du selbst unterdessen,
was er im Keller hat.
Und wenn er nichts hat,
schlag ihn tot,
dann leid't er keine Not.«*

Dröhnendes Gelächter hallte durch den Wald, das Pferdegetrappel entfernte sich wieder. Hannah spürte, wie ihr das Herz bis zum Hals schlug.

»Seit der Erfindung von Pulver und Blei hat der edle Ritterstand mit seinen alten Tugenden abgedankt«, knurrte der Magier und wischte sich verärgert den Schmutz vom Mantel. »Einen jungen Burschen wie dich hätten sie bestimmt wie eine zappelnde Forelle aufgespießt.«

»Wie ich sehe, seid Ihr heute wieder in richtig guter Stimmung«, grinste Hannah.

»Du hast es so gewollt«, brummte er und zog den Wagen auf den Waldweg, dessen Boden von Pferdekutschen, Maultieren und galoppierenden Reitern im Laufe der Zeit tief zerfurcht worden war. Die Regengüsse der letzten Woche hatten den Boden morastig aufgeweicht und Faust musste aufpassen, mit seinem Karren nicht in einer matschigen Lehmkuhle stecken zu bleiben.

Am späten Nachmittag kamen sie an eine Wegkreuzung. An einer Stelle war ein hohes geschnitztes Holzkreuz aufgestellt. Faust blieb nachdenklich stehen und wandte sich nach allen Seiten um. Hannah beobachtete, wie ihn eine merkwürdige Unruhe erfasste.

»Wir werden heute früher lagern«, meinte er kurz und zog den Handkarren zu einer kleinen Lichtung, die etwas abseits lag. Dort versteckte er ihn unter wucherndem Gestrüpp, ohne dass ihm selbst der Zutritt verwehrt war, und vertiefte sich in eine der alten Schriften. Hannah spürte, wie ihr Magen anfing zu knurren. Außer dem Tellerchen Roggenbrei hatte sie noch nichts gegessen. Ob sie sich auf die Suche nach frühen Waldfrüchten machen sollte? Sie schlenderte zurück zu der Weggabelung.

Plötzlich blitzte in ihr eine Erinnerung auf. Worte aus dem *Dreifachen Höllenzwang* erschienen wie eine geheimnisvolle Schrift vor ihren Augen. Sie fingen an zu glühen, als wollten sie sich in ihre Gedanken einbrennen: »Nur wisse, dass jeder Geist das erste Mal auf einem Kreuzweg zu zitieren ist ...«

Sie schaute erschrocken hoch zu dem Kreuz, das von Wind und Regen verwittert war und sich dem Himmel entgegenstreckte. Auf dem hölzernen Leichnam Jesu tanzten Lichtflecken von Sonnenstrahlen, die durch die hohen Bäume fielen. Es war seltsam still. Selbst die Vögel hatten aufgehört zu zwitschern. Wollte Faust hier wirklich einen magischen Kreis aufbauen, um dunkle Geister anzurufen?

Hannah schaute sich nach allen Seiten um. Da entdeckte sie, dass hinten auf der Lichtung bei ihrer Lagerstelle ein kleines Feuerchen flackerte, schmale Rauchschwaden zogen hoch in die Baumwipfel. Schnell lief sie zurück. Faust schnitt gerade gedörrten Speck klein und verrührte ihn mit Milch, Gerstenmehl und einem Ei, das die Bauern ihm zugesteckt hatten. In der schwarzen Pfanne ließ er Fett schmelzen und schüttete das Mehlgemisch hinein, um es über dem Feuer zu backen.

»Im nächsten Dorf werde ich wohl ein paar magische Großtaten vorführen müssen«, grinste er und fuhr mit der Hand über seinen sprießenden Bart. »Sonst werden wir noch verhungern. Und ein Besuch im Badehaus wäre auch angebracht.« Sobald er den gebackenen Mehlkuchen auf zwei Holzteller verteilt hatte, löschte er das Feuer bis auf die Glut, um nachts mit glimmenden Ästen wilde Tiere vertreiben zu können. Schweigend aßen sie das Mehlgemisch. Einen Kanten Brot schnitt Faust in kleine Würfel. Das Wasser aus den Ziegenlederflaschen schmeckte schon alt, fast ranzig. Sie würden sich noch an diesem Abend eine neue Wasserquelle suchen müssen.

Als sie später die Eisenpfanne wieder verstaut hatten, drehte sich Faust aus einem dieser braunen Blätter wieder eine Hülse, stopfte getrocknete Kräuter hinein und zündete sie an. Den Qualm sog er ein. Es roch würzig und der bläuliche Dunst hing wie eine Schleierwolke über der Lichtung. »Du solltest noch ein paar Tricks lernen«, meinte Faust schließlich und lächelte amüsiert. Er holte ein Kartenspiel mit bemalten Deckblättern aus einer seiner Innentaschen und mischte es kräftig. »Jetzt heb ein paarmal ab«, sagte er, während er mit der Handfläche kreisend über die Karten fuhr.

Hannah hob fünfmal ab und stapelte sie wieder zu einem Päckchen. Faust fächerte geschickt die Spielkarten auf und schloss die Augen. »Nimm dir eine. Und ich sage dir, welche es ist.«

Hannah zog eine heraus, warf einen Blick auf die Vorderseite und legte sie aufs Gras. Auf der Rückseite war ein kleiner Mann abgebildet, mit seltsam großen Ohren und einem fast kahlen Hinterkopf. An den Füßen hatte er Krallen mit roten Nägeln. Sein schwarzes Gewand wurde über seinem dicklichen Leib von einem ledernen Gürtel gehalten. Hannah verglich die Karte mit denen, die der Magier in der Hand hielt. Sie waren alle gleich, nicht gezinkt, nicht eingerissen, nicht zerknickt. Keine Markierung war zu erkennen. »Also gut!«, meinte sie. »Welche Karte habe ich gezogen?«

Faust öffnete langsam die Augen und strich mit einer tastenden Handbewegung über die Karte. »Es ist die Kreuz-Neun, nicht wahr?«, sagte er mit geheimnisvoller Stimme.

Hannah war verblüfft und drehte die Karte um. Ihre Finger wischten ein paar Erdkrumen weg. Es war wirklich die Kreuz-Neun. »Wie habt Ihr das gemacht?«, fragte sie erstaunt.

»Nichts leichter als das!« Faust fuhr wieder mit der Hand beschwörend über die Karten, machte ein paar absonderliche Gesten, während er die Augenbrauen zusammenkniff und mit eindringlichem Blick auf das Blatt starrte. Dann warf er sie mit einer weit ausladenden Geste hoch in die Luft, während er schallend lachte. Hannah riss überrascht die Augen auf, als die Karten auf den Boden segelten: Alle waren Kreuz-Neuner.

»Das ist aber einfach«, meinte Hannah fast enttäuscht.

»Wenn man die Tricks kennt, sind sie immer einfach.« Faust trat mit dem Stiefel gegen einen Ast, der ins Lagerfeuer ragte. Glut zerbröselte zwischen verbrannten Zweigen, kleine Flämmchen züngelten hoch. »Ich schenk sie dir. Damit kannst du dir eines Tages selbst etwas verdienen. Außerdem hast du ja noch deine Handlesekunst. Dir fehlt nur noch jahrelange Übung.«

Hannah strahlte und sammelte das Kartenspiel auf. »Und wer ist das auf den Bildern?«

»Ein Meister der Unterwelt«, sagte er. Seine dunklen Augen blitzten gefährlich auf. Und nach ein paar Augenblicken fügte er leise hinzu: »Mephistopheles* höchstpersönlich!«

»Dieser kleine, dickliche Mann?« Hannah schob spöttisch die Unterlippe vor. »Der sieht aber nicht sonderlich gefährlich aus.«

Faust lächelte hintergründig. »Wenn du meinst …«

»Und was waren das für Karten, die Ihr in Gelnhausen hattet?«, fragte sie. »Ich meine die Weissagekarten. Die mit den Bildern drauf.«

»Du meinst Tarot!« Faust suchte in seinem Umhang nach dem Spiel. Eine erregte Anspannung nahm ihn gefangen, als er sie Hannah entgegenstreckte. Sein Blick schien sich in andere Dimensionen zu entfernen, seine Augen wirkten wie Hohlspiegel, die sich vor einem unendlichen Raum krümmten. »Nimm dir eine! Mit der linken Hand«, forderte er sie auf. Sein Atem ging schneller. »Diesmal ist es kein Trick.«

Hannah zögerte kurz, dann zog sie eine und drehte sie um.

»Ah, es ist der Magier!« Faust sprach leise. »Sieh ihn dir an! Sieh dir das Bild genau an. Er hält den Zauberstab hoch in die Luft. Die beiden Enden symbolisieren die weiße und die schwarze Magie. Aus ihren Spitzen kannst du durch Gedankenkraft unendlich schöpferische Energie pulsieren lassen, wenn du dich in die Stellung des Magiers begibst. Aber hüte dich! Hüte dich vor der schwarzen Magie. Sie kann dich zerschellen, zertrümmern, zerreißen! Sie kann dich im Strudel davonschleudern, wenn du nicht in der Lage bist, sie zu beherrschen. Sie kann dich verdammen.«

Hannah spürte, wie ein plötzliches Schwindelgefühl die Bilder vor ihren Augen ins Wanken brachte. Die Karte in ihrer Hand zitterte, es war, als würde sich das Gesicht des Magiers zu einer widerlichen Fratze verzerren.

»Du musst selbst zum Magier werden, hörst du?«, fuhr Faust leidenschaftlich fort. »Was ich dir schon in den drei Prüfungen prophezeit habe: Der Magier weiß aus sich selbst heraus zu schöpfen und zu erschaffen. Lass aus deinem Willen Blitze zucken und dort niedergehen, wo dein Geist sie hinführt.«

Hannah schluckte. Seine Worte hämmerten sich in ihre Gedanken, lärmten und dröhnten, als wollten sie ihren Kopf sprengen. Abwehrend schloss sie die Augen.

»Schau auf das Bild!«, befahl er mit eindringlicher Stimme. »Dort, wo sich deine Vorstellung, dein Verlangen, deine Erregung, dein Wille konzentrieren, wird Energie gesammelt, Materie verdichtet und schließlich die Frucht deiner Wünsche geboren! Aber hüte dich vor falschen Sehnsüchten. Vor schändlichen Begierden. Sie sind ein Werk des Teufels und werden dich am Ende selbst zerschmettern!«

Hannah glaubte aus ihrer Haut herauszuwachsen, sich auszudehnen, ihren Körper zu verlassen. Und plötzlich war da eine unbändige Kraft, die sie in einem gigantischen Strudel mitreißen und hinaus ins Firmament schleudern wollte. Da war etwas, das sie noch nicht kannte. Etwas, das unermessliche Macht besaß.

»Sieh auf den Tisch vor dem Magier!«, fuhr Faust mit gehetzter Stimme fort. »Das ist das Symbol für das Laboratorium. Dort liegt das Schwert, als Zeichen für den Willen und das Gesetz. Das Pentagramm, für das Licht der Vernunft und die okkulte Wissenschaft. Der Pokal, für den Kelch des Lebens, das Mysterium der Liebe. Der Stock als Zeichen für die Prima Materia … die Substanz, aus dem der Stein der Weisen zu erwecken ist … das ewige Gold!«

Hannah starrte ihn an. Der Stein der Weisen? Faust lief aufgewühlt hin und her, als hätte er sich selbst in Trance geredet. Sein hochrotes Gesicht war schweißnass, die Augen glänzten fiebrig, seine Finger tasteten sich durch die Luft, als suchte er selbst nach der Prima Materia, dieser wundersamen Ursubstanz, aus der unendlicher Reichtum, alles Wissen und ewiges Leben zu schöpfen waren. Endlich lief er zum Holzkarren, holte ein paar alte Schriften aus der Truhe und versank in seine Studien.

Es war schon dunkle Nacht, als Hannah sich in die zerrissene Decke wickelte, in der Faust sie auf dem Handelsweg gefunden hatte. Dann legte sie sich auf einem Schafsfell schlafen. Der Magier hockte immer noch am Lagerfeuer und starrte in die Glut, über der glimmende Funken tanzten. Was malte er da jetzt in den Waldboden? Das Zeichen des Jupiters? Und daneben ein seltsames Siegel mit Strichen und gebogenen Linien. Hannah spürte, wie ihre Augenlider vor Müdigkeit brannten. Sie hörte noch ein leises Rascheln im Laub, ein fernes Aufheulen eines Tieres, dann versank sie in einen tiefen, traumlosen Schlaf.

Waren es nur ein paar Atemzüge gewesen, die sie eingenickt war, oder hatte sie Stunden geschlafen? Irgendetwas hatte sie aufgeweckt. Erschrocken riss sie die Augen auf. Da machte sich doch jemand am Holzkarren zu schaffen. Die glimmenden Holzscheite des Lagerfeuers warfen rot glühendes Licht auf einen breiten Rücken. Jetzt schlich er leise zur Glut und hielt etwas hinein, das sich hell entzündete. Der Feuerschein einer Pechfackel fiel auf sein Gesicht. Es war Faust. Hannah atmete erleichtert auf. Sofort stellte sie sich schlafend, wandte er doch den Kopf zu ihr herüber. Sie hörte leises Knacken von Ästen, Rascheln von Laub, das Wegstreifen von Gestrüpp. Vorsichtig blinzelte sie durch die Augenlider, er hatte sich ein Stück vom Lager entfernt. Die Fackel in seiner Hand loderte hell und warf bizarre Lichtflammen in das Geäst der hohen Bäume. Hannah stand leise auf und huschte hinter ihm her. Tatsächlich ging er zu dem Kreuzweg und bohrte die Fackel in den Waldboden. Fast ehrfürchtig faltete er ein kreisrundes Leinentuch mit mehreren Ellen Durchmesser auseinander und legte es sorgfältig mitten auf den Kreuzweg. In tiefe Andacht versunken stellte er sich vor das Tuch. Hannah versteckte sich hinter einer hohen Buche direkt am Waldweg. Farn knickte unter ihren Füßen, ein Nachtfalter flatterte aufgeschreckt hoch. Sie reckte sich und sah, dass der Kreis in einen äußeren, mittleren und inneren Ring unterteilt war. Auf der äußeren Lage waren mit blauer Schrift dicht an dicht Namen notiert, die durch Kreuze getrennt waren: Vehuja, Geliel, Sitael, Elemiah, Mehasiah, Lelahel … Die mittlere Lage war mit blutroter Farbe beschrieben. Es waren lateinische Worte: In Principio erat verbum et verbum erat apud Deum et Deus erat verbum* … Die grüne Schrift des inneren Kreises war so eng und klein, dass Hannah sie aus der Entfernung nicht entziffern konnte. Jetzt zog Faust einen

Degen, hielt ihn über das magische Tuch und ging drei Mal rechts um ihn herum, während er leise Worte raunte. Aus einem Fläschchen ließ er Flüssigkeit in seine Hand laufen und besprengte den Kreis drei Mal in Form eines Kreuzes. An der Fackel zündete er vier Kerzenlichter an und verteilte sie an vier Stellen außerhalb des Kreises, es mochten wohl die Himmelsrichtungen sein.

Hannah fuhr erschrocken zusammen. Waren das nicht die geweihten Kerzen aus der Marienkirche von Gelnhausen? Jetzt legte der Magier ein ledernes Büchlein, das golden an den Seiten schimmerte, vor das Tuch. Mit dem rechten Fuß zuerst trat er in den Kreis, während er unaufhörlich Gebete flüsterte, Namen und Anrufungen. Er stellte sich genau in die Mitte und wandte sich in Richtung des Waldwegs, der nach rechts abzweigte. Seine Stimme wurde lauter, die Worte deutlicher. Hannah beugte sich weiter vor und lauschte, was der Magier beschwor.

»O Jesus, der du das Reich der Teufel und Geister bei deiner siegreichen Höllenfahrt zerstört hast, so hast du mir, der ich aufrichtig an dich glaube, einen Vorgeschmack darauf gegeben, dass auch wir durch dich die Teufel und Geister zwingen können uns untertan zu sein.«

Hannah erstarrte. Sie wagte kaum zu atmen. Solch ketzerische Worte hatte sie noch nie vernommen. Was machte er da? Wagte er wirklich zu behaupten, dass die glorreiche Auferstehung Jesu in Wirklichkeit eine Höllenfahrt gewesen war, um teuflische Geister zu zwingen, die ihm jetzt untertan waren? Und dass der Herr ihm helfen werde Teufel zu beherrschen?

Faust fuhr mit beschwörender Stimme fort: »Im Namen Gottes des allmächtigen Vaters und in den Namen Jesu Christi Gottes Sohnes unsers Herrn und in der Kraft Gottes des Heiligen Geistes beschwöre ich, Johannes Georg Faust, euch vier Könige der vier Teile der Welt, dich König Urieus von Anfang, dich König Paymon von Untergang, dich König Egyn von Mitternacht, dich König Amaymon von Mittag, dich Fürst Samael des Feuers, dich Fürst Azazel der Luft, dich Fürst Azael des Wassers, dich Fürst Mahazael der Ersten, und alle, die aus den vier Elementen gemacht sind und in euch und von euch leben und durch euch beständig dauern …«

Ein seltsames Sirren lag in der Luft, die Pechfackel loderte meterhoch auf und warf grelles Licht auf das geschnitzte Kreuz am Wegrand. Die Luft schmeckte mit einem Mal nach Schwefel, stickig heißer Wind peitschte durch die Nacht und riss dem Magier die Kapuze vom Kopf. Sein Mantel bäumte sich auf, als wollte er ihn davontragen. Faust stand mitten in dem magischen Kreis und hob beschwörend die Hände. »Nun rufe ich, Johannes Georg Faust, die Hölle, das höllische Feuer und euch Vorgesetzte der Hölle, Behemoth und Leviathan, und auch die Furien, euch höllische Richter, die vier höllischen Flüsse und euch sechs Stifter allen Unglücks. Höret an die Rede meines Mundes, ich, Faust, beschwöre, ich, Faust, rufe, ich, Faust, nehme euch zu Zeugen und befehle hiermit die obersten aller Teufel, dich, Luzifer, dich, Beelzebub, dich, Satan, dich, Astaroth, dich, Behemoth, dich, Beherith, ich beschwöre Mephistophiel, erscheine …«

Rechts auf dem Weg, den Hannah nicht richtig einsehen konnte, flammte Feuer hoch. Durch das Gewirr von Gebüsch und Baumstämmen glühte ein riesiges Biest auf, mit zotteligem Fell und grellroten Augen. Es schien ein mächtiger Bär zu sein, der das Maul weit geöffnet hatte, die Zähne gefährlich gefletscht. Die Bestie brüllte entsetzlich auf, blieb aber auf dem Weg ohne sich dem magischen Kreis zu nähern, in dem Faust für teuflische Gestalten unantastbar blieb. Der Magier wankte keinen Schritt. Mit weit ausgestreckten Armen stand er da, hob einen Stab und donnerte mit seiner Stimme: »Ich beschwöre Mephistophiel, dass du ohne deinen Diener und ohne Sturm und Gewitter, ganz friedlich und sanftmütig, in freundlicher und menschlicher Gestalt vor meinem Kreuz erscheinst und deinen Finger auf dieses außerhalb des Kreuzes gelegte Buch legst und mit lauter und menschlicher Stimme den folgenden Endschwur mir deutlich nachsprichst und mir treu gelobst, von allem, was ich von euch fordern und verlangen werde, ohne Lug und Trug die Wahrheit zu sagen und mir alles zu verschaffen, und zwar ohne Verletzung meines Leibes und meiner Seele.«

Der Koloss von Bär bäumte sich auf, sein rot glühender Blick fand durch das Geäst und die Baumstämme den Weg zu Hannah und traf sie wie ein flammender Blitz. Besinnungslos sank sie in sich zusammen.

Als Hannah früh am nächsten Tag erwachte, lag sie eingerollt in ihrer Leinendecke auf dem Schafsfell. Es dämmerte bereits und das Zwitschern und Schilpen der Vögel klang so wie an jedem Morgen. Faust hockte am Lagerfeuer und kochte aus der restlichen Milch, dem alten Brot und Gerstenmehl eine breiige Masse. Ein paar Sekunden versuchte Hannah die Gedanken zu ordnen, die als Erinnerungsfetzen vor ihren Augen auftauchten: Da stand Faust mit erhobenen Händen bei seiner Beschwörung auf dem Kreuzweg. Da war der Gang mit dem Schwert, der magische Kreis, das Lodern der Fackel. Und dieses riesige Monster mit seinem glühenden Blick, der sich wie ein brennender Pfeil in ihren Kopf gebohrt und ihr das Bewusstsein genommen hatte. Aber wie war sie auf das Schafsfell gekommen? Hatte sie vielleicht doch nur alles geträumt?

»Na, ausgeschlafen?«, hörte sie die gut gelaunte Stimme von Faust.

»Ja! Als hätte ich in einem Fürstenbett gelegen.« Hannah gähnte herzhaft. Bestimmt war alles nur ein Traum gewesen. Wenn er sie tatsächlich hinter dem Baum gefunden und zurück auf das Schafsfell gelegt hätte, würde er jetzt sicherlich eine Bemerkung darüber fallen lassen. Zottelige Bären mit glühenden Augen! Das waren nichts als üble Fantastereien, die sich die Nachtgaukler in den Traumwelten ausgedacht hatten.

Sie atmete tief durch und genoss den Geruch von frischen Kräutern und Walderde. Langsam setzte sie sich hoch. Der stechende Schmerz an der Hüfte war entschieden besser geworden, so dass sie sich fast ohne Beschwerden strecken und räkeln konnte. Mit den Fingern kämmte sie das strähnige Haar und setzte die Mütze auf. Vergnügt schlenderte sie zum Lagerfeuer und nahm den Holzteller mit Brei, der für sie bereitstand.

Später wuschen sie sich an einem nahen Bachlauf mit einer Masse aus Seifenkraut, füllten die ledernen Trinkflaschen und machten sich auf den Weg. Faust zog wieder den Wagen an den langen Holzstangen hinter sich her und vertiefte sich in Gedanken, als würde er die Welt vergessen. An dem Kreuzweg blieb Hannah stehen. Das Jesuskreuz war stumpf vom Wind und eisiger Kälte, feine Haarrisse durchzogen das Holz. Hatte Faust nicht genau hier die Pechfackel in den Waldboden gebohrt? Aber keine Rußteilchen waren am Kreuz haften geblieben, keine aufgeworfene Erde, kein Erdloch war zu sehen. Hannah war sich jetzt sicher, sie musste geträumt haben.

Sie zogen weiter die Handelsstraße entlang, durch lang gestreckte Täler, dunkle Wälder und Hochebenen. Faust kannte die Wege genau und wusste, wo Raubritter Burgen besetzt hielten. Sobald das Rattern von Kutschenwagen oder Hufgeklapper zu hören war, versteckten sie sich im angrenzenden Wald.

Im nächsten Dorf zeigte Faust ein paar Kunststückchen, ließ Münzen verschwinden und zog sie dem Pfarrer hinterm Ohr wieder hervor. Die Bauern johlten und kreischten vor Vergnügen. Ein reicher Handelsreisender mit kleinen Luchsaugen, der hier gerade mit Schildwachen rastete, konnte vom Hütchenspiel, das Faust vorführte, nicht genug bekommen. Dabei musste der Händler erraten, unter welchem der drei Hütchen, die Faust blitzartig hin und her schob, ein Steinchen versteckt war. Schließlich zog er einen Lederbeutel unter seinem pelzbesetzten Mantel hervor und ließ zwei kleine Geldstücke in die

Mütze klimpern, die Hannah ihm selbstbewusst entgegenstreckte.

»Kommt näher, liebe Leute!« Faust war auf den Holzkarren gesprungen. Breitbeinig stand er da, die Hände in die Hüften gestützt. »Ich, Georg Sabellicus Faust, bin nicht nur bewandert in der Kunst der Zaubereien, ich weiß auch eure Leiden zu lindern. Ich weiß den Teufel, der sich in eure Glieder gefressen hat und euch die Lebenssäfte aus dem Körper saugt, zu bezwingen und zurück in die Hölle zu verbannen!«

Die Menschen fuhren erschrocken zusammen. Eine dickliche Magd schrie entsetzt auf und klammerte sich verängstigt an einen Stallknecht, der Faust mit einfältigem Blick anstierte. Sofort drängten sie sich an den Wagen, um behandelt zu werden und den Teufel aus ihrem Leib zu vertreiben.

Hannah half Faust, mit der Lanzette* den Karbunkel* eines Bauern zu öffnen, ein gebrochenes Gelenk zu schienen und Eiter aus einer entzündeten Wunde zu drücken, sie zu säubern und zu verbinden. Sie behandelten ein dünnes Mädchen, das an Kolik litt, mit Kamille, verkauften Heilsalben und Tinkturen. Und Hannah übte sich in der Chiromantie, in der Kunst, aus der Hand zu lesen. Als niemand mehr ihre Dienste in Anspruch nehmen wollte, stellte Faust einige Töpfchen und Fläschchen vor Hannah auf.

»Dies hier sind verkochte Eibenwurzeln«, brummte er. »Die auszugraben ist eine harte Arbeit. Aber sie helfen Schwangeren ihren Fötus nicht zu verlieren. Dillsaft hilft gegen Schwierigkeiten beim Harnlassen und die gekochten Wacholderbeeren hier machen verstopfte Nasengänge wieder frei.«

Hannah schnupperte an den Tinkturen und Salben, steckte einen Grashalm hinein und leckte daran, bis sie die einzelnen Mixturen mühelos wiedererkennen konnte.

Faust streckte sich zufrieden und ließ Münze um Münze in einem ledernen Beutel verschwinden. »In Würzburg werde ich mir einen fürstlichen Gönner suchen und mir endlich ein Labor einrichten. Ein richtiges Laboratorium. Mit den edelsten Metallen, die ich für meine Experimente benötige!«

»Aber wer sollte das bezahlen?«, fragte Hannah ungläubig.

»Es gibt mehr als genug, denen die Gier nach Gold aus den Augen tropft. Und das Alchemisten-Gold ist die vollkommenste aller Substanzen, denn das Metall wird leben, wenn es eines Tages in einer der Retorten erscheint. Es wird das herrlichste Licht ausstrahlen und wieder Gold erzeugen, so wie Korn Korn erzeugt.« Fausts Augen funkelten leidenschaftlich. »Und wer könnte das den Fürsten und Äbten beschaffen? Doch nur die Alchemisten und Magier, die geheimste Schriften kennen und wissen, wie man einen Klumpen Lehm aufbrechen kann, um daraus den Stein der Weisen erstehen zu lassen.«

Hannah nickte. Sie wusste, dass selbst in dem kleinen Fürstentum, wo sie gelebt hatte, gleich drei Alchemisten wirkten. In dem alten Wachturm hatten sie ihre Laboratorien eingerichtet. Der Fürst war verarmt und hoffte, auf diese Weise Kriegsschulden bezahlen und zu unermesslichem Reichtum gelangen zu können. Wie oft waren Explosionen zu hören gewesen, die seltsamsten Gerüche und Dämpfe waren aus den Turmfenstern gequollen, so dass Theresa oft gemeint hatte: »Von dem verpulverten Geld hätten wir allesamt ein ganzes Jahr leben können!«

Theresa! Hannah nahm das Brot und die paar Stückchen Käse, die Faust ihr reichte. Der Ziegenkäse von Theresa war der beste gewesen, den es gab. Weich und mild war er gewesen, weil sie regelmäßig die Ställe ausmistete, so dass der scharfe Geruch nicht auf die Milch übertragen werden konnte.

Als sie gegessen hatten, gähnte Faust zufrieden und streckte sich. »Ich werde noch ein Stündchen drüben ins Wirtshaus verschwinden. Der Wein soll hier recht gut sein. Pass du inzwischen auf den Wagen auf.«

Hannah hockte sich neben den Karren auf die Gasse. Angewidert verzog sie das Gesicht. Es stank erbärmlich, denn hier gab es noch keine gebauten Kanäle wie in Gelnhausen. Der Unrat wurde einfach auf die Straße gekippt, versickerte im Boden oder floss in kleinen Rinnsalen davon. Straßenköter schnupperten und leckten daran, markierten ihr Revier und suchten nach Fressbarem.

Die Zeit verging langsam. Die Sonne stand schon hoch am Himmel. Hannah kletterte auf den Karren und hockte sich neben die Holztruhe. Eine leise Unruhe stieg in ihr hoch. Sollte sie die Zeit nutzen und in dem Buch weiterlesen? Sie schaute zur Schänke hinüber, ein Lehmhaus mit schiefen Wänden. Nichts regte sich. Nur ein paar halb nackte Dorfkinder in schmutzigen Hosen liefen hintereinanderher. Langsam öffnete sie den Deckel und suchte nach dem *Dreifachen Höllenzwang*. Sie spürte, wie es in ihren Schläfen anfing zu pulsieren, zu pochen und zu hämmern. Endlich fand sie ihn, schlug das Buch mit zitternden Fingern auf und las weiter: »… Mephisto ist neben Barbiel der andere Großfürst der Höllen und steht unter dem Planeten Jupiter.«

Jupiter? Hannah schreckte zusammen. Faust hatte doch das Zeichen des Jupiters nachts am Lagerfeuer in die Walderde gemalt. Aufgeregt las sie weiter: »Sein Regent heißt Zadkiel. Dieser erscheint des Nachts um zehn und zwölf Uhr. Seine Gestalt und Erscheinung ist ein feuriger Bär, eine andere aber auch ein kleiner Mann in einer schwarzen Kutte und mit kahlem Kopfe.«

Hannahs Gedanken wurden wie von einem Sturm durcheinander gewirbelt. Hatte sie doch nicht geträumt? War der feurige Bär wirklich auf dem Waldweg erschienen? Und dann die Spielkarten, die Faust ihr geschenkt hatte. Der Mann auf den Deckblättern, dieser kleine Mann in einer schwarzen Kutte und mit kahlem Kopfe. Faust hatte doch gesagt, das sollte Mephisto sein …

In diesem Moment wurde die Holztür der Schänke aufgestoßen und der Magier stapfte mit schweren Schritten heraus. Blitzschnell ließ Hannah das Buch wieder in der Truhe verschwinden. Dann zogen sie weiter.

Nach mehreren Tagesreisen standen sie vor den Toren von Würzburg, das sie in der ersten Juniwoche erreichten. Sie drängten sich zwischen Kaufleuten und Jakobspilgern, Marktweibern und Rittersleuten vorbei in die Stadt. Es war sommerlich warm und der breite Fluss, der sich träge durch Würzburg schlängelte, glitzerte im Sonnenlicht wie flirrendes Silber. Auf der alten Schifffahrtsstraße lagen hohe Segelschiffe vor Anker und wurden entladen. Bunte Stoffballen, hölzerne Kästen und Kisten wurden über schmale Planken ans Ufer geschleppt und auf Pferdekarren verladen. Plötzlich schrie Hannah auf. Auf einem Dreimaster wischte ein speckig glänzender Mann das Deck. Er war nur mit einer kurzen Hose bekleidet und hatte schwarze Haut, so schwarz, als käme er direkt aus der Hölle.

»So sehen Menschen in Afrika aus«, sagte Faust und fuhr sich grinsend über sein stoppeliges Kinn. »Wahrscheinlich wurde er zuerst nach Italien verschifft und dort auf dem Sklavenmarkt verkauft.«

»Schwarze Menschen?«, fragte Hannah erstaunt.

»Warum nicht? In dem neuen Kontinent, den sie gerade entdeckt haben, soll es sogar rote geben. Und in Indien gibt es welche mit gelblicher Haut. Immer mehr Seestraßen und Kontinente werden entdeckt. Die Schifffahrtsstraßen unten an der Furt sind uralt und führen in die ganze Welt. Wer weiß, was da noch alles auf uns wartet.«

»Wie groß sie wohl sein mag, die Welt«, meinte Hannah nachdenklich und schaute weiter stromaufwärts, wo auf dem glitzernden Wasser Kähne und Segelschiffe schwammen. Die uralte Mainbrücke war durch die ständigen Hochwasser hinfällig geworden, kleine Wellen klatschten gegen die Steinpfeiler, die wie riesige Stümpfe aus dem Wasser ragten. Am Ufer zimmerten und hämmerten schon seit etlichen Jahren Bauleute und Steinmetze, um diese Pfeiler durch massive Rundbögen wieder miteinander zu verbinden. Vor Hannah erstreckte sich eine Vielzahl von Kirchtürmen und Kuppeln, der Dom und der Rathausturm und weit gestreckte Klosteranlagen. Oben auf der Anhöhe ragte die Marienburg empor.

Sie zogen mit dem Handkarren über das holprige Pflaster in die Altstadt und fanden in der Gressengasse im *Hinteren Gressenhof** eine Unterkunft. Faust ließ seine Eichentruhe in den ersten Stock in die Kammer direkt neben dem Rittersaal bringen. Wieder zahlte er für sämtliche Schlafplätze, stapelte die übrigen Strohmatratzen zur Seite und wuchtete einen Tisch ans Fenster. Pferdegetrappel und Gebete von Bettelmönchen hallten die Gasse hoch. Dann waren aufgebrachte Schreie zu hören. Hannah schaute hinunter auf die Straße. Bewaffnete Reiter hatten einem Bauern das Leinenhemd heruntergerissen, trieben ihn vor sich her und schlugen mit Peitschen auf ihn ein. Blutige Striemen zogen sich über seinen Rücken. Angewidert schloss sie die Augen und zog ihren Hut tief ins Gesicht. Ein paar Haarsträhnen, die vor Dreck und Schweiß klebten, fielen ihr in die Augen. Ihre schmalen Arme zitterten.

»Warum wehren sie sich nicht?«, schimpfte Faust. »Warum ergeben die sich nur in ihr Schicksal?«

»Wie soll er sich gegen die Reiter wehren können?«, versuchte Hannah ihn zu verteidigen. »Die haben Lanzen und Peitschen.«

Faust stemmte herausfordernd die Arme in die Hüften. Seine Augen blitzten. »Wie? Indem sie erkennen, was in ihnen steckt. Anscheinend gibt es Menschen, die herrschen, und andere, die inbrünstig danach streben, beherrscht zu werden. Der Einzige, der wagt mich zu beherrschen, das ist mein Magen. Und der ist verdammt leer. Komm jetzt essen!«, brummte er und stapfte aus dem Zimmer.

Sie hockten sich in die stickige Gaststube und Faust ließ sich einen großen Becher vom Würzburger Wein bringen, den er in einem Zug leerte. Ein kräftiger Alter, wohl aus der Zunft der Schmiede, kam in die Schänke und schlurfte zu dem gekachelten Ofen. Er beugte sich über die steinerne Sitzbank, auf der eine Schüssel mit Wasser stand, und wischte sich durch das vernarbte Gesicht. Der junge, breitschultrige Kerl, der zu ihm gehörte, benetzte sich kurz die Hände. Dann zwängten sie sich zu den anderen Wirtsgästen, die an den blank gescheuerten Tischen saßen. Ächzend zogen sie ihre verschwitzten Schuhe aus und langten mit den Holzlöffeln nach der dicken Suppe, die in Tonschüsseln mitten auf den Tischen stand.

»Siehst du diese törichten, einfältigen Gesichter?«, brummte Faust abfällig. »Sie stopfen das Fressen genauso in sich hinein wie ihr Schicksal. Lassen sich peitschen, demütigen, einkerkern. Es ist nicht das Leben, was sie verdammt. Sie tun es selbst. Wie sie alles stillschweigend über sich ergehen lassen! Wie eine Schafherde, die zur Schlachtbank geführt wird. Und vorher werden sie noch einmal ordentlich geschröpft.«

Er schaute durch die Butzenscheiben auf die Gasse, wo ein Priester sich auf ein Holzpodest gestellt hatte und lautstark seine Ablassbriefe anpries: »Kauft, Leute! Wenn die Münze im Säckel klingt, die Seele aus dem Fegefeuer springt!«

Eine junge Frau in ärmlichen Leinenkleidern, die ein kränkelndes Kind im Arm hielt, streckte dem hohen Herrn eine kleine Münze entgegen. Dankbar nahm sie einen der Ablassbriefe entgegen, der von einem Deutschritter auf ihren Namen ausgestellt wurde. Immer mehr Marktweiber, Bettler und Zunftleute umringten den Prediger, um sich für ein paar Münzen die Vergebung der Sünden zu erkaufen, während ein paar Straßenkinder ängstlich zu dem Kreuz hinüberschielten, das der Prediger dem Firmament entgegenstreckte.

»Das ist wahre himmlische Gerechtigkeit«, spöttelte Faust und stellte seinen Weinbecher so heftig auf den Tisch, dass er überschwappte. »Je mehr Goldstücke du dein Eigen nennst, umso mehr kannst du dich ins Himmelreich einkaufen.«

»Was habt Ihr da gemeint?«, fragte ein Tischler mit glasigem Blick, dessen Kopf leicht hin und her schwankte.

Faust grinste breit. »Papst Pius II. wird sich freuen, wenn er die Bettelgelder einstreichen kann. Damit der Petersdom in Rom noch üppiger und seine ausschweifenden Feste noch herrschaftlicher ausgestattet werden können.«

»Was redet Ihr da?« Der Tischler schlug mit der Hand auf den Tisch. Das Schwatzen und Klappern der Holzlöffel um ihn herum verstummte, immer mehr Augenpaare wandten sich Faust und dem Tischler zu. »Solche ketzerischen Reden wollen wir hier nicht hören!«

»Warum denn nicht? Weil es die Wahrheit ist? Die gottverdammte Wahrheit?« Faust stemmte sich hoch und hob seinen gefüllten Weinbecher, während auf der Gasse der

Ablasshändler weiter seine Briefe anpries. »Ich trinke auf alle Trottel, die ihr schönes Geld zum Teufel jagen, um den Hochheiligkeiten in Rom federweiche Bettlager zu finanzieren!«

Der Magier setzte seinen Becher an und trank ihn leer. Im Wirtshaus war es still geworden. Der Tischler erhob sich und krempelte die Ärmel hoch. »Was wagt Ihr da? Solch ketzerische Reden sollt Ihr nicht umsonst gehalten haben!« Er spuckte sich in die schwieligen Hände und drängte wutentbrannt auf Faust zu. Der hatte seine Augen zu schmalen Schlitzen zusammengekniffen und richtete seine gesamte Aufmerksamkeit auf ihn. Im gleichen Moment erstarrte der Mann in seiner Bewegung, den Arm hielt er hochgestreckt, sein Unterkiefer war leicht vorgeschoben. Es sah aus, als wäre er zu einem Standbild erstarrt. Der Gehilfe des alten Schmieds erhob sich, ballte die Fäuste und auch ihn ließ Faust zu einer lebenden Statue einfrieren.

»Hat sonst noch jemand Lust, sich mit mir, Johann Georg Sabellicus Faust, anzulegen?« Faust stand breitbeinig, die Hände in die Hüften gestemmt.

Ein Raunen ging durch das Gasthaus. Der Alte mit dem vernarbten Gesicht räusperte sich. »Ihr lästert den Herrn«, sagte er warnend mit krächzender Stimme. Seine mit bläulichen Adern durchzogenen Tränensäcke zuckten leicht. »Ihr versündigt Euch!«

»Wer sich versündigt, der Frage solltet Ihr in Rom nachgehen. Steht nicht sogar in der Bibel, dass Jesus die Philister aus dem Tempel geworfen hat?«, donnerte Faust. »Soll ich der Wahrheit entsagen, ich, Georg Faustus der Jüngere? Ich bin in der Magie bewandert wie kaum ein Zweiter, weiß aus den Sternen zu lesen, habe Einblick in die Weltenzusammenhänge. Ich heile Kranke, lasse die Geister Verstorbener erscheinen.«

Die Wirtsgäste fuhren verängstigt zusammen, die beiden Hypnotisierten standen weiterhin starr und glotzten ins Leere.

»Die Wunder unseres Erlösers Christus sind nicht anstaunenswerter als meine!«, fuhr Faust leidenschaftlich fort, während sich der Alte bekreuzigte. »Ich kann alles tun, was Christus auch getan hat.« Faust streckte beschwörend seine Hand aus und im gleichen Moment erstarrten alle, als wären sie mit wachen Augen in einen Tiefschlaf gefallen.

Faust lachte schallend und drängte zum Ausgang, wo regungslos wie eine lebensgroße, hölzerne Statue ein Dominikaner in dunklem Talar stand. In der Hand hielt er ein Stück Pergament, worauf er Notizen gemacht hatte. Faust las die letzten Zeilen: »Er sagte, er könne alles das tun, was Christus auch getan habe ...«

Faust kritzelte darunter: »Sic est. So ist es!«

»Manchmal muss man die Menschen aufschrecken, damit sie ins Nachdenken kommen«, brummte er vergnügt, als Hannah die Gasthaustür öffnete. Dann klatschte er in die Hände und die Wirtshausgäste erwachten aus ihrer Starre.

»Habt Ihr keine Angst, gerade in der Bischofsstadt Würzburg von der Inquisition angeklagt zu werden?«, fragte Hannah zaghaft, als sie neben ihm die Gasse entlanglief.

»Mich verhaftet keiner von denen. Sie zittern doch bei

der Vorstellung, ich könnte sie vor dem Gericht mit einem Wunder blamieren. Nein, vor der Inquisition habe ich keine Angst, viel eher vor dunklen Machenschaften und vor hinterhältigen Gaunereien.« Faust drückte Hannah ein paar Münzen in die Hand. »Lass dich im Badehaus abschrubben. Man erkennt ja kaum noch, wer unter der Dreckkruste steckt. Dann besorg Käse, Dörrfleisch und Brot. Ich werde einen alten Freund aufsuchen, einen Pfarrer in der Marienkapelle am Markt. Der wird wissen, wo jemand nach einem Alchemisten Ausschau hält.« Er drehte sich auf dem Absatz um, zog seinen weiten Mantel eng an den Körper und verschwand im Gewühl der Gassen.

Als Hannah später in der Badestube in einen halb blinden Spiegel schaute, war es ihr, als würde sie von einer Fremden mit grünen Katzenaugen angestarrt. Die frisch gewaschenen Haare hingen in seidigen Strähnen in ein gebräuntes Gesicht, das fülliger wirkte, als sie es kannte. Sie spitzte kokett die Lippen und zog den Krempenhut ins Gesicht. Bald würde sie niemand mehr wiedererkennen. Als sie auf die Gasse trat, wehte ihr der Geruch von knusprig gebratenem Fleisch und Gewürzen entgegen. Sie kaufte etwas von dem Dörrfleisch, dann frisch gebackenes Brot und Käse und verstaute die Sachen in einem großen Beutel. An einem Stand mit Honigkuchen blieb sie stehen, er duftete süßlich nach Anis. Auf der braunen Kruste glitzerten grobe Kristalle von Rübenzucker. Ob sie heimlich eine Münze abzwacken und dafür ein Scheibchen davon erwerben sollte? Da fiel ihr das Kartenspiel ein, das Faust ihr geschenkt hatte. Verunsichert zog sie es aus der Hosentasche. Der dickliche Mann auf der Rückseite der Karten, der so unförmige Ohren und Krallenzehen hatte, grinste ihr herausfordernd entgegen. Sollte sie damit ihr Glück versuchen? Suchend schaute sie sich um. Auf der anderen Seite der Gasse saßen in einem Hinterhof zwei Zimmermannsleute. Sie hockten an einem Holztisch und ließen Würfel über die Tischplatte klackern. Hannah zog die Mütze ins Gesicht und kniff die Augen zu schmalen Schlitzen zusammen. Selbstsicher schlenderte sie auf die beiden zu und streckte ihnen das aufgefächerte Kartenspiel entgegen. »Was gebt ihr mir, wenn ich errate, welche Karte ihr zieht?«

»Eine Tracht Prügel«, lachte der eine. Seine vom Wetter gegerbte Haut war durchzogen von unzähligen Lachfalten, fein wie Haarrisse, die sich bis zu den Ohrläppchen verzweigten.

»Lass ihn doch«, grinste der andere. Zwei schief gewachsene Zähne lugten durch eine tiefe Lippenspalte, die sich bis zur Nase hochzog. Rosiges Zahnfleisch glänzte in der Sonne. Mit den Fingern schnippte er eine Münze auf den Tisch. »Das ist mir der Spaß wert.«

Hannah hielt das Blatt dicht über den Eichentisch, damit sie nicht darunter sehen konnten, und drehte verschwörerisch den Kopf zur Seite. »Zieht eine!«, forderte sie die beiden mit fester Stimme auf, während eine prickelnde Unruhe in ihr aufstieg. Wenn sie den Trick durchschauten? Sie horchte auf jede Regung, jede Bewegung. War da nicht ein zartes Ruckeln an ihrer Hand? Sollte sie sich nicht doch lieber so schnell wie möglich davonmachen, um wenigstens das Kartenspiel zu retten?

»Fertig. Also, was habe ich gezogen?«, zischelte der mit der Hasenscharte.

Hannahs Gesicht wirkte wie versteinert, als sie den Zimmermann durchdringend anstarrte. Seine Wasseraugen mit den farblosen Wimpern zuckten, Spucke tropfte ihm von der Lippe. Die gezogene Karte lag auf dem Tisch, seine Hand hielt er mit gespreizten Fingern fest darauf gepresst. Unauffällig steckte sie das Spiel in die Hosentasche ohne den Blick von seinen Augen zu lösen.

»Na, was ist jetzt? Wohl zu schwer?«, grinste der andere herausfordernd.

Hannah schluckte. Gedankenfetzen tanzten durch ihren Kopf: Du bist der Magier! ... Die Leute wollen Spektakel ... Langsam hob sie den Kopf und starrte mit weit aufgerissenen Augen in den Himmel. Mit beiden Händen malte sie geheimnisvolle Zeichen in die Luft und streckte beschwörend die Handflächen aus, als wollte sie die Antwort aus dem Firmament empfangen. »Es ist die Kreuz-Neun!«, raunte sie endlich mit verklärter Stimme.

Die Zimmerleute starrten sie überrascht an. Der mit der Hasenscharte zuckte mit der Hand zurück, als hätte er sie auf eine giftige Kröte gelegt. Hannah grabschte nach der Karte und schnappte sich das Geldstück. »Einen schönen Tag noch!«, brummelte sie gewichtig, wie sie es bei Faust beobachtet hatte, und rannte lachend davon.

Bei dem Bäckerweib erstand sie eine dicke Scheibe Honigkuchen, am Nachbarstand noch einen Lederbeutel, den sie stolz an ihren Gürtel band, und lief dann zu einer Kirche hinüber. Vor den Steinfratzen, die am Seitenportal eingemeißelt waren, hockte sie sich auf die Eingangsstufen und streckte die schlanken Beine aus. Verschmitzt hielt sie ihre Nase in die warme Frühlingssonne und biss herzhaft in den Kuchen, den sie mit ihrer Zunge zu einer süßlichen Masse verrührte. Hannah fühlte sich so behaglich wie schon lange nicht mehr. Hier, in Würzburg, hätte es Theresa bestimmt auch gefallen, überlegte sie. Ganz bestimmt.

Nachdenklich musterte sie gewichtige Handelsreisende mit pelzbesetzten Krägen und edle Damen in blauen Samtgewändern, die an ihr vorbeirauschten. Sie hielten die Nase hoch in die Luft gestreckt, um den Gestank des Pöbels nicht einatmen zu müssen. Warum ließ Gott es nur zu, dass die einen Menschen adelig zur Welt kamen und andere in den ärmlichsten Hütten wie Matthias? Bauern würden nie in den Stand des niederen Adels aufsteigen können. Wieder hallte ihr Fausts Ermahnung durch den Kopf: »Du bist der Magier …« Sie stutzte. Sollte das Zunftwesen etwa gar nicht gottgegeben sein?

Plötzlich wehte Hannah ein Geruch von altem, bitterem Knoblauch in die Nase. Erschrocken sackte sie in sich zusammen, huschte hinter einen dickbäuchigen Scholaren, der vor der Kirche wartete, und schaute sich zaghaft um. Etwas weiter auf den Treppenstufen hockten zwei Bettler, die ihre gekrümmten Hände weit ausgestreckt hielten. Sie waren in schmutzig graue Lumpen gehüllt und hatten die Kapuzen weit in die Stirn gezogen. In diesem Moment schaute der eine hoch, als hätte er eine Witterung aufgenommen. Zwei rosig glänzende Löcher klafften in seinem Gesicht, das er sofort wieder mit einem zerrissenen Lappen bedeckte. Hannah drehte sich unauffällig um und versteckte sich auf der Gasse hinter einem Karren mit Weidenkörben, mit dem ein Korbflechter zwischen Bauern und Zunftleuten zum Marktplatz drängte. Wollte Faust nicht zur Marienkapelle, die sich dort in den Himmel streckte? Sie zog die Gugel tief ins Gesicht und rannte los.

Hannah lief über den Marktplatz, wo noch vor kurzer Zeit große Ritterturniere stattgefunden hatten, drängte schmutzige Straßenkinder zur Seite, schlüpfte an Gemüseständen und Käfigen mit Schlachtvieh vorbei, bis sie abgehetzt vor der Kapelle stand. Tatsächlich stand Faust mit einem Pfarrer vor dem Südportal und begutachtete die steinernen Portalfiguren Adam und Eva. Als Faust Hannah erblickte, gab er ihr ein Zeichen, still zu sein.

»Gute Arbeit«, meinte Faust anerkennend zu den zierlich gearbeiteten Figuren. »Vielleicht ein bisschen zu brav, zu sanft, zu lieblich! Ich hätte mir ein kräftigeres Weib gewünscht.«

»Tilman Riemenschneider ist ein großartiger Künstler«, meinte der Pfarrer. »Er arbeitet schon für das ganze Land.«

»Mag sein.« Faust schaute versonnen einer Dienstmagd hinterher, die aufreizend ihre Hüften wiegte. »Aber jeder denkt da anders.«

Als der Pfarrer verhalten hüstelte, lachte Faust schallend und drehte sich ihm wieder zu: »Kommen wir also auf den Konflikt zwischen Hessen und Pfälzern zurück. Der ist ausgestanden?«

»So ist es. Kreuznach gehört jetzt zu Hessen, genauso wie das Kloster Sponheim. Abt Trithemius hatte sich ja für die Pfalz ausgesprochen.«

»Und was ist jetzt mit ihm?«

»Der Konvent des Klosters ist ihn leid. Der Abt liebte es, sich feiern zu lassen, verbrauchte das Geld der Kirche, nur um eigene Wünsche und die übersteigerte Sucht nach Ehre und Anerkennung zu befriedigen.«

»Nun ja, das sollte nicht das Verlangen eines Kirchenmannes sein.« Faust grinste spöttisch. »Da kann ich dem Konvent nur Recht geben.«

»Ja, und nachdem sie herausfanden, dass der werte Abt ganze Passagen in seinen Klosterchroniken einfach erfunden, Berichte gefälscht und sich sogar Zeugen ausgedacht hatte, die angeblich seine Theorien stützten, hat man ihn …«

»Was denn? Rausgeschmissen? Den hochwürdigen Abt Trithemius?« Faust fing herzhaft an zu lachen. »Sie haben ihn aus seinem eigenen Kloster einfach rausgeschmissen? Es gibt doch noch göttliche Gerechtigkeit. Und wo soll er unterkommen?«

»Er wird bald hier in Würzburg eintreffen.«

»Wie bitte? Hier in Würzburg?«

»Ja, er soll das Schottenkloster St. Jakob übernehmen, wo die irischen Jakobspilger auf ihrem Weg nach Süden einkehren.«

»Wenn der erfährt, dass ich nach Kreuznach will, was nur ein paar Meilen von seinem alten Kloster entfernt liegt, wird er sich vielleicht doch noch mit dem Teufel verbünden.« Fausts Augen blitzten spitzbübisch. »Wie meinte er? Er wollte keine Perlen vor die Säue werfen? Und selbst hat er sich viele Chroniken einfach nur ausgedacht? Dann sind seine Perlen ja nichts weiter als schön schillernde Blasen, die bei näherem Hinsehen mit stinkenden Gasen gefüllt sind.«

»Aber er hat auch viel für die Wissenschaft getan. Denkt nur allein an die riesige Bibliothek, die er zusammengetragen hat«, bemerkte der Pfarrer anerkennend und fügte seufzend hinzu: »Aber jetzt hat er in einem Buch geschrieben, dass auch Maria, die Mutter Jesu, unbefleckt empfangen worden sei. Da gab es viel Unmut, nicht nur bei den Dominikanern, die ihm einen empörten Brief zukommen ließen.«

»Und wie hat der Abt darauf reagiert?«

»Er bezichtigte seinen Kritiker als schwer geisteskrank, empfahl ihm schleunigst den Arzt aufzusuchen und nannte ihn einen ›Battologus‹, einen Schwätzer!«

»Einen Schwätzer! Sieh mal einer an!«

»Man warf ihm auch vor, dass er sich wie besessen mit schwarzer Magie auseinander setzt, was mit christlichem Glauben einfach nicht zu vereinbaren ist«, meinte der kleine Pater. »Er wird jetzt wohl mit aller Kraft gegen diese Vorwürfe angehen müssen.«

Hannah war in der Zwischenzeit unruhig hin und her gelaufen, während sie nach dem neuen Lederbeutel an ihrem Gürtel fasste, der neben dem Dolch herunterbaumelte. Immer wieder blickte sie über den überfüllten Marktplatz, wo Bauernweiber Gemüse anpriesen und Metzger gepökeltes Fleisch an den Käufer brachten; wo Wandermagier Karten legten und Marktleute einem Vaganten zujubelten, der brennende Holzstöcke durch die Luft warf und wieder auffing.

Plötzlich fuhr Hannah zusammen. Waren da nicht zwei

gebückte Gestalten, die in schmutzig graue Gewänder gehüllt waren und sich hinter der Bretterwand vom Kräuterkarren versteckt hielten? Hannah huschte zu Faust und zupfte ihn am Mantel. Er wollte sie verärgert wegscheuchen, als sie aufgeregt stammelte: »Die Bettler!«

Der Magier fuhr erschrocken herum. Sein Gesicht wirkte verzerrt, seine Hand tastete nach dem ledernen Beutel, der an seinem Gürtel hing. »Was für Bettler?«

»Die beiden Bettler aus Gelnhausen. Der eine hat eine abgeschnittene Nase und der andere …«

Faust zog sofort die Kapuze über den Kopf, während er sich nach allen Seiten umschaute. »Hast du das Gerstenbrot und das gedörrte Fleisch?«

Hannah nickte. Der Pfarrer musterte die beiden mit seinen hellwachen Augen. »Ärger?«, fragte er vorsichtig.

Faust nickte und flüsterte kaum hörbar: »Da ist jemand, der es auf das rote Pulver abgesehen hat.«

»Das rote Pulver?« Der Pfarrer starrte ihn ehrfurchtsvoll an. »Ihr habt das rote Pulver, mit dem der Stein der Weisen aufzuschließen ist?«

Der Magier nickte. »Aber leider reicht die Menge nicht aus. Doch der Tag wird kommen, an dem ich meine Experimente weiterführen kann.« Faust legte beschwörend den Finger auf den Mund und blickte sich aus den Augenwinkeln um. »Ihr werdet wieder von mir hören!« Mit festem Griff packte er Hannah am Handgelenk und zog sie hinter sich her. Geduckt drängte er sich an Händlern, Bettelmönchen und gepanzerten Rittern vorbei, zurück zu ihrer Unterkunft im *Gressenhof*.

»Mal sehen, ob uns unterwegs eine schwarze Kutsche entgegenkommt«, brummte Faust, als sie etwas später mit dem Handkarren wieder unterwegs waren. »Dabei hatte ich dem Abt einen grandiosen Empfang bereiten wollen. Mit ein paar bunten Krachern und übel riechenden Dämpfen!«

»Müssen wir jetzt den gleichen Weg zurück?«, fragte Hannah und schaute noch einmal sehnsüchtig zurück zu der Marienburg, die hoch über der Stadt auf einem Fels gelegen war.

»Wenn wir nach Kreuznach wollen, ja! Es sei denn, du willst hier bleiben.« Faust grinste breit.

»Natürlich nicht!«, antwortete Hannah und fühlte nach dem silbernen Amulett, das sie unter dem Leinenhemd verborgen hielt. Sie würden also zurückreisen, zurück in die Nähe des Dorfes, wo sie geboren worden war.

Sofort tauchten Erinnerungen auf, wie damals die landgräflichen Wachen gegen die Holztür ihrer kleinen Behausung hämmerten und Theresa und sie aus dem Schlaf rissen. Eng umschlugen standen sie da und schauten zu, wie ihre armseligen Stühle mit zerberstendem Krachen zerschlagen und die Tongefäße mit dumpfem Klirren zertrümmert wurden. Alles durchkämmten die Wachen. Sogar im Herd suchten sie mit einer Lanze zwischen glimmenden Kohlestückchen nach Knöchelchen. Und endlich fanden sie in der Kammernische die blutigen Eingeweide des Huhnes, dem Theresa im Kräutergarten des Landgrafen den Hals umgedreht hatte. Mit eisernem Griff packten sie Theresa und stießen sie mit Fußtritten und Schlägen auf den Hof. Da stolperte Theresa. Ein

Wächter holte mit der Peitsche aus und schlug auf sie ein. Das Surren und Aufklatschen würde Hannah nie vergessen. Wie von Sinnen lief sie los und klammerte sich an ihre Mutter. Ein letztes Mal fühlte sie ihre warme Haut, spürte ihren Atem, atmete ihren Geruch ein. Ihre Mutter konnte ihr noch das Amulett zustecken, bevor sie ein Wächter fortriss. Der bullige Mann hatte gelbliches, volles Haar, die Brauen hingen wie zerlumpte Fransen über den Augen, die scharf und durchdringend waren. Seine vollen Lippen hingen fleischig zwischen dem Bart, der von Dreck und Essensresten verkrustet war. Nur einen Atemzug sahen sie sich an, aber sein Bild grub sich tief in Hannahs Gedächtnis ein. Inzwischen hatte sich Theresa hochgerappelt, ihr Kleid war verdreckt, die Arme vom aufgeweichten Lehm verschmiert. Dann wurde sie wie ein Stück Vieh den steinigen Weg hoch zur Burg getrieben.

Hannah wischte sich über die Augen und fragte leise: »Weswegen brechen wir denn auf? Ist es wegen der Bettler?«

Faust nickte. »Sie wissen mit Sicherheit mehr, als man denkt. Hast du nicht bemerkt, wie in Gelnhausen aus gebückten Krüppeln plötzlich wendige Burschen wurden? Es ist mit Sicherheit kein Zufall, dass sie hier auftauchen.«

»Aber was wollen sie? Ihr spracht von einem roten Pulver …«

»Bist du wohl still«, fuhr Faust sie an. »Davon darfst du nie wieder sprechen, verstehst du? Nie wieder!«

Hannah nickte erschrocken. »Und was kann der Abt Euch anhaben?«

»In seinem hochverehrten Schatten alchemistische Studien zu betreiben wäre auf die Dauer nicht sehr Erfolg versprechend. Er würde mir mit Sicherheit die Hölle heiß machen!« Faust lachte schallend auf. »Jetzt nehme ich dich mit nach Kreuznach. Franz von Sickingen ist ein leidenschaftlicher Bewunderer der Alchemie und der geheimen Künste. Er wollte mir schon immer eine Anstellung auf der Burg verschaffen. Und für dich werden wir sicherlich auch etwas finden.«

So machten sie sich mit dem Handkarren auf den Weg, während Faust wieder in tiefes Schweigen verfiel. Manchmal blieb er stehen, um Gedankenfetzen auf Pergament zu schreiben, manchmal brummte er unverständliche Worte wie eine Weissagung vor sich hin. Die Luft war angenehm warm. Hannah lauschte auf die Geräusche des Waldes, auf das Zwitschern der Vögel, das Knacken im Gehölz und das Rascheln von Blättern. Es war fast windstill und das hölzerne Rumpeln der Wagenräder machte seltsam müde. Wie in Trance lief sie weiter, spürte ihre Füße nicht, die sich wie von selbst voreinander setzten, und übte sich in den drei magischen Prüfungen. Sie stellte sich das Gesicht des Wächters vor, der Theresa geschlagen hatte. Nie wollte sie seine Gesichtszüge vergessen, seine fleischigen Lippen, die zerzausten Augenbrauen mit der zerfurchten Stirn und den stechenden, düsteren Augen. Wie hatte er später geflucht, als er nach Hannah geschnappt hatte und sie ihm entwischt war. Wie hatte Theodor um sie gebangt, als auch sie selbst als Viehdiebin ins Verlies gesteckt werden sollte. Ob man immer noch nach ihr suchte?

Plötzlich hörten sie Getrappel von Pferdehufen. Faust schaute sich blitzartig um und versteckte sich mit dem Karren hinter dichtem Gestrüpp, während sich Hannah zwischen hohe Farnblätter kauerte. Ein paar Reiter geleiteten eine schwarze Kutsche, die von einem edlen Rappen gezogen wurde. Das bleiche Gesicht eines Mannes mit grauem Haar zeigte sich kurz am Fenster. Es wirkte leblos, so als wäre es aus Wachs geformt. Auf der Kutsche waren Koffer und schwere Kisten mit Seilen verankert.

»Ob er's war?«, fragte Hannah etwas später.

Faust grinste breit und zuckte mit den Schultern. »Schon möglich. Jedenfalls wird er von mir hören, das schwör ich dir! Und dafür ist Kreuznach der geeignetste Ort, liegt er doch nur einen kurzen Fußmarsch vom Kloster Sponheim entfernt, wo er bestimmt seine Spione hat. Und die sollen ihm berichten, wer der größte Magier im Land ist.«

Nach ein paar Tagesreisen kamen sie in die Gegend, wo Faust dem Bauernjungen das Bein geschient hatte. Sie beschlossen, kurz nach ihm zu sehen. Aber das Gehöft war heruntergebrannt. Auch der Stall mit den Ochsen stand nicht mehr. Dünne Rauchschwaden zogen wie letzte Lebenszeichen aus den verkohlten Holzbalken.

Entsetzt lief Hannah immer schneller auf die Trümmer zu. »Matthias!«, schrie sie verzweifelt, aber nichts regte sich.

Da teilten sich bei der Lichtung die Zweige einer alten Eiche. Die Bäuerin kam aus dem Wald, gebeugt und mit schleppendem Schritt. Matthias humpelte dicht hinter ihr her.

Faust sah ihr schweigend entgegen. Sie schien um Jahre gealtert. Sie begrüßten sich mit kurzem Kopfnicken. Die Augen des Jungen waren gerötet, die Haut schimmerte unwirklich gelb. Dann hinkte er zu einem aufgeworfenen Hügel, auf dem ein frisch gezimmertes Holzkreuz stand.

»Die Truppen des Fürsten?«, fragte Faust vorsichtig.

Die Frau nickte. Mit zitternden Fingern strich sie über ihre aufgesprungenen Lippen. Dunkle Schatten lagen auf ihren Augen, als starrten sie aus dunklen Höhlen in die Welt.

»Die Steuern …«, fuhr Faust leise fort. »Ihr konntet sie nicht bezahlen …«

Sie nickte wieder und schaute zu ihrem Sohn, der das hölzerne Kreuz fester in die Erde rammte. »Mein Bruder holt uns mit dem Ochsenkarren«, sagte sie mit tonloser Stimme. »Er lebt auf einem kleinen Hof bei Würzburg und meint, dort dauert es nicht mehr lange, bis die Bauern sich erheben.« Sie nickte ihnen geistesabwesend zu. Ein leises Zittern ging über ihre Augenlider. Mit müdem Schritt wankte sie zurück zu der Eiche an der Waldlichtung. Der kleine Matthias stand regungslos am Grab des Vaters, direkt bei den verkohlten Holzbalken ihres ehemaligen Hauses. Das geschiente Bein hielt er steif von sich weggestreckt …

Die alte Frau blickte von ihrem Schreibtisch im alten Klosterturm auf. Waren da nicht Rufe und Pferdegetrappel zu hören? Sie legte den Federkiel zur Seite und ging ans Fenster. Der Himmel brannte in der Morgenröte, als wollte höllisches Feuer das ganze Firmament niederbrennen. Auf dem Hof wurden Steine abgeladen, Männer rührten in Holztrögen Lehm an. Die Frau wischte sich über die müden Augen, hatte sie doch die ganze Nacht durchgeschrieben.

Plötzlich hörte sie schwere Schritte die Treppenstufen hochpoltern. Schnell öffnete sie mit der Haarnadel den Geheimmechanismus im Tisch, legte die beschriebenen Blätter hinein und pustete die dicke Kerze aus. Kaum hatte sie die Schublade wieder zurück in ihre Verankerung gedrückt, klopfte es an ihrer Kammertür. »Bist du wach?«, hörte sie die sanfte Stimme von Bruder Martin. »Kann ich eintreten?«

»Ja, einen Moment.« Die Alte legte sich auf ihr Matratzenlager, zog die Decke aus Pferdehaar über die Schultern und stützte sich auf die Ellbogen. »Komm nur herein.«

»Es ist nur wegen der Zunftleute. Du müsstest ein paar Brote mehr backen. Und bereite eine ordentliche Suppe vor!«

»Was haben sie denn vor?«

»Das Zimmer und das Labor von Faust werden zugemauert«, raunte Bruder Martin ihr zu. Der Rosenkranz zwischen seinen Fingern klapperte leise.

»Hier im Turm? Aber warum zugemauert?«

»Nichts soll mehr an ihn erinnern. Mitsamt den Geistern, die er rief. Nie mehr sollen die Räume betreten werden!« Pater Martin nickte ihr aufmunternd zu und verschwand lautlos im düsteren Gang.

Kaum war der Pater gegangen, ließ sie Wasser aus einem Krug in eine Schüssel laufen, wusch sich und kleidete sich neu an. Schnell hastete sie hinunter in die Küche, um sich an die Arbeit zu machen. Vorher lief sie aber an dem Alchemistenlabor vorbei. Zunftleute klatschten Lehm auf die neue Schicht der Felsgesteine in der Eingangstür. Stein um Stein wurde die Sicht auf den Labortisch genommen, auf Gefäße und Tiegel, Ofen und Feuerstelle, so wie sie es kannte. Ihr Gesicht brannte, als ob sie immer noch die Glut anfachte und das flackernde Licht in den Augen spürte, während die Hitze ihr Schweißperlen auf die Stirn trieb.

Als sie später zurück in ihre Kammer kam, hatte sie neue Papierbogen dabei, die sie unter der Schürze verborgen hatte und jetzt unter ihre Schlafdecke steckte. Sie horchte auf das dumpfe Aufschlagen der Steine, das Rufen der Männer, die stampfenden Schritte von Gehilfen, die neuen Mörtel den Turm hochbrachten. Als die Abendsonne hinter den Spitzen des Tannenwäldchens versank, war das Turmzimmer zugemauert. Nichts erinnerte mehr an frühere Zeiten. Als dann endlich das Kloster zur Ruhe gekommen war, nur noch die eintönigen Choralgesänge der Mönche aus der Kapelle hochhallten, zündete sie mit einem Span die neue Talgkerze an und legte ein leeres Blatt Papier vor sich auf den Tisch. Mit einer fast zärtlichen Handbewegung strich sie es glatt. Dann tunkte sie den Gänsekiel in die dunkle Tinte und schrieb weiter:

Es war im März 1507.

Ein eisiger Wind fuhr ihnen durch die Kleider, als sie wieder Gelnhausen erreichten. Über lange Monate waren sie mit dem Karren durch die Lande gereist, von einer ummauerten Stadt zur nächsten, die in Abständen von einer Tagesreise zu erreichen waren. Dabei hatten sie einige Zeit in Heidelberg verbracht, wo Faust an der Universität sein Studium weitergeführt und mit größtem Vergnügen sämtliche Schriften des Abtes Trithemius durchgearbeitet hatte. Hannah hatte angefangen sich Grundbegriffe in lateinischer Sprache anzueignen. Zwischendurch hatte Faust in Schänken, Gasthäusern und auf Märkten die turbulentesten Künste vorgeführt, um ihr Überleben zu sichern.

Als sie in Gelnhausen wieder im *Goldenen Löwen* einkehrten, erzählte die Wirtin bestürzt, dass Katrinchen erst vor kurzem gestorben sei. Ganz plötzlich sei sie zusammengebrochen und habe mit weit aufgerissenen Augen dagelegen, als hätten Teufelsgestalten sie zu Tode erschreckt. Dabei riss sie selbst die Augenlider hoch, verdrehte die Pupillen und ließ die fleischige Unterlippe leblos herunterhängen, um den Schreckensvorfall zu verdeutlichen. »Sie war eine so ehrliche Haut«, seufzte sie und wischte sich verstohlen über die Augen. »Nur zu schwach, viel zu schwach.« Kopfschüttelnd schlurfte sie an den blank gescheuerten Tresen, um einen Krug Wein abzufüllen, und servierte den beiden frisch gekochtes Kesselfleisch mit Brot.

»Hat eigentlich jemand nach mir gefragt?«, fragte Faust vorsichtig nach.

Die Wirtin legte den dicklichen Zeigefinger auf ihre Unterlippe und überlegte. »Doch, ja. Des Öfteren waren zwei Bettler hier und haben sich erkundigt. Der eine hat sich das Gesicht mit einem Tuch zugehalten. Das letzte Mal war es gerade vor der Fastenzeit …«

Also doch! Hannah spürte einen eisigen Hauch im Nacken. Fröstelnd fuhr sie zusammen. Sie beobachtete, wie Fausts Augen unruhig hin und her gingen. Ein paar Töpfer mit lehmverschmierten Händen stampften herein und hockten sich an den Ofen, der nur eine mäßige Wärme ausstrahlte. Draußen schneite es. Die Butzenscheiben waren innen mit bizarren Eisblumen überzogen, Schwitzwasser, das sich an den Scheiben abgesetzt hatte und zu kunstvollen Kristallen fror. »Wir müssen weiter«, raunte Faust Hannah zu. »Jetzt wissen wir es sicher, dass die hinter mir her sind. Komm!«

Faust stemmte sich hoch und zog die Kapuze tief in die Stirn, während er zur Tür stapfte. Ein schneidender Wind wehte ihnen entgegen, als er sie öffnete, und Hannah zog ihren neuen wollenen Umhang enger um die Schultern. Sie liefen über das schneenasse Kopfsteinpflaster hoch zum Obermarkt, um sich das Lederstück lochen zu lassen. »Du lochst für drei Tage«, befahl Faust mit eindringlicher Stimme einem grauhaarigen Alten, der im Rathaus hockte und sofort in Trance fiel. »Aber dreimal verschieden!«

Wie von unsichtbarer Hand geführt knipste der Bedienstete die Stückchen aus dem Leder. Faust steckte das Dokument ein und fasste Hannah am Arm. »Morgen in der Frühe wollen wir los. Hier ist Geld. Besorge das Nötigste. Dann komm ins Paradeis oben am Haitzer Tor.« Als Faust mit dem Finger schnippte, schüttelte der Alte benommen den Kopf und schaute dem breitschultrigen Mann mit dem wehenden Umhang verunsichert hinterher.

Etwas später drückte Hannah die Tür zum Paradeis auf, einem in den Fels gehauenen Raum. Kleine Wassertropfen platschten von der lehmigen Decke. Das Licht der brennenden Fackeln warf wirre Schatten an die grob gehauenen Wände. Vorsichtig stieg sie die enge, rutschige Wendeltreppe hinab in die Tiefe. Zwei Pechfackeln erhellten die Stollen. Unten waren alte Holzfässer gelagert, in denen der Wein reifen konnte. Hinter einer Lehmwand war der Brunnen mit der Wasserquelle. Sie wurde streng bewacht, damit niemand sie vergiften konnte. Der aufgedunsene Schatten von Faust wanderte aufgeschreckt an den Wänden hin und her, sein riesiger Arm führte ein klobiges Gefäß zum Gesicht, ein wirrer Haarschopf legte sich in den Nacken. Als sich Hannah zu dem Magier stellte, hatte er den Becher leer getrunken. Sein Gesicht wirkte abwesend, seine Augen flackerten, als er ihn am Weinfass neu füllte.

»Was wollen sie eigentlich von Euch?«, fragte Hannah leise.

»Wer?«

»Die Bettler?«

Faust schaute sich um. Sie waren allein, nur der Wächter saß in der Ecke und döste. »Kannst du dir das nicht denken?«, raunte Faust ihr zu.

»Das rote Pulver?«, wisperte Hannah kaum hörbar.

Faust brummte kurz und legte den Finger auf den Mund. Plötzlich wankte er wie von unsichtbaren Kräften gezogen auf die Quelle zu und starrte in das klare Wasser. Es war, als würde er in eine andere Welt hineingezogen. Seine Augen wurden glasig, seine Lippen fingen an sich zitternd zu bewegen, bis leises Flüstern zu verstehen war. Hannah streckte sich, um kein Wort zu verpassen.

»Ein alter Mann, er läuft gehetzt davon.« Faust blickte in den glatten Wasserspiegel, als hätte sich dahinter ein Tor geöffnet. »Er stützt sich auf einen Gehstock mit Silberknauf. Da sind zwei Männer, in Lumpen gehüllt. Jeder hat einen Knüppel, sie schlagen auf den Alten ein. Er bricht zusammen. Da ist Blut. Viel Blut. Die Männer greifen den Stock, schrauben den Silberknauf ab. Da ist Pulver drin, rotes Pulver* …«

Da platschte ein Tropfen von der Decke mitten ins Brunnenwasser, Wellen hoben und senkten sich und trugen das Bild davon. Faust schüttelte benommen den Kopf, trank den Weinbecher leer und stapfte davon.

Der Raureif war noch gefroren, als sie am frühen Morgen aufbrachen. Hannah hatte ihre Weste eng um den Leib geschnürt, sich in den Umhang gehüllt und Fetzen von ihrem alten Kleid um die Füße gebunden, bevor sie in die Stiefel geschlüpft war. Faust hatte Lumpen um die Hände gewickelt und zog den Handkarren mit der Holzkiste schweigend hinter sich her.

Jetzt führte der Weg über Hanau nach Frankfurt, wo sie über den Main gesetzt wurden. Zerborstene Eisschollen wurden den Fluss hinuntergespült und der Fährmann hatte zu tun, um von den Eisbrocken nicht gerammt zu werden. Faust hockte neben seinem Handkarren und hatte sich in eine Schrift vertieft. Seltsame Zeichen mit Kreisen waren darauf abgebildet, neue Zeichnungen von Tierkreiszeichen. Daneben waren einige Planetenstellungen aufgemalt, der Jupiter stand eng mit der Sonne zusammen, das Zeichen, dass hier ein Prophet geboren worden war. Während Hannah den Fährmann beobachtete, wie er kraftvoll die Ruder in das eisige Wasser tauchte, bezog sich der Himmel aschgrau. Es war, als würde er mit wollenen Tüchern bespannt. Das Gekrächze der schwarzen Krähen hallte wie aus einer anderen Welt.

Sie zogen weiter nach Mainz und dort setzten sie mit der Rheinfähre nach Nieder-Ingelheim über, wo auf dem Marktplatz gerade ein Gauklerspiel aufgeführt wurde. Obwohl es kühl war, hockten die Zuschauer dicht gedrängt in einem Stall auf langen Holzbänken und kreischten vor Vergnügen. Kuhdung und Ziegenmist lagen in der Luft, als von wild verkleideten Schaustellern das Stück *Ein schön Spiel von Frau Jutten* von Dietrich Schernberg aufgeführt wurde. Darin reiste Johanna aus Ingelheim als Priester verkleidet nach Rom und wurde nach langen Studien und Exerzitien tatsächlich im Vatikan zum heiligen Papst gewählt.

»Dieses Weib wäre genau nach meinem Geschmack«, grinste Faust und rieb sich vergnügt über das Stoppelkinn. »Die hat den Pfaffen eins ausgewischt. Die hat keine Grenzen anerkannt, noch nicht mal die des eigenen Geschlechts!«

»Und was ist aus der Päpstin Johanna geworden?«, fragte Hannah leise.

»Na, was wohl?« Faust setzte sich breitbeinig auf die

letzte Bank und schüttelte das feuchte Haar. »Meinst du, die Mönche und Bischöfe konnten ertragen, dass sie einem Weib die Tiaramütze aufgesetzt und das Papstgewand umgelegt hatten? Gesteinigt wurde sie, als sie entdeckten, dass sie eine Frau war! Es lebe die christliche Nächstenliebe!«

Faust lachte laut auf, so dass die Zunftleute und Marktweiber sich missbilligend nach ihm umdrehten. Sofort, als die Vorstellung beendet war, rannte der Magier in seinen schweren Stiefeln hoch auf die Bühne und griff in seinen Umhang. Ein Donnern krachte durch den Stall, grüner Rauch waberte hoch, aus dem der Magier hervortrat und die Hände erhob.

»Ich, Georg Sabellicus Faust der Jüngere, werde euch die wahren Himmelskunststückchen zeigen. Nicht Papst noch Päpstin erlösen euch von grässlichen Furunkeln, wagen für euch einen Blick in die Zukunft und können das Schicksal deuten. Nein, ich werde mich untertänigst zur Verfügung stellen. Heißt es nicht schon in alten Schriften: Wie oben, so unten? Wie in den Sternen, so im Horoskop? Wie im Himmel, also auch auf Erden? Zeigt mir eure Hände und ich sage euch, welche Lebensprüfungen auf euch warten.«

Ein Raunen ging durch die Menge. Faust zog ein paar Zettel mit dicken Lettern aus seinem Umhang, die er hatte drucken lassen, um seine Dienste anzupreisen. Eine dicke Bäuerin erwischte einen davon, drehte ihn ehrfurchtsvoll hin und her, faltete ihn zusammen und steckte ihn in den Ausschnitt. Entschlossen stemmte sie sich hoch, spuckte ein paarmal in die dreckige Hand und wischte sie an ihrem Leinenkleid ab. Dann packte sie ihren Alten am Kittel und zerrte ihn mit zu dem Magier. Immer mehr Menschen drängten vor zur Bretterbühne, während von draußen einer der Darsteller zur Laute sang. Seine Stimme hallte spöttisch in den Viehstall, aber nur Hannah schien ihm zuzuhören.

»Viel Praktik und Weissagekunst
verbreitet jetzt der Drucker Gunst.
Die drucken alles, was man bringt
und was man schändlich sagt und singt.
Da schaut nun niemand strafend drein,
die Welt, sie will betrogen sein.«*

Am nächsten Morgen reisten sie weiter an der Nahe entlang Richtung Kreuznach. Neblige Luft wehte über den Fluss, der sich träge durch sanfte Täler schlängelte. Es war, als würde das Licht von unwirklich grauen Dunstwolken einfach verschluckt. Selbst das Krächzen der Krähen klang verhalten und dumpf. Hannah fror. Ihre Weste war klamm und die Füße schmerzten vor Kälte. Als der Himmel etwas aufriss, zog Faust den Handkarren an eine flache Flussmulde. Mit ein paar Brotkrumen lockte er Fische an und erwischte in kurzer Zeit mit bloßer Hand drei zappelnde Flussforellen. Das Wasser war eisig und seine Hände waren dunkelrot unterlaufen.

Als sie endlich ein Lagerfeuer zum Lodern gebracht hatten, schnitt Hannah Speck in dicke Scheiben, röstete sie in der geschwärzten Pfanne an und briet die Forellen knusprig braun. Faust beobachtete, wie sie zuletzt in dem würzigen Fett Brocken von Gerstenbrot röstete. Hannah war in den letzten Monaten wohl zwei Handbreit gewachsen. Die lange wollene Hose, die sie erst im heranziehenden Herbst erworben hatten, reichte ihr gerade noch bis zu den Knöcheln. Ihr Gesicht war voller geworden, die Hüften runder. Ihre Bewegungen waren längst nicht mehr so staksig wie früher.

»Und Ihr meint wirklich, dass dieser Franz von Sickingen für Euch eine Anstellung hat?«, fragte sie, als sie die heißen Fische von der Pfanne auf die Holzteller schob.

»Jeder Fürst, Bischof, Kaiser, ja selbst seine Heiligkeit der Papst steckt Unsummen in seine Alchemisten«, grinste Faust spöttisch. »Und warum? Damit sie vielleicht eines Tages das edelste aller Metalle besitzen: den goldmachenden Stein der Weisen! Wer die Rezeptur weiß, ist einfach unschlagbar.«

»Und Ihr habt schon damit experimentiert?« Hannah beobachtete den Magier, der immer mehr von innerer Unruhe erfasst wurde. Seine Augen flackerten, mit zitternden Fingern bröckelte er das weiße Fleisch von den Gräten.

»Schon lange«, stieß er leidenschaftlich hervor. »Aber nicht lange genug. Alles braucht seine Zeit, verstehst du? Das Kind im Leib des Weibes, das Weizenkorn in der Erde, die Raupe verpuppt sich, Odysseus stieg in die Unterwelt. Alles muss erst ins Dunkle, in die Stille, in die Abgeschiedenheit, um zu reifen …« Er sprang auf, fasste erregt nach Hannahs Amulett und hielt es ihr vor die Augen. »Hier, der Löwe frisst die Sonne, verstehst du nicht? Das magische Symbol für den Stein der Weisen, der erst im Dunkeln reifen muss, bis er sich transformieren kann. Alles wächst und verändert sich bis zur Umwandlung, Geburt, bis zur Erlösung.« Faust drehte sich keuchend weg und stierte ins lodernde Lagerfeuer. Sein Augen waren weit aufgerissen, Flammenlicht tanzte über sein erstarrtes Gesicht. Gehetzt sprach er weiter: »Da ist das glühende Quecksilber im Tiegel, Pulver wird drübergestäubt, es zischt auf, eine Stichflamme schießt hoch, die dich das Fürchten lehrt. Und überall der Geruch nach Mandelblüten … Der Blasebalg! Das Feuer muss gleichmäßig angefacht werden, um die Masse im Fluss zu halten, bis …« Faust taumelte. Das Weiße in seinen Augen blitzte auf.

»Und dann? Was dann?«, drängte Hannah leise.

»… sie erfolgt, die Umwandlung von unedlen Metallen in göttliche, unvergängliche Substanz.« Mit dem Handrücken wischte er sich den Schweiß von der Stirn. Seine Unterlippe fing leicht an zu zucken. Die Haare hingen ihm wirr ins Gesicht, sein Atem ging keuchend. »Der Stein der Weisen ist alles! Er ist alles! Er ist die Ursubstanz, die Herrschaft verleiht über ewiges Leben und finsterste Verdammnis.« Ein heulender Windstoß fuhr in seinen Umhang und blähte ihn auf, als wollte er den Magier wie auf düsteren Schwingen davontragen. Dichte Wolkenberge türmten sich am blassgrauen Himmel und flohen wie von einer irrsinnigen Prophezeiung gehetzt davon. »Aber ich spüre ihn!« Faust stierte zum Firmament, der Wind fegte durch seine Haare, ließ seine Augen glasig werden. »Ich spüre ihn, es ist ein wuchernder Gedanke in meinem Kopf, der mich nicht zur Ruhe kommen lässt. Er erfasst meinen ganzen Körper, meine Sinne …« Er lief zum Holzkarren, nahm aus einem irdenen Krug einen ordentlichen Schluck und stieß den Atem ruckartig aus.

»Und wenn er in die Hände von rücksichtslosen, machtgierigen Herrschern fällt?«, fragte Hannah vorsichtig.

»Deshalb werden Resultate geheim gehalten«, ächzte er. »Alles ist verschlüsselt, damit Unwissende nicht in die Geheimnisse eindringen.«

»Das Pulver!« Hannah schaute erschrocken hoch. »Deswegen sind doch die Bettler hinter Euch her! Könnten sie damit die Welt beherrschen?«

Erschöpft lehnte er sich an einen umgestürzten Baumstamm. »Da bräuchte es jemanden, der mehr von der Sache weiß. Mein Pulver ist nur ein Schritt auf dem Weg zum Stein der Weisen.«

»Und was muss man wissen?«

»Du musst die zweifache Natur des Goldes beachten: die himmlische und die irdische. Wer nach alchemistischen Erkenntnissen strebt, braucht auch himmlische Erleuchtung. Das Werk gelingt nur, wenn der Mensch in beiden Vollkommenheit erreicht.«

»Ihr meint also, die Bettler haben einen Auftraggeber …«

»So wird es sein.«

»Und Franz von Sickingen? Will er auch die Vollkommenheit erreichen? Oder nur das Gold?« Hannah wickelte sich Fetzen von dem alten Leinenkleid um den Kopf, um sich vor dem heftigen Wind zu schützen.

»Gold ist immer gut«, ächzte Faust und warf die abgekühlte Pfanne auf den Handkarren. »Wenn ich nur allein an das Brennmaterial denke, um all die Retorten, Bauchflaschen, Töpfe und Phiolen am Köcheln zu halten …«

Als das Feuer gelöscht war, fühlte Hannah wieder ein eisiges Frösteln die Beine hochkriechen. Sie stöhnte leise und schüttelte sich vor Kälte.

Faust sah sie prüfend an und fasste sie an den zitternden Schultern. Tropfen perlten aus den Haarfransen an ihrer Stirn. »Du frierst …«, sagte er.

Hannah nickte zaghaft, wollte sie doch keinerlei Schwäche zugeben.

»Das werden wir jetzt ändern«, raunte er ihr zu. »Sieh mich an! Hör mir zu! Dein Blut pulsiert, du spürst, wie es das Feuer in deinen Körper zurückbringt … Wohltuende Wärme steigt in dir auf, durchdringt jede Faser deiner Haut wie unter gleißendem Sommerlicht …«

Hannah fühlte eine prickelnde Hitzewelle durch ihren Körper gleiten. Es war, als hätte sie ihre Füße, die eben noch vor Kälte schmerzten, in wärmendes Bottichwasser getaucht. Ihre Wangen glühten, die Finger streckten sich wie über der Glut einer Feuerstelle. Sie räkelte sich und gähnte, als wäre sie aus einem heilenden Schlaf erwacht.

»Das nächste Mal sagst du früher, wenn du frierst!«, meinte Faust trocken und fasste mit seinen kräftigen Händen nach den Holzstangen des Karrens, um weiterzuziehen.

Schweigend gingen sie die Nahe entlang, das Wasser wälzte sich bleigrau durch das Flussbett. Die spröden Schatten der Uferweiden tanzten auf den Wellen, als wollten sie in die Unterwelt abtauchen. Der Magier zog gedankenverloren den Karren hinter sich her, die Wagenräder quietschten leise in ihren Achsen. Da hörte Hannah, wie seine tiefe Stimme wieder und wieder ein paar Zeilen raunte. Es klang verschwörerisch wie ein entferntes Gelübde:

»Siebenmal ist's zu bereiten,
sieben Höhlen zu durchschreiten,
sieben Himmel zu durchsteigen,
sieben Wunder aufzuzeigen,
Müh im Wissen, lauter, rein,
Welt der Enge, leicht das Sein,
klein sei groß und groß sei klein,
Lebensblut – des Glückes Stein.«

Noch am gleichen Tag wurde es merklich wärmer. Der Aprilwind wirbelte letzten Schnee von den Zweigen, überall tropfte Schmelzwasser von den Bäumen, klatschte Schneematsch von dicken Ästen ins Laub, als wäre ein Stein zu Boden gefallen. Frische Grasnarben und Farnspitzen drückten sich durch braungraue Herbstblätter und aus den Hügeln gluckerten Rinnsale von Quellwasser, die sich ihren Weg suchten. Es ging über aufgeweichte Feldwege und schlammige Pfade auf Kreuznach zu. Pferdehufe hatten sich tief in den Morast gedrückt, so dass die Räder des Karrens öfter stecken blieben. Aber Faust schien vor Stärke nur so zu strotzen, als wäre er voll gesogen mit einem unbezähmbaren Willen.

Als es allmählich dämmerte, sahen sie die Ebernburg des Franz von Sickingen vor sich liegen, die sich schattenhaft auf einem felsigen Berg vor ihnen erhob. Ein Turmfalke flog mit seinen ausladenden Schwingen auf den trutzigen Burgfried zu, seine durchdringenden Rufe hallten durch das Bergland. Die Schildmauer ragte an den abschüssigen Felsen so hoch empor, dass die Burg uneinnehmbar schien. Faust und Hannah zogen über eine Brücke, die den tiefen Halsgraben überspannte, weiter zu dem Torturm aus Bruchsteinen. Der Burgfried war von vier starken runden Ecktürmen umgeben, die gerade erst verstärkt worden waren, um der neu aufkommenden Artillerie von Belagerern zu begegnen. Auf den Wehrtürmen standen Landsknechte mit neuartigen Feuerwaffen. Wachen in ledernen Waffenröcken versperrten ihnen am Burgeingang den Weg. Die Visiere ihrer silbernen Helme hatten sie hochgeklappt. Mit abschätzenden Blicken musterten sie die Neuankömmlinge.

»Halt!«, rief einer und streckte einen Speer vor, während ein anderer ein Gewehr auf sie richtete. »Seid ihr vom bettelnden Volk oder habt ihr als Vaganten etwas Kurzweiliges zu bieten?«

»Könnt ihr Feuer spucken? Mit Bällen jonglieren?«, fragte ein Nächster und rieb sich erwartungsvoll die kalten Hände. »Oder sogar auf dem Seil tanzen?«

Faust baute sich vor ihnen auf und grinste breit. »Sagt eurem Herrn, Franz von Sickingen, Georg Sabellicus Faust wartet vor seiner Tür auf Einlass!«

»Ihr seid der große Magier Faust?«, raunte einer erschrocken, deutete eine Verbeugung an und machte sich schleunigst auf den Weg, um den Magier zu melden. Die Wachen wichen verängstigt zurück und ließen die Waffen sinken.

»Ist er denn ein einflussreicher Mann?«, fragte Hannah leise.

»Das ist er. Er herrscht als Amtmann für den Kurfürsten von der Pfalz und hat sich eine tüchtige Söldnerarmee aufgebaut, die er an den Meistbietenden vermietet. Und durch die Bergwerke konnte er seinen Landbesitz bis zum Elsass ausdehnen.«

»Er hat also Geld«, meinte Hannah zufrieden.

»Nicht nur das!« Faust lächelte verschmitzt. »In seinem Bergwerk am Lemberg fördert er Quecksilber, das unentbehrliche Metall für jeden Alchemisten.«

Keinen Atemzug später kam die Wache zurück und führte sie an den Pferdeställen vorbei durch kalte, dunkle Gänge in die Burg. Zwei Bedienstete schleppten die Eichentruhe hinter ihnen her zum nordöstlichen Wohntrakt. An den Wänden hingen in eisernen Halterungen lodernde Fackeln, die unruhige Schatten über die groben Steinmauern warfen. Ein paar Mäuse huschten lautlos vorbei. Hannah fröstelte. Es war kühl und ihre Schritte hallten dumpf durch das Gemäuer. Als ihnen ihre Kammern zugewiesen wurden, waren sie überrascht über den weiten Blick über das Land, überragte der Wohntrakt die Wehrtürme doch um zwei Stockwerke.

Nachdem die Truhe in einer Kammer verstaut war, ging es über steinerne Treppen runter in einen unterirdischen Rittersaal, wo im großzügigen Kamin ein Feuer flackerte. Eine kleine Seitentür war geöffnet, durch die man in einen Geheimgang verschwinden konnte, der erst tief unterhalb der Weinberge wieder ans Tageslicht führte.

»Mein lieber Doktor Georg Faust!« Franz von Sickingen kam ihm mit weit ausgebreiteten Armen entgegen. Er war ein stattlicher Mann mit feurigem Blick. »Welch eine Ehre, Euch hier begrüßen zu dürfen. Wahrlich eine großartige Abwechslung in diesen einsamen, langweiligen Aprilnächten.«

Faust lachte schallend und drückte Sickingens Hände. »Das will ich meinen. Einen Besseren als mich werdet Ihr wahrlich nicht finden! Der Magister Georg Sabellicus Faust der Jüngere steht Euch jederzeit zur Verfügung!«

Der bucklige Hofnarr, der gerade für Sickingen ein Kartenspiel auslegte, musterte den Neuankömmling abfällig, hatte er selbst doch eben erst diese neuartigen Astrologiekarten aufgetrieben. Seine Gesichtszüge wirkten maskenhaft. Widerwillig schüttelte er den Kopf, während er seine blutleeren Lippen zu schmalen Linien zusammenpresste. Mit seinen gedrungenen Fingern legte er die Karte des Widders auf den Tisch, das Symbol für das Frühjahr, wenn die Natur von göttlichen Kräften getrieben zur Wiedergeburt in ein neues Jahr aufbricht.

Mit einer lässigen Handbewegung wischte Sickingen das Spiel zur Seite, die Karte des Widders flatterte lautlos zu Boden. Hannah beobachtete vom Kamin aus, wie der Narr sich bückte, während sich sein Buckel zu einer gigantischen Geschwulst aufbäumte und die Glöckchen an seiner Narrenkappe leise klingelten. Dann schubste er mit seinen kurzen Fingern die Karten zusammen, steckte sie ein und humpelte aus dem Rittersaal.

»Was haltet Ihr davon, wenn ich Euch zu Ehren ein Abendessen gebe und dazu einige Herrschaften einlade?«, fragte Franz von Sickingen.

»Nichts lieber als das.« Faust ließ sich auf einen wuchtig

gearbeiteten Stuhl fallen und streckte seine Beine unter dem langen Esstisch aus. »Und Ihr erwartet mit Sicherheit nicht nur ein paar unterhaltsame magische Spielereien meinerseits?«

»Da habt Ihr Recht. Das wird ein Vergnügen, ein wahres Erlebnis!« Sickingen strahlte. Dann ließ er Wein auftischen. Dazu gab es Brot mit Schmalz und gepökeltes Fleisch. Die beiden vertieften sich in eine Debatte über die ausschweifenden Feste der römischen Kirche, die Unsummen verschlangen, und über Ablassbriefe, den christlichen Glauben und magische Studien.

Als Hannah Fleisch und Brot gegessen hatte, machte sie sich auf den Weg in den Flügel der Burg, wo ihr die Kammer zugewiesen worden war. Sie lag direkt über dem Küchengarten, die jungen Blätter von Muskatella, Rapunzel und Zimterdbeere lugten hier schon aus der Erde. Theresa hätte daran ihre Freude gehabt. Theresa ... Hannah umfasste das Amulett, bis es ihr in den Händen brannte.

Plötzlich nahm sie ein feines Zischen und gleichmäßiges Blubbern wahr, ein beißender Geruch stieg ihr in die Nase. Auf Zehenspitzen schlich sie den Geräuschen nach und entdeckte eine seltsam eingerichtete Küche. Dort stand ein halbhoher gemauerter Ofen, der durch seitliche Löcher mit Holz befeuert werden konnte. Lodernde Flammen verbreiteten eine glühende Hitze. Ein verschwitzter Alchemist hob mit einer Zange einen eisernen Deckel von dem Mauerwerk und tröpfelte eine Flüssigkeit hinein. Darin war wohl ein Destillierkessel eingemauert, denn durch eine weitere Öffnung führte ein Rohr in einen

Glasbehälter, der auf einem Dreibein stand. Weißlicher Dampf wurde dort hineingeleitet. Er schlug sich an den Wänden nieder und eine milchige Flüssigkeit sammelte sich auf dem Glasboden.

»Habt Ihr noch zermahlene Erde und Quecksilberanteile?«, fragte der Alchemist einen anderen mit angesengtem Bart, während er vom feuchten Holz nachlegte. Qualm zischte aus dem Feuerloch, hustend wischte er sich den Schweiß aus der Stirn. »Und etwas Spießglas* und Weinstein könnte auch noch dazu!«

Hannah hielt sich im Schatten der Holztür versteckt und schaute zu einem weiteren Destillierkessel hinüber, der auf einem Feuer stand und an dem bläuliche Flammen hochzüngelten.

Plötzlich fasste sie jemand hart an den Schultern. »Was hast du hier zu suchen?« Hannah fuhr herum. Vor ihr stand ein bulliger Mann mit verhärmtem Gesicht. Seine buschigen Augenbrauen hingen fast in seine wasserblassen Augen, eine warzenförmige Verdickung wölbte sich an der Oberlippe. Seine großporige Haut war von tiefen Falten durchzogen. Am Kinn kräuselte sich ein ausgefranster Bart.

»Lasst ihn, Gerhard«, meinte der Alchemist an der Feuerstelle abfällig. »Das ist nur der Famulus* von diesem Scharlatan Faust, der soeben angereist ist.«

Der alte Gerhard schubste Hannah derb zurück, so dass sie gegen die Türfassung schlug. »Hattest du etwa vor, für deinen Herrn zu spionieren?«

Hannah schüttelte heftig den Kopf. Die Gugel rutschte ihr vom Kopf, schnell hob sie sie wieder auf.

»Dann mach, dass du verschwindest, Bursche!«, fuhr er sie an und hob drohend seine Pranke, die wohl doppelt so breit war wie ihre Hände. »Und lass dich hier nicht wieder blicken!«

Hannah nickte eingeschüchtert, während sie zurückwich und sich davonmachte.

»Ein weibisches Kerlchen, dieser Famulus«, hörte sie noch die Stimme des Alchemisten. Danach hallte dröhnendes Gelächter durch die finsteren Gänge.

Am Abend war der Rittersaal herrschaftlich ausgestattet, Kerzen standen auf den Tischen, Fackeln loderten in guss eisernen Halterungen an den hohen Wänden. Immer mehr edle Männer und gut betuchte Frauen betraten voller Neugier den Raum, in Erwartung eines äußerst unterhaltsamen Abends. Ein paar Lautenspieler zupften die Saiten und der bucklige Hofnarr fing an mit bunten Bällen zu jonglieren, die wie von unsichtbaren Fäden gezogen durch die Luft flogen. Bedienstete stellten Krüge und Zinnkannen mit Wein auf den Tisch, ein saftiger Schweinsbraten wurde auf einem großen Holzbrett serviert. Noch am Nachmittag waren Jäger zur Jagd aufgebrochen und hatten mit der Saufeder* ein stattliches Tier erlegt. Auch hatten sie bei der Balzjagd mit dem Falken ein paar Haselhühner* erbeutet, die jetzt braun gebraten aufgetragen wurden. Dazu gab es Gewürzbrot und in Butter gedünstete Weinbergschnecken, die hinter der Burg mit Küchenabfällen gezüchtet wurden.

Franz von Sickingen setzte sich ans Kopfende neben Faust, der gerade eine von den kandierten Früchten kostete. »Ich möchte Euch einen guten Freund von mir vorstellen, der einige Zeit bei mir wohnen wird«, sagte Franz von Sickingen. Ein Mann mit scharfem Blick verbeugte sich ritterlich und musterte den Magier interessiert. »Das ist Ulrich von Hutten, Dichter und Ritter«, stellte ihn Sickingen vor. »Na? Wie wäre es mit einer kleinen Weisheit? Sozusagen als Vorspeise?«

Obwohl Ulrich von Hutten ein zierlicher Mann war, sprühte er vor Leidenschaft. Er sprang auf einen Stuhl, wischte die kinnlangen Haare aus dem Gesicht und zwirbelte kurz an den Schnurrbartenden. »O Jahrhundert, o Wissenschaft!«, rief er mit Begeisterung, während Sickingen ihm ein gut gefülltes Weinglas reichte. »Es ist eine Lust, zu leben. Die Studien blühen, die Geister regen sich. Barbarei, nimm dir einen Strick und mach dich auf Verbannung gefasst!«

Die Ritter applaudierten begeistert, die Damen hüstelten in ihr Schnupftuch, während der Dichter sich zu Faust setzte. Die Ehefrau von Franz von Sickingen, Hedwig von Flersheim, verschränkte die Hände über ihrem gewölbten, schwangeren Leib, lächelte Faust zuvorkommend zu und setzte sich zu ihrem Gatten.

Hannah stand am flackernden Kamin und kraulte einen gelbbraunen Hund, der sich nah zu ihr gesetzt hatte. Er ging ihr bis zu den Oberschenkeln und die zotteligen Kopfhaare hingen ihm über die Augenbrauen fast zur Schnauze herunter.

Der alte Gerhard und die anderen Alchemisten hatten sich zusammen an das hintere Ende der Tischtafel gesetzt. Misstrauisch schielten sie immer wieder zu Faust herüber und tuschelten verstohlen miteinander. Gerhard hatte seinen Sohn Maximilian mitgebracht, den sie nach dem Kaiser getauft hatten. Er war ein untersetzter Bursche mit Sommersprossen und blassen Lippen, der gleich nach einem deftigen Stück Fleisch griff. Sein Gesicht verschwand fast hinter der Fleischkeule, die er mit beiden Händen hielt, um sie abzunagen. Die fuchsigen Haare standen ihm wirr vom Kopf ab. Bratensaft tropfte ihm von den Lippen auf den Tisch, während er zufrieden grunzte.

Ein glatzköpfiger Ritter mit glasigen Äugelchen griff wieder nach dem Weinbecher, während er mit der anderen Hand eine Keule aus dem Haselhuhn riss und in eine Soße tunkte. Eine ältliche Jungfer nahm sich vom Salm, dessen weißes Fleisch sie vorsichtig aus den Gräten löste, fein zerbröselte und mit spitzen Lippen verzehrte, während der zottelige Hund immer wieder zum Tisch lief, um sich heruntergefallene Brocken zu schnappen.

Die dicken Talgkerzen waren mehr als eine Handbreit abgebrannt, als endlich die halb abgenagten Knochen, Reste von Fischen und abgebrochene Brotstücke von den Bediensteten abgeräumt wurden. Die Gäste wischten sich zufrieden ihre Münder, rülpsten genüsslich und schauten erwartungsvoll zu Faust, der mit dem Burgherrn und seinem Ritterfreund Hutten in ein Gespräch vertieft war.

Der alte Gerhard warf den anderen Alchemisten einen viel sagenden Blick zu. Seine Mundwinkel waren nach unten gebogen, zwei tiefe Falten zogen sich von den Nasenwurzeln bis zum Kinn hinunter. Sein weißer Bart kräuselte sich wie zerfasertes Schafsfell. Langsam erhob er sich. »Im Namen unserer Alchemisten möchte ich den werten Magier Georg Faust begrüßen!«, rief er mit spöttischem Unterton und stützte sich mit seinen Handknöcheln an der Tischkante ab. »Es wird uns eine Ehre sein, von Euch den Hinweis zu erhalten, wie der magische Stein der Weisen zu bereiten ist.« Die anderen Alchemisten lachten höhnisch. Herausfordernd hob der Alte den Weinbecher. Seine wulstigen Augenbrauen warfen lange Schatten in sein Gesicht.

»Was wollt Ihr?« Faust grinste breit. »Einen Beweis meiner magischen Künste? Da lasse ich Euch gerne den Vortritt! Vielleicht könnt Ihr ja sogar den grauenhaften Höllenfürsten herbeizwingen. Oder langt es bei Euch nur zu einer zerzausten, humpelnden Katze?«

Ein aufgeregtes Tuscheln ging durch den Rittersaal. Sickingen rieb sich die Hände. Ein Spektakel zwischen seinen Alchemisten und dem Magier Faust war ganz nach seinem Geschmack. Der alte Gerhard klatschte auffordernd in die Hände. Sein Sohn Maximilian wischte sich mit dem Ärmel das Fett aus dem Gesicht und lief los, um einen niedrigen Wagen hereinzuziehen. Auf einer gusseisernen Platte loderte ein kleines Feuer, darüber stand ein Dreifuß.

Der Alchemist räusperte sich gewichtig und fuhr sich durch das zerzauste Haar. Dann hob er einen Tiegel hoch und zeigte den Anwesenden, dass er leer war. »Ich möchte Euch, Franz von Sickingen, den Beweis erbringen, dass wir auf der Suche nach dem Stein der Weisen ein gutes Stück vorangekommen sind. Allerdings verflüchtigt sich das Gold noch nach kurzer Zeit. Aber es wird nicht mehr lange dauern und das göttliche Lebenselixier des Himmels wird sich in Euren Händen befinden.«

Der glatzköpfige Ritter rieb sich erregt den Schweiß vom Schädel. Die ältliche Jungfer wurde blass um die Nase, so dass sie einen ordentlichen Schluck Wein zu sich nahm. Der alte Gerhard stellte den leeren Tiegel auf das Dreibein, goss aus einem Glasbehälter eine ölige Flüssigkeit hinein und streute rötliches Pulver darüber.

Rotes Pulver!, schoss es Hannah durch den Kopf. Erregt zupfte sie Faust am Umhang. Der Magier gab ihr allerdings mit einer Geste zu verstehen, sie möge sich still verhalten. Seine ganze Aufmerksamkeit war auf den Alchemisten gerichtet, der gebannt in das rotflockige Öl starrte. Flammen züngelten an dem Gefäß empor, während der alte Gerhard mit seiner Hand beschwörend darüberfuhr. Da loderten die Flammen der Pechfackel auf, als hätte eine unsichtbare Macht hineingepustet. Es zischte, plötzlich stieg vom Tiegel milchiger Rauch auf. Ein dickliches Weib kreischte erschrocken auf, als hätte sich die Hölle aufgetan, und krallte sich am Lederwams ihres Mannes fest. Der Glatzköpfige stierte fassungslos zu dem Alchemisten hinüber, während sich die spitznäsige Jungfer mit der Zungenspitze immer wieder erregt über die Unterlippe fuhr. Der Alchemist nahm mit einer Zange den erhitzten Tiegel, schwenkte ihn vorsichtig hin und her und trug ihn wie eine Siegestrophäe zum Burgherrn. Im Schein der flackernden Pechfackeln glänzte in der eisernen Schüssel dünnflüssiges Gold.

Franz von Sickingen sah ihn fassungslos an. »Gold«, stieß er mit tonloser Stimme hervor und atmete heftig durch. »Meine Freunde, ihr könnt es bezeugen. Unseren Alchemisten ist die Transformation geglückt!«

Die Gelehrten und Rittersleute erhoben sich mit ihren Weibern und drängten sich zu dem alten Gerhard, um das Wunder von nahem zu betrachten. Nur Faust blieb gleichgültig am Tisch hocken und griff nach seinem Weinbecher.

»Nun?«, hörte er die spöttische Stimme vom alten Gerhard. »Damit habt Ihr nicht gerechnet. Geschlagen sitzt er da, der Magier Sabellicus Georg Faust …«

Faust winkte ab und gähnte. »Nicht doch! Es langweilt mich nur, törichte Gaukeleien vorgeführt zu bekommen.«

Die Männer und Weiber fuhren herum. »Törichte Gaukeleien?« Ulrich von Hutten schaute ihn fragend an. »Was meint Ihr damit?«

Der alte Gerhard warf Faust einen vernichtenden Blick zu. Sein Gesicht wirkte mit einem Mal aufgedunsen, die Hautverdickung an seiner Oberlippe zuckte. Zornig streckte er den Tiegel vor. »Ihr wagt es, die Echtheit des Goldes anzuzweifeln?«

»Das Gold ist wohl echt«, meinte Faust anerkennend. »Aber ich habe schon von Tiegeln mit doppeltem Boden gehört, wobei sich im unteren Teil das angeblich transmutierte Gold befindet. Der Zwischenboden besteht aus einer leicht schmelzbaren Masse. Schon der große Leonardo da Vinci hat einen Schwindler entlarvt, der diesen Trick vorführte.« Faust trank seinen Weinbecher leer und hielt ihn dem alten Gerhard entgegen. »Hier. Der ist feuerfest. Ihr habt doch noch von der öligen Substanz und dem rötlichen Pulver. Dann führt es ein zweites Mal vor und wir glauben Euch!«

Der alte Gerhard wollte sich wutentbrannt auf Faust stürzen, als der aufsprang. »Ihr könnt nicht mehr laufen. Keinen einzigen Schritt!«, zischte Faust beschwörend, so dass es Hannah eiskalt den Rücken hinunterlief. »Eure Füße sind wie mit dem Boden verwachsen, die Eingeweide von einem Stahlkorsett umschlossen, Euer Schädel ist wie in einem Mauerwerk verankert. Ihr könnt Euch nicht mehr rühren, alles ist starr!«

Wie eingefroren verharrte der Alchemist in seiner Bewegung, die Augen hatte er weit aufgerissen, die Hände verkrampft vorgestreckt. Die Musiker ließen ihre Instrumente sinken, der Hofnarr wiegte nachdenklich den Kopf, so dass die Eselsohren mit den Glöckchen hin und her wankten.

Faust warf Hannah einen kurzen Blick zu. Sie deutete ein Nicken an, hatte sie doch schon längst auf das ausgemachte Zeichen gewartet. Unauffällig huschte sie in eine Fensternische. Der Magier hatte am frühen Abend hundert Kerzen auf einem steinernen Vorsprung aufgestellt, der sich in Kopfhöhe durch den Saal zog. Jede Kerze stand von der nächsten eine halbe Elle entfernt.

»Wie ihr seht, ist es kein Leichtes, Georg Sabellicus Faust in die Irre zu führen und zum Gespött der Leute zu machen«, donnerte Faust nachdrücklich. »Wenn ihr ein paar Proben meines Könnens haben wollt, bitte!« Er hob langsam die Hände und kurz darauf flammte eine Kerze nach der anderen wie von Zauberhand auf. Es war ein hundertfaches Lichtermeer, das sich wie ein Wunder selbst entzündete. Die kleinen Flammen brannten ruhig und verbreiteten ein strahlendes, warmes Licht. Das spitznäsige Weib stieß einen verzückten Seufzer aus, Hannah atmete erleichtert durch. Hatte doch niemand gesehen, dass sie unauffällig mit einem brennenden Span einen Faden entzündet hatte. Den hatte Faust nämlich noch vor dem Eintreffen der Gäste mit einer Salbe aus Schwefel, Operment* und Öl bestrichen und so über sämtliche Kerzen gelegt, dass er nicht zu erkennen war.

Sickingen und Hutten strahlten, während der alte Gerhard noch immer in seiner Position verharrte. »Versucht nie wieder mich herauszufordern!«, fuhr Faust den Alchemisten an; er schnippte kurz mit dem Finger. »Nie wieder! Ihr werdet immer den Kürzeren ziehen!«

Der alte Gerhard verließ mit hoch erhobenem Haupt den Saal, sein Gesicht war rot angelaufen, seine Hände hatte er zu Fäusten geballt. Sein Sohn Max warf Hannah einen eisigen Blick zu, packte den niedrigen Wagen mit dem heruntergebrannten Feuer und lief dem Vater hinterher.

Franz von Sickingen war begeistert und streckte dem Magier die Hände entgegen. »Ihr müsst bei uns bleiben! Ich werde Euch fürstlich belohnen! Ihr müsst einfach in meine Dienste treten!«

»Nichts lieber als das!«, lächelte Faust und setzte sich zu ihm. Zwanglos griff er nach dem Becher, den er mit neuem Wein füllte. »Aber nicht mit den Scharlatanen auf der Burg.«

Sickingen überlegte kurz. »Was haltet Ihr davon, wenn Ihr die Leitung der Lateinschule übernehmt? Die ist gerade frei geworden. Ihr könntet unten in Kreuznach ein Haus beziehen und ich werde Euch mit allem, was ihr benötigt, versorgen.«

»Die Lateinschule? Welch eine Ehre!« Ein Alchemist mit fahler Haut und zitternden Händen hatte sich verärgert erhoben. »Ihr müsst es wissen. Aber ich sage Euch, der Sohn vom alten Gerhard wird uns über jede Stunde ausführlichst berichten!« Er drehte sich um und verließ den Saal. Die anderen Alchemisten folgten ihm.

»Es gibt auch noch andere Möglichkeiten, Gold vorzugaukeln«, dröhnte Faust ihnen hinterher und fing mit lauter Stimme an zu singen:

»Damit ich nicht vergess hiebei
den großen Beschiss der Alchemei,
die Gold und Silber hat gemacht,
das man zuvor ins Stöcklein gebracht.«*

Die Gäste klatschten laut Beifall. Sickingen gab den Musikern ein Zeichen, zum Tanz aufzuspielen. Neuer Wein wurde aufgetragen und Hannah beobachtete nachdenklich, wie Sickingens Weib die Hand ausstreckte, um von Faust geweissagt zu bekommen. Sofort war er umringt von den anderen Gästen, die hofften, der Himmel würde sich öffnen und sie einen Blick von der Zukunft erhaschen lassen.

Schon in den nächsten Tagen wurde ein kleines, leer stehendes Fachwerkhaus ganz in der Nähe des Flusses für Faust ausgestattet. Schränke, Tische, Stühle und Strohbetten wurden herbeigeschleppt, irdenes Geschirr, Töpfe, Löffel und andere Haushaltsgeräte erworben. Hannah schrubbte die Holzböden blank, putzte Fenster, wischte die Spinnweben von den Balken und legte Holzkohle auf die Feuerstelle. Kreuznach gefiel ihr, gerne wollte sie länger bleiben. Hier gab es eine Badestube, und wenn man etwas brauchte, konnte man den Markt aufsuchen. Und niemand würde auf den Gedanken kommen, sie hier zu suchen. Sie zog den Lederhut vom Kopf und schaute nachdenklich in einen kleinen Spiegel, den sie an die Küchenwand gehängt hatte. Das unebene Glas warf winzige Blasen auf, ihr Gesicht wirkte verzerrt. Trotzdem war deutlich, dass ihre Gesichtszüge weicher geworden waren, die Lippen voller. Wie lange würde sie noch als Bursche durchgehen?

In diesem Augenblick wurde die Haustür aufgestoßen. Faust kam mit Gehilfen, die Ziegel und Lehm die steile Holztreppe hinunter in den ausgemauerten Keller schleppten, wo es nach fauligen Äpfeln roch. Von Glasbläsern hatte er Glasröhrchen, Phiolen und Kolben erstanden, denen je nach Beschaffenheit der Hälse die seltsamsten Tiernamen zugeordnet waren: Kraniche und Störche waren ausgegangen und mussten noch geliefert werden.

Als die Bediensteten Sickingens anfingen den Alchemistenofen zu mauern, richtete sich Hannah in ihrer kleinen Kammer ein. Sie legte kurze Hosen und ihr Wams in ein gezimmertes Schränkchen, das dicht an die Fachwerkwand gerückt war. Darauf stand ein Waschgeschirr mit Salzglasur, das ganz allein ihr gehören sollte. In einem anderen Wandschränkchen ordnete sie Kräuter und Pilze, getrocknete Schlangen und Kröten, die sie inzwischen gesammelt hatte und zu Salben verarbeiten wollte. Den gusseisernen Leuchter mit der dicken Talgkerze stellte sie auf einem kleinen Eichentisch ab. Und als die Kirchenglocken zweimal läuteten, fühlte sie sich frei, als würde ein neues Leben auf sie warten.

Endlich hatte sie eine bleibende Unterkunft, dachte sie. Und eine eigene Kammer! Sie musste nicht wieder im Morgengrauen bei Sturm und Hagel über morastige Wege, zugige Höhenstraßen und durch finstere Wälder ziehen. Sie musste nicht mehr in Heuschobern, auf freiem Feld oder in Massenquartieren nur auf einer dünnen Strohschütte übernachten, zwischen Wanzen, Flöhen und zwanzig oder dreißig anderen Schläfern, die einen schon das Fürchten lehrten, wenn man sie nur ansah. Vielleicht würde sie ja sogar Freunde finden …

Erleichtert streckte sie ihre Arme aus und tanzte durch den Raum. Die Bretterdielen quietschten leicht bei jedem Schritt. Hannah schnupperte nach dem würzigen Duft der frisch gewaschenen Haare, strich über ihre weiche Haut, die sie mit Ölen eingerieben hatte. Ihre Lippen waren nicht mehr rau und rissig, die Wunde am Arm war längst verheilt. Eine Narbe, dünn wie ein Zwirnsfaden, war zurückgeblieben. Dann schob sie die Strohmatratze in die hintere Ecke, um aus dem schmalen Fenster sehen zu können. Draußen war es trübe. Schwere Nebelwolken umspannten das Firmament, als würden bleierne Laken vom Himmel hängen. Zufrieden ließ sie ihren Blick über die Nahe und die Brückenhäuser schweifen, die aus Angst vor Hochwasser einfach mitten auf einer steinernen Bogenbrücke errichtet worden waren.

Innerhalb von zwei Tagen war der Destillationsofen fertig gemauert. Er hatte eine gewaltige Feuerkammer, die einen Kolben umschloss. Noch an diesem Abend gab Faust Hannah Anweisung, wie er zu bedienen war. Der Magier steckte durch eine Luftzufuhr Holz in die Kammer und entzündete es mit einem Span. Dünne Rauchfahnen zogen durch zwei Seitenschlitze ab. Durch die Hitze entwickelte sich im Kolben allmählich Dampf, der über Glasröhrchen nach draußen abgeleitet, gekühlt und in einem zweiten Gefäß aufgefangen wurde.

Hannah spürte die Unruhe, die Faust umhertrieb. Er begutachtete gewissenhaft Glaskolben, Spießglas, Schwefelpulver und endlich das Quecksilbergestein. Es war erst vor wenigen Augenblicken aus dem Bergwerk am Lemberg geliefert worden und blitzte ihnen in scharlachroter Farbe entgegen. Hannah stutzte. Scharlachrote Farbe? Hatte das Quecksilber etwa mit dem roten Pulver zu tun? Ob sie davon etwas in den geheimen Schriften finden würde?

Direkt neben ihrer Kammer lag die des Magiers. Dorthin hatten sie auch die schwere Eichentruhe verfrachtet. Schon lange hatte Hannah auf einen günstigen Moment gewartet, um in den geheimen Schriften weiterzulesen, aber nie hatte sich eine passende Gelegenheit geboten.

Als sie am nächsten Tag hörte, dass Faust von einer Kutsche abgeholt wurde, um Sickingen zu besuchen, huschte sie in sein Zimmer hinüber. Es war kaum größer als ihres, auf einem massiven, breiten Holztisch lagen Bücher und Schriften herum. Das spärliche Licht, das durch das Fenster fiel, tauchte alles in eine gräuliche Bleifarbe. An der hinteren Wand stand die Holztruhe, der Deckel war hochgeklappt wie das Maul eines Ungeheuers. Hannah horchte und schlich auf Zehenspitzen näher. Nach dem *Dreifachen Höllenzwang* musste sie nicht suchen, die Handschrift lag ganz oben. Mit zitternden Fingern blätterte sie die spröden Seiten durch, bis sie die Stelle fand, wo sie aufgehört hatte zu lesen. Ihre Stimme formte lautlos Worte, die wie eine sanfte Beschwörung klangen: »Ehe du anfängst Geister zu zitieren, so bete vorher das Gebet aller Geister, welches bei Aciel zu finden ist und lautet: Allmächtiger Gott, ewiger Adonay, der du alles erschaffen hast, was es im Himmel und auf Erden gibt.«

Hannah zögerte, dann las sie mit vorsichtig erhobener Stimme weiter: »Ich zitiere dich, Geist Mephistophiel, durch Jesus, den triumphierenden Christen und durch seine großen Machtworte Elohym + Escha + Eloha + Apsadahii + Angielus + und durch deinen Stern Penothot, der aufgeht im sechsten Grad und drei Minuten des Stiers der Sonnen, welches auch dein Zeichen ist. Ich beschwöre dich, Geist Mephistophiel, bei den himmlischen Heerscharen, dass du mir augenblicklich vor meinem Kreis erscheinst und mir in deutscher Sprache Rede und Antwort gibst. Komm, komm, komm, Amen.«

Hannah schreckte hoch. War da nicht ein leises Schaben und Kratzen zu hören? Da trommelte doch etwas direkt über ihr im Dachgeschoss, als würden Klopfgeister im Gebälk entlanglaufen, knisternde Irrlichter durch die Wände ziehen, dumpfe Schritte über den Holzboden schlurfen. Es folgte hastiges Scharren, ein Poltern, Holpern und Rumpeln.

Hannah wurde kreidebleich. Hatte sie etwa den Geist der Finsternis gerufen? War er tatsächlich durch ihre Anrufung erschienen? Aber wenn sie nicht verstand ihn zu bannen und wieder zu entlassen, was würde er dann mit ihr anstellen? Hatte er Macht über sie? Konnte er ihr mit seinen Klauen die Seele aus dem Leib reißen und sie mit donnerndem Getöse in den Höllenschlund zerren? Mit zitternden Händen durchblätterte Hannah den *Dreifachen Höllenzwang*. Wo waren nur die Gebete, um Geister zu bannen?

Mit flehender Stimme las sie die Abdankung, die sie endlich in der Schrift notiert fand: »O Mephistophiles + Degratias + Jesus + bene benedictam + Portam + Mephistopheles + qua sua + Diabolam + Hocas sis + Jesus + Amen.«

Wieder und wieder holperten die Silben über ihre Lippen. Im gleichen Moment nahmen die Geräusche im Haus ab. Langsam schlich sie zur Holztreppe, die auf den Speicher hochführte. Es knarrte leise, als sie ihren Fuß auf die unterste Stufe setzte. Jetzt war von oben ein leises Wischen und Wieseln zu hören. Hannah schluckte. Sie musste hinauf! Sie musste den Teufelsgeist mit aller Gewalt wieder loswerden, Faust durfte nie von ihrer heimlichen Anrufung erfahren. Verängstigt stieg sie weiter die Stufen hinauf. Ob dort ein zotteliger Bär mit Reißzähnen auf sie wartete? Oder ein untersetzter Mann mit großen Ohren und Krallenzehen?

Die Speichertür quietschte leise, als Hannah sie öffnete. Ein Lichtschein fiel durch eine kleine Luke. Staubkörner wirbelten darin umher, als hätte jemand sie zum

Leben erweckt. Hannah hielt die Schrift fest in der Hand. Schritt für Schritt ging sie weiter in das Dachgebälk, während sie beschwörend die Worte vor sich hin murmelte: »O Mephistophiles + Degratias + Jesus + bene benedictam + Portam + Mephistopheles …«

Es roch muffig und die schräg zulaufenden Balken nahmen ihr die Sicht. Plötzlich sprang etwas gegen ihren Kopf und ratschte mit Krallen über ihre Stirn. Ein pelziger Schweif fuhr ihr durchs Gesicht. Hannah schrie laut auf, ließ die Schrift fallen und wollte davonrennen, als sie im Gegenlicht einen Siebenschläfer erkannte. Das kleine Tier lief aufgeschreckt zu einer Luke und verschwand zwischen zwei Eichenbalken. Hannah stand für mehrere Atemzüge wie erstarrt. Hatte dieses Tierchen etwa die Geräusche auf dem Dachboden verursacht? War sie sich selbst auf den Leim gegangen?

Hannah fing leise an zu lachen und verstaute den *Dreifachen Höllenzwang*, so schnell sie konnte, wieder in der Holztruhe. Nie mehr wollte sie ohne Fausts Erlaubnis zu dem Buch greifen. Im gleichen Moment hörte sie Peitschenknallen und Pferdegetrappel, das Klappen einer Kutschentür und laute Rufe. Hannah huschte in ihre Kammer und wartete.

Tatsächlich kam Faust ein paar Augenblicke später zur Haustür herein. »Hannah?«, hörte sie seine dröhnende Stimme. »Wir wollen essen, solange es noch hell ist.«

Als Hannah hinunterkam, lagen auf dem Küchentisch ein Laib Gerstenbrot, ein Klumpen Käse und gedörrtes Fleisch.

»Ich habe dir etwas mitgebracht.« Faust zog aus seinem

Lederbeutel ein zylinderartig zulaufendes Gebilde aus glitzernden Kristallen. »Das ist Zucker. Er ist sehr kostbar, teil ihn dir genau ein.«

Hannah nahm ein Messer, in dessen Knauf ein Stierkopf mit weit ausladenden Hörnern aus Elfenbein eingelegt war, und kratzte ein paar von den Krümelchen ab. Vorsichtig steckte sie die Kristalle in den Mund. Es knackte zwischen den Zähnen, als sie darauf biss, und schmeckte herrlich süß.

»Leg dich dann schlafen«, brummelte Faust. »Morgen in der Frühe beginnt der Unterricht.«

Hannah schaute ihn mit großen Augen an. »Der Unterricht? Für mich auch?«

»Selbstverständlich. Wozu habe ich dir stundenlange Einführungen in uraltes Wissen gegeben? Glaubst du etwa, ich werfe Perlen vor die Säue?« Der Magier lachte laut auf und fuhr dann beschwörend fort: »Lerne, was du in dich reinstopfen kannst. Es brechen neue Zeiten an. Erst heute erfuhr ich, dass Columbus nicht auf dem Seeweg nach Indien gefahren ist, sondern einen neuen Kontinent entdeckt hat. Stell dir vor, einen neuen, unbekannten Kontinent.«

Hannah sah ihn erstaunt an. »Leben dort auch Menschen?«

»Ja, Menschen mit unermesslichen Reichtümern. Man sagt, die Tempel dort wären überladen mit Gold, Diamanten und Smaragden. In Nürnberg hat man eine erste Karte von dem Doppelkontinent erstellt, man nennt ihn Amerika* ...«

»Amerika ...« Hannah schüttelte verwundert den Kopf.

»Ob es dort auch fremdländische Wesen gibt? Vielleicht mit fünf Beinen oder drei Köpfen?«

»Oder mit nacktem Weiberkörper, Froschbeinen und Lurchschwanz so wie Hydriels Gestalt?« Faust lachte schallend auf und fuhr beschwörend fort: »Pass auf! Alles ist im Aufbruch. Der Buchdruck ist gerade mal ein paar Jahrzehnte alt, das Wissen wird eines Tages in die letzte Scheune getragen werden. Darum lerne, was du lernen kannst. Es gibt nichts Mächtigeres als das Wissen um die Dinge.«

»Aber die Lateinschule ist nur für die Burschen gedacht«, meinte Hannah vorsichtig.

»Wo steht das geschrieben?« Faust schnitt ein dickes Stück Käse ab, biss herzhaft hinein und streckte die Beine aus. »Und wieso bist du auf einmal so zögerlich. Außerdem, wolltest du keiner werden?«

»Natürlich, ja!« Hannah strahlte. »Natürlich will ich die Schriften lesen und verstehen können. Aber wenn sie merken, dass ich ein Mädchen bin?«

»Sie werden dich so nehmen, wie du bist. Welches Mädchen würde es schon wagen, in eine Lateinschule zu gehen?«, meinte er spöttisch. »Denk daran, an erster Stelle steht immer der Wille.«

»Den hab ich!« Hannahs Katzenaugen blitzten.

»Na, also. Alles andere wird sich ergeben«, brummte Faust und trank einen ordentlichen Schluck Wein.

Draußen wurde es allmählich dämmrig, als würde sich der Abend träge vom Firmament herabsenken. Dunstschwaden wurden vom Wind durch die engen Gassen getrieben. Da tauchten plötzlich zwei schattenhafte Umrisse hinter der beschlagenen Küchenscheibe auf, als wollte ihnen jemand heimlich beim Essen zuschauen. Hannah fuhr erschrocken herum. In der Küche war es düster, sie hatten noch keine Kerzen entzündet. Nur ein zögerliches Feuer flackerte im Kamin. Geduckt huschte sie zum Fenster und öffnete es einen Spalt. Hannah schnupperte. War da nicht ein Hauch von altem, bitterem Knoblauch? Und hinten an der Mauer, da hockten doch zwei Gestalten, die ihre Kapuzen tief ins Gesicht gezogen hatten.

»Komm, setz dich«, meinte Faust beruhigend und entzündete mit einem brennenden Holzspan ein paar Kerzen. »Hier wird uns niemand auflauern.«

Hannah nickte. Wahrscheinlich hatte sie sich diesmal wirklich getäuscht. Der Wind trug ja die seltsamsten Gerüche durch die Gassen, von stinkenden Fischresten oder gepökeltem Frischfleisch bis zum Pferdemist und Unrat aus den Abfallrinnen. Und aß nicht so mancher Knoblauch, um seine Körpersäfte zu stärken?

Nach dem Abendbrot zog sie sich gleich in ihre Kammer zurück, legte sich mit der Decke auf ihre Strohmatratze und fiel in einen tiefen, traumlosen Schlaf.

Es war mitten in der Nacht, als sie irgendetwas hochschrecken ließ. Hannah saß mit klopfendem Herzen auf ihrem Bett und lauschte. War da nicht ein seltsames Zischen und Blubbern, das aus dem Kellergewölbe kam? Leise stand sie auf. Es war düster, nur das fahle Licht des heraufziehenden Mondes fiel durch die Fensterluke. Vorsichtig öffnete sie ihre Kammertür. Unten im Flur sah sie flackerndes Licht in der Alchemistenküche. Ein Schatten schob sich an der Wand vom Treppenhaus hoch. Es war der Magier, der mit einem Kolben hantierte und ihn prüfend vor die Augen hielt.

Kaum glühte das Morgenrot am Himmel, verließ Faust das Haus. Ein frischer Nebelwind wehte durch die schmalen Gassen. Wie von quirligen Erdgeistern aufgewühlt verfing er sich im Umhang des Magiers und zerzauste seine lockigen Haare. Hannah folgte ihm dicht auf den Fersen. Immer wieder räusperte sie sich und versuchte ihrer Stimme einen rauen Unterton zu geben, die Worte brüchig und schroff auszuspucken, sie in den Vokalen kicksend und knarrend zu brechen, als wäre sie gerade in den Stimmbruch geraten.

Sie liefen über das Kopfsteinpflaster weiter zur Lateinschule, die in den Gemäuern des Karmeliterklosters untergebracht war. Wilde Zweige rankten sich über die hohe Klostermauer aus Bruchsteinen.

Als Faust die Mauertür aufstieß, quietschte sie leise in ihren eisernen Scharnieren. Vor ihnen lag das kleine Schulgebäude. Gesichter klebten wie helle Flecken an den beschlagenen Fensterscheiben. Ganz vorn war Maximilian, seine roten Haare standen ihm wie Feuerdisteln vom Kopf ab. Sein Sommersprossengesicht grinste abfällig, als Hannah seinem Blick begegnete.

»In welche Klasse muss ich denn?«, fragte Hannah leise.

»Hier gibt es nur eine, es können sich nur die wenigsten leisten, ihre Kinder in so eine Schule zu schicken«, antwortete Faust und öffnete die Klassentür.

Schüler aller Altersstufen hockten kerzengerade an ihren Tischen, die sauber geschrubbten Hände hatten sie brav aufs Pult gelegt.

»Ich wünsche euch einen herzerfrischenden guten Morgen«, rief er gut gelaunt und fuhr sich mit den Fingern durch die zerzausten Lockenhaare. »Bevor wir mit den Studien beginnen, möchte ich mich euch vorstellen. Ich nenne mich Georg Faust oder auch Magister Georg Sabellicus Faustus. Was denkt ihr? Warum heiße ich auch Faustus?«

Ein kleiner Bursche mit schief stehenden Zähnen hob den Finger. »Faustus, das ist der Glückliche!«

Der Magier nickte anerkennend und lachte. »Richtig, der Glückliche. Wie könnte ich auch anders heißen, ich, der ich Zugang zu den Quellen der größten Geheimnisse habe? Und warum habe ich mir den Namen Sabellicus zugeordnet?«

Ein älterer Schüler mit dicklichen Hamsterbacken hob den Finger: »Sabellicus war ein bedeutender italienischer Humanist.«

Faust schüttelte unwillig den Kopf. Er baute sich vor der Klasse auf und flüsterte mit leidenschaftlicher Stimme: »Nein, Sabellicus ist mehr, viel mehr. Bei seinem Denken fließen zwei gewaltige Ströme ineinander, der des magischen und der des philosophischen Denkens. Auch Sabellicus suchte die Antwort auf die Frage aller Fragen, nämlich, was die Welt im Innersten zusammenhält!« Er griff in eine Innentasche seines Umhangs und hielt eine schmale, in Schweinsleder gebundene Schrift hoch. »Hier ist sein Werk, die *Enneaden*, eine der Bibeln für magisch wissbegierige Studenten. Dieses Werk habe ich aus Krakau mitgebracht, dort ging es von Hand zu Hand. Wer sich damit auseinander setzen will, kann es gerne tun.« Dabei knallte er das Buch auf das Magisterpult.

Maximilian spitzte seine Lippen, als hätte man ihm eine bittere Substanz zu kosten gegeben. »So? Das da nennt Ihr eine der Bibeln? Für mich gibt es nur eine einzige Bibel, und das ist die unseres Herrn.« Sofort buckelte er und duckte sich in Erwartung einer deftigen Ohrfeige.

Faust schlenderte auf ihn zu, den Oberkörper hoch aufgerichtet, und zischte mit süßlicher Stimme von oben herab, so dass alle es hören konnten: »Du solltest sie einfach mal deinem Vater, dem alten Gerhard, zu lesen geben. Er könnte daraus einiges für seine alchemistischen Studien lernen, damit er sich nicht noch mehr seinen zotteligen Bart versengt.«

Ein erstauntes Raunen und Kichern ging durch den Klassenraum. Das aufgedunsene Gesicht Maximilians verfärbte sich fleckig, seine Nase lief käsig weiß an. Hasserfüllt schaute er Faust nach, der mit schweren Schritten zurück zum Lehrerpult stiefelte.

Ein Schüler mit einer breiten Zahnlücke meldete sich. »Und warum nennt Ihr Euch Sabellicus?«

Der Magier streckte die geöffneten Handflächen gen Himmel. »Es ist ganz allein die Verehrung für diesen großen Denker, aber mehr nicht. Denn der Name Faust soll bleiben. Der Name Faust soll über alle Grenzen der Zeit Bestand haben! Der Name Faust soll Generationen in den Ohren klingen als universales Vermächtnis«, erklärte er mit leidenschaftlicher Stimme, während er verschmitzt lachte. »Im Gegensatz zu anderen Fürsten, Gelehrten oder Scharlatanen, die es nötig haben, ihren Namen zu ändern. Sie schmücken ihn mit römischen oder griechischen Attributen, weil der eigene stumpf ist wie eine verrostete Klinge, die zum Schneiden nichts taugt. Nehmt nur allein den Abt Trithemius von Sponheim. Einst hieß er nur von Trittenheim. Daraus bastelte er Trithemius. Das klingt wahrhaftig gleich viel erhabener! Ich erzittere vor Ehrfurcht!«

Faust verdrehte verklärt die Augen. Wieder fingen einige an zu kichern. »Was zwei, drei kleine Silben doch alles aus einem Menschen machen können«, fuhr er spöttisch fort. »Aber ich war Faust und bleibe Faust! Der Name wird sich in die Gehirne einfressen und sie nie wieder loslassen. Und alle anderen Namen meinerseits sind nichts weiter als … nun ja, nennen wir sie doch einfach … Zunftbezeichnungen.«

Hannah stand immer noch an der Schultür. Sie hatte selbstbewusst die Arme über der Brust verschränkt und musterte ihre Mitschüler. Sie trugen meistens kurze Hosen, die gerade bis zu den Knien reichten. Krumme und knöchrige, behaarte Beine steckten da in großen ledernen Schuhen. Mit einer zufälligen Handbewegung zupfte Hannah ihre Leinenhose tiefer über ihre schlanken Mädchenbeine. Maximilian saß immer noch geduckt und warf ihr einen gehässigen Blick zu. Er hatte seine Hände so fest ineinander gefaltet, dass die Haut über den weiß durchschimmernden Knöcheln fast zu platzen schien. Seine Finger passten gar nicht zu seiner gedrungenen Statur, ging es Hannah durch den Kopf. Sie waren übermäßig lang und schmal. So wie die Knechte in der Weberei sie hatten, die mit der Wolle umgehen mussten und nach denen die langbeinigen Weberspinnen benannt waren. Hannah ekelte sich vor Spinnen. Und auch vor Maximilians langen Fingern, der sie weiter anstarrte, als wollte er damit ihre geheimsten Gedanken ertasten.

»Und das hier ist ein neuer Mitschüler«, stellte Faust Hannah endlich vor und räusperte sich vergnügt. »Hannes, setz dich dort drüben hin!«

Hannah hockte sich ans Schreibpult neben Sebastian, einen Burschen mit struppigem, blondem Haar. Betont lässig stopfte sie ihre lederne Mütze unter die Holzbank, als ihr ein Splitter den Handrücken aufratschte. Sie zuckte zurück, eine blutige Schramme zog sich über ihre Hand. Sebastian rückte näher und steckte ihr ein frisches Schnupftuch zu, um das Blut abzuwischen. Verunsichert hielt sie inne. Da war plötzlich eine unbegreifliche Vertrautheit zwischen ihnen, als gäbe es eine gemeinsame Erinnerung aus uralter Zeit. Kannte sie ihn? Aber woher? Waren sie sich vielleicht in fernen Träumen begegnet? Oder hatte der Himmel in seiner Allmacht ihre Schicksale miteinander verwoben?

Als er sie anlächelte, spürte sie ein Brennen unter der Haut, ein flüchtiges Erröten, ein zartes, pulsierendes Pochen an den Schläfen. Aus den Augenwinkeln bemerkte sie Maximilians Blick. Wie er sie wieder anstarrte! Und er grinste breit und unverhohlen, als wüsste er von ihrem Geheimnis.

»Für heute soll's genügen!«, erklärte Faust, während er aus dem Fenster in Richtung seines Hauses blickte. »Morgen wollen wir dann mit der Lektüre der griechischen Literatur beginnen. Ich werde euch von der *Odyssee* erzählen, die der große Dichter Homer verfasst hat. Von einäugigen Zyklopen und Riesen, von Irrfahrten und der Unterwelt. Aber für heute seid ihr entlassen.«

Die Schüler sprangen begeistert auf. Die meisten drängten zum Ausgang. Maximilian schlenderte dicht an Hannah heran, versetzte ihr wie zufällig einen deftigen Schubs und trollte sich. Zwei der Schüler hatten sich zu Faust gestellt, um sich die Schrift des Sabellicus auszuleihen. Der eine war Sebastian.

»Ihr seid also an magischen Werken interessiert?«, fragte Faust neugierig.

»Ja«, erklärte Martin eifrig, der dickliche Bursche mit den Hamsterbäckchen. Seine gutmütigen Augen leuchteten. »Ich lese, was ich zwischen die Finger bekomme. Plato, Aristoteles, Hermes Trismegistos …«

»Hermes Trismegistos?«, fragte Faust überrascht. »Du hast Schriften von Hermes Trismegistos? Etwa Abschriften von der *Tabula Smaragdina*, dieser sagenumwobenen steinernen Tafel, auf der das Wissen über die Erschaffung der Welt eingemeißelt ist?«

»So ist es!« Martins Augen blitzten auf. Misstrauisch schaute er sich um und fuhr leise fort: »Ein älterer Vetter von mir ist nämlich Benediktinermönch und lebt im Kloster Sponheim. Manchmal leiht er mir heimlich Kopien von Werken aus. Auch die *Tabula Smaragdina* hatte ich schon in der Hand. Aber die Texte sind so schwer verständlich.«

»Dein Vetter lebt im Kloster Sponheim? Dann kannte er doch sicherlich auch den Abt Trithemius?«

Martin grinste verschmitzt. Seine Bäckchen fingen an zu glühen. Mit seinem Zeigefinger klemmte er die halblangen, borstigen Lockenhaare hinters Ohr. »Und ob er ihn kannte. Sie hatten so manchen Disput miteinander. Vor allem über die demütige Haltung der Benediktiner, die dem Abt wohl nicht sonderlich zu Eigen war.«

Faust lachte spöttisch und klopfte Martin freundschaftlich auf die Schulter. Dann wandte er sich Sebastian zu. Neugierig studierte er das Gesicht des Jungen, als wollte er aus den Lachfalten, der Gesichtshaut und dem Abstand der Augen zueinander seine Schlüsse ziehen. »Und du?«

Sebastian fuhr sich verlegen durch die strubbeligen Haare. »Ich widme mich schon lange den Schriften des Pythagoras, in denen er sich mit der Frage der Wiedergeburt und der Schwingung des Universums beschäftigt.«

Faust nickte zufrieden. »Auf euch freue ich mich ganz besonders. Es wird wahrhaftig eine Freude sein, mit euch zu arbeiten. Aber wem soll ich die Schrift des Sabellicus zuerst geben?«

»Gebt sie ruhig Sebastian.« Martin lächelte breit. »Ich sitze noch an der Übersetzung einer lateinischen Schrift des Ovid. Dann kann ich sie mir ja ausleihen.«

»Wie ihr wollt«, meinte Faust und drückte Sebastian das schweinslederne Buch in die Hand. »Es ist in lateinischer Schrift geschrieben. Wenn ihr Fragen habt, kommt zu mir.«

»Könnt Ihr eigentlich noch andere Sprachen als Latein?«, fragte Martin neugierig.

Faust nickte. »Griechisch und Hebräisch natürlich, ich habe mich lange mit der *Kabbala* auseinander gesetzt, einem der wichtigsten Werke überhaupt.«

Während die drei noch länger miteinander debattierten, stellte sich Hannah dicht zu Sebastian. Sie fühlte sich von ihm angezogen, als wären sie mit unsichtbaren Fäden miteinander verknüpft. Trotzdem wandte sie sich scheu zur Seite, als er sich mit dem Werk des Sabellicus in der Hand von ihr verabschiedete. Sie zog ihren Lederhut tief ins Gesicht und brummte etwas Unverständliches. Nachdenklich schaute sie ihm hinterher, als er das Klassenzimmer verließ.

Der Magier griff in eine Innentasche seines Umhangs und drückte Hannah einen versiegelten Brief in die Hand. »Bring ihn zur Poststation«, meinte er und grinste vergnügt. »Das sind nur ein paar Zeilen an unseren kleinen Pater aus Würzburg. Er soll sie als Gerücht im Schottenkloster verbreiten. So erfährt unser werter Abt aus erster Quelle, dass ein Georg Faust nicht einfach in der Versenkung verschwindet.« Gut gelaunt verließ er das Karmeliterkloster, um sich wieder seinen alchemistischen Studien zu widmen.

Als Hannah auf die Gasse lief, stand dort ein Hund mit zotteligem Fell, die gelbbraunen Kopfhaare hingen ihm fast bis zur Nase herunter. Dann hielt er den Kopf schief, sprang übermütig auf sie zu und leckte ihr die Hand.

»Was machst du denn hier?« Hannah strahlte und streichelte ihm den strubbeligen Kopf. »Bist du von der Ebernburg weggelaufen?«

Der Hund hechelte, die Augen blitzten schwarz durch die Haarsträhnen auf. Jetzt stellte er die Ohren hoch und wedelte mit dem Schwanz.

Hannah bückte sich und drückte ihn fest an sich. »Willst

du nicht mehr zurück? Dann werde ich dich einfach Brutus nennen. Vielleicht kannst du ja bei mir bleiben.«

Als Hannah ihren Weg fortsetzte, trottete der Hund dicht neben ihr her, als wären sie schon immer zusammen durch Kreuznach gestreift. Sie spazierten über den Eiermarkt mit seinen alten Fachwerkhäusern direkt zur Poststation, die erst vor kurzem vom Adelshaus Taxis eingerichtet worden war. Gerade zog ein Pferd die gelbe Postkutsche durch die Toreinfahrt und der Kutscher setzte das golden glänzende Horn an die Lippen. Ein durchdringendes Signal hallte durch die engen Gassen und über die Dächer der Fachwerkhäuser. Wie aufgeschreckt kamen von überall Menschen angelaufen und umringten im Hinterhof die Kutsche. Kaufleute fragten nach Briefen, Mägde nach Schreiben für ihre Dienstherren. Ein edel gekleideter Bote wartete auf eine Schatulle, die er seiner gräflichen Herrschaft überbringen sollte. Die bewaffneten Wächter des Kutschers streckten sich und schlurften aus dem engen Hof heraus, um sich in einem nahen Gasthaus ein paar Becher Wein zu genehmigen. Zerlumpte Straßenkinder pikten aus Übermut dem schweißnassen Pferd spitze Strohhalme in die Flanken, bis der Kutscher eines von ihnen erwischte und ihm eine schallende Ohrfeige versetzte.

Es roch nach Mist und Stall, Schweiß vermischte sich mit duftenden Ölen und Kräutern. Jetzt schleppte ein Stallbursche einen Eimer Wasser heran und gab der Stute zu trinken, schaumiger Speichel tropfte auf den Boden. Mit einer Bürste aus Schweinsborsten striegelte er das braune Fell, während das Pferd mit seinem Schweif lästige Fliegen verscheuchte.

Hannah wartete mit Brutus noch an der Toreinfahrt, als sie plötzlich den alten Gerhard entdeckte. Der Alchemist drängte sich mit energischen Schritten durch die Menschen auf den Kutscher zu. Ein Lächeln huschte über sein faltiges Gesicht, seine Oberlippe hatte er leicht nach oben gezogen, so dass die warzenförmige Verdickung fast seine Nase berührte. Hannah drückte sich an eine reich verzierte Laube, um ihn zu beobachten. Dort kletterten gerade Straßenkinder über Holzleitern hoch in den ersten Stock und zielten mit Blasrohren aus hohlen Holunderzweigen in die Menge. Eine der harten Erbsen musste wohl die runde Glatze eines Mönches getroffen haben, denn der fuhr sich erschrocken über die Tonsur. Jetzt steckte der alte Gerhard dem Kutscher einen versiegelten Brief zu. In seinen Augen blitzte es schadenfroh auf. Als er Hannah entdeckte, stockte er, warf einen schnellen Blick zurück zur Postkutsche und verschwand in der Toreinfahrt.

In diesem Moment brach die Wolkendecke auf, frühlingswarme Sonnenstrahlen fielen in den Hof. Hannah schaute hoch zum Firmament. Ob Sebastian jetzt in dem Werk des Sabellicus las? Ob er vielleicht sogar an sie dachte? Aber wie sollte er, wenn er glaubte nur einen Lateinschüler vor sich zu haben? Hannah versuchte in den aufgetürmten Wolken sein Gesicht zu finden, die struppigen blonden Haare, sein verschmitztes Lächeln. Immer wieder holte sie es wie ein verschwommenes Bild vor ihre Augen. Aber sie schaffte es nicht, den Schleier wegzuziehen, um es festzuhalten.

Hannah schnupperte, es roch süßlich wie nach frischem Honigkuchen. Schwalben segelten durch den Hinterhof, eine ließ sich über der Toreinfahrt auf einem geschnitzten Postkutscher nieder und pickte an seiner Tracht, die gelb-blau angemalt war.

Plötzlich fing Brutus an zu winseln. Dann war ein leises Knurren zu hören, scharfe Eckzähne blitzten zwischen seinen Lefzen auf. »Was hast du denn?«, flüsterte Hannah ihm zu und streichelte beruhigend sein Fell. »Die Kinder werden dir mit ihren Blasrohren nichts tun.«

Verwundert beobachtete sie, wie Brutus seinen Schwanz aufstellte und sein Rückenfell sich sträubte. Das Knurren wurde angriffslustiger, noch tänzelte er unruhig auf der Stelle und zögerte aufzuspringen und loszulaufen. Hannah spürte seine steigende Unruhe, irgendetwas schien ihn aufzuhetzen und anzustacheln. In diesem Moment wehte ein leichter Frühlingswind durch den Hof, der zwischen dem süßlichen Duft nach Honigkuchen noch einen anderen erahnen ließ, den Geruch nach altem, bitterem Knoblauch. Hannah lief es eiskalt über den Rücken. Im gleichen Moment stieß der Kutscher ins Horn, die Töne hallten wie glasklare Fanfaren durch den Hof, Weiber kreischten auf, Wachen rannten herbei, Schüsse wurden abgefeuert.

»Sie wollten die Kiste mit den Steuerabgaben rauben!«, schrie der Kutscher und zeigte auf zwei Bettler, die von aufgebrachten Kaufleuten und Händlern trotz heftigsten Widerstands zu Boden geworfen wurden. Dem einen rutschte die Kapuze vom Kopf. Ein grässlicher Nasenstumpen ragte aus seinem Gesicht, die glänzenden Narben waren rosig verheilt. Wie ein geprügelter Hund drehte er sich zur Seite, das Leinengewand hing ihm verdreckt und zerrissen am Leib. Es schien, als würde es nur noch von einer Kordel zusammengehalten.

»Sieh mal einer an! Deine Nase bist du schon losgeworden! Du bist also schon einmal wegen Diebstahls verurteilt worden«, schnauzte ein Wächter ihn an, versetzte ihm einen Tritt in die Seite und band ihm die Hände auf den Rücken. »Was musst du es noch einmal darauf anlegen?«

Der Bettler rappelte sich halb hoch und schaute sich hämisch grinsend um. Eine rotschuppige Flechte überzog seinen Schädel wie ein Feuermal. Da erblickte er Hannah. Er kniff seine Augen zu schmalen Schlitzen zusammen und schien eine Welle des Widerwillens auf sie zu schleudern. Als auch der andere Bettler gefesselt worden war, wurden sie von den Wachen zur Toreinfahrt hinausgestoßen. Zerlumpte Straßenkinder rannten johlend hinter ihnen her.

Hannah drückte dem Postkutscher den versiegelten Brief in die Hand und folgte ihnen in einigem Abstand. Brutus hatte wohl Witterung aufgenommen, denn er schnupperte, als würde er die Luft gezielt nach Gerüchen abtasten. Mit hochgestellten Ohren lief er Hannah voraus.

Die Wachen führten die gefesselten Bettler an gaffenden Marktleuten vorbei die Gasse hoch in Richtung Paulskirche. Dann ging es weiter zur breiten Nahebrücke, auf deren Pfeilern fünf schmale Häuser erbaut worden waren. In einem dieser Brückenhäuser war das Gefängnis untergebracht. Es ragte mit seiner Rückfront über den Fluss hinaus und wurde durch schräge Bohlen vom Brückenpfeiler her abgestützt.

Schlüssel klapperten und mit deftigen Fußtritten wurden die beiden Gauner in das vergitterte Haus befördert. Dann fiel die Gefängnistür mit einem dumpfen Schlag wieder ins Schloss. Die schadenfrohe Menge klatschte begeistert Beifall, während ein paar Straßenjungen übermütig im hohen Bogen über das Brückengeländer pinkelten.

Hannah stand etwas abseits, doch es war ihr, als läge immer noch ein Hauch von Knoblauchgestank in der Luft. Sie bückte sich und umarmte Brutus, der winselnd seinen Kopf auf ihren Oberschenkel legte. Ein Mörtelstein kullerte aus dem Mauerwerk auf den Boden. Hannah nahm ihn auf, warf ihn in den träge dahinziehenden Fluss und beobachtete, wie das Wasser aufspritzte. In diesem Moment fiel Sonnenlicht auf die Wellen, die sich wie glitzernde Kreise ausbreiteten. Hannah schaute unendlich erleichtert zum vergitterten Gefängnis hinüber.

Dann lief sie am Ufer der Nahe zurück zu ihrem Fachwerkhaus, während Brutus ausgelassen am Wasser umhertollte, Enten jagte und Holzstöckchen zurückbrachte, die Hannah ihm zuwarf. Plötzlich blieb sie verunsichert stehen. Hatte sich da nicht eine Menschentraube direkt vor ihrem Haus zusammengefunden? Was standen sie in der Gasse herum und gafften? Was wollten die Marktweiber, Leinenweber und Fischer, die da tuschelten und sich streckten, um einen Blick durch ihre Fenster zu werfen?

Hannah huschte näher, Brutus blieb dicht an ihrer Seite. »Ich habe genau gehört, wie es gezischt, gekracht und geblitzt hat«, hörte sie die krächzende Stimme eines ältlichen Weibes. Sie hatte die runzligen Lippen nach unten gezogen und nickte wissend, als hätte sie eine Verschwörung aufgedeckt.

»Und ein Heulen soll aus dem Kamin gefahren sein«, grunzte ein Hufschmied, der ununterbrochen an seinem verschorften Ohr kratzte. »Ein glühendes Wesen mit Krallenfüßen und langem Schweif soll unter lautem Getöse davongeflogen sein.«

»Und dann soll es vom nächtlichen Firmament brennende Funken geregnet haben, als wollte der Himmel alle irdischen Sünder bestrafen!« Ein Bettelmönch streckte seine gefalteten Hände flehentlich hoch, während die Menge aufseufzte und sich bekreuzigte. In diesem Moment flog ein Fenster auf und Faust streckte seinen Kopf heraus. »Ihr meint also, so soll es gezischt haben?«, donnerte er und schleuderte etwas in die Luft, das mit lautem Knall explodierte. Bläulicher Rauch breitete sich aus, die Menschen schrien erschrocken auf. »Oder war die Farbe nicht ganz nach eurem Geschmack?«, rief er ihnen zu. Wieder knallte es, als ob die Gasse auseinander bersten wollte. Gelblicher Rauch vermischte sich mit dem bläulichen zu einer giftgrünen Säule, die sich himmelwärts ausbreitete.

Der Hufschmied rief ihm verärgert zu: »Was soll das? Was versetzt Ihr die Menschen in Angst und Schrecken?«

»Ihr habt damit angefangen«, antwortete Faust spöttisch. »Nur mit dem Teufelswesen, das aus dem Schornstein entflieht, kann ich im Moment nicht dienen. Was haltet ihr davon, wenn ihr etwas später wiederkommt? Sagen wir, um Mitternacht?«

»Ihr macht Euch über uns lustig«, erwiderte der Hufschmied erbost und kratzte sich wieder an seinem Ohrläppchen.

»Aber ganz und gar nicht!«, brüllte Faust zurück. »Wartet einen Moment.« Mit energischen Schritten kam er auf die Gasse gelaufen. Der Umhang hing schwer über seinen Schultern und bedeckte das geheimnisvolle Ledersäckchen, das an seinem Gürtel baumelte. In seiner Hand hielt er einen glasierten Tiegel mit einer cremigen Substanz. »Damit solltet Ihr die Haut bestreichen«, riet Faust dem Hufschmied. »Ihr kratzt Euch noch das halbe Ohr ab.«

Er tunkte seinen Finger in die Salbe und betupfte die wunde Stelle, während er dem verunsicherten Schmied tief in die Augen starrte. »Ihr wisst, dass ihr ein arges Leiden im Darm habt?«, fragte der Magier, während er neugierig die Iris des Kranken studierte. Der Hufschmied nickte überrascht. Verunsichert fuhr er sich mit der Zunge über die aufgesprungenen Lippen, die vom gleißenden Feuer in der Schmiede spröde und blass geworden waren. Faust fuhr mit ausgestreckten Händen in einem Abstand von einer halben Elle über dessen Unterleib, als ob er eine mysteriöse Energie hineinschicken wollte. Der Hufschmied stand breitbeinig, leicht in der Hocke und verfolgte die Handbewegungen mit ungläubigem Argwohn. Dann nahm der Magier die Hand des Kränkelnden und fuhr die Lebenslinie entlang. »Eurem Körper fehlen die Säfte«, sagte er. »Trinkt jeden Tag mehrere Kannen Tee von den Kräutern, die Ihr Euch bei mir abholen könnt.«

Der Hufschmied nickte ungläubig, seine Unterlippe hing herunter wie ein lebloses Stück Fleisch. Da fing sein Darm an zu rumoren, es blubberte und gluckerte. Und im gleichen Moment lief er wie besessen davon, die Hände fest aufs Hinterteil gepresst. Die anderen johlten und kreischten ihm ausgelassen hinterher.

»Vielleicht war es ja dieses Gluckern und Blubbern, was Ihr hier in der Gasse gehört habt, werte Gevatterin. Und kam das Krachen und Donnern wirklich aus meinem Haus?«, rief Faust grinsend dem ältlichen Weib mit den verhärmten Lippen zu, während die anderen belustigt kicherten und sich näher an ihn herandrängten. Dann nahm er ihre runzlige Hand, um die Lebenslinie zu studieren.

Der Rauch hatte sich allmählich verzogen. Die Abendsonne hing glühend am Firmament und spiegelte sich wie Teufelsfeuer in den Fenstern des spitzgiebeligen Fachwerkhauses. In diesem Moment schlenderte Sebastian mit Martin durch die Gasse. Als sie Hannah entdeckten, kamen sie freudestrahlend auf sie zugelaufen. Hannah spürte wieder dieses leise Brennen unter der Haut, das zarte Pochen an der Schläfe und das Gefühl, jemand würde ihren Körper mit unsichtbaren Händen berühren. Sie räusperte sich verunsichert, legte die Daumen in die Gürtelschlaufen und kickte Steinchen gegen eine Mauer.

»Ich freue mich wirklich, dass ihr hierher gezogen seid«, meinte Sebastian und klopfte ihr burschikos auf die Schulter.

Martin nickte. »Ein wahrer Glücksfall, dieser Faust. So einen Lehrer kriegen wir so schnell nicht wieder. Hoffentlich werfen die Kreuznacher ihn und seine Lehren nicht den Raben zum Fraß vor.«

Hannah kraulte Brutus, der dicht neben ihr saß. Seine raue Hundezunge schleckte zärtlich über ihre Hand. Recht hatte der Martin, dachte sie ein wenig besorgt. Faust hatte viele Neider und Nebenbuhler, die sich nichts lieber wünschten, als dass der Leibhaftige höchstpersönlich für alle Zeiten die Höllenpforte hinter ihm schließen würde. Immerhin waren die falschen Bettler im Brückenhaus eingekerkert. Aber wer sagte, dass nicht neue Schurken beauftragt würden, um dem Magier dieses geheimnisvolle Ledersäckchen zu entwenden, das er sorgsam unter seinem Umhang versteckt hielt? Und ein Dolch war schnell zur Hand ...

Hannah, Sebastian und Martin beobachteten, wie immer mehr Weinbauern, Zunftleute und Marktweiber zum Magier drängten, um sich aus der Hand lesen zu lassen. Faust stellte sich auf die erste Stufe der schmalen Steintreppe, die zu seinem Haus hochführte. Mit einer knappen Kopfbewegung ließ er das lockige Haar in den Nacken fallen und fuhr sich über das stoppelige Kinn. Dann verkündete er mit erhobener Stimme, während er die Hand einer hübschen Wäscherin wie eine Trophäe hochhielt: »Ich, Georg Sabellicus Faustus der Jüngere, werde euch einen Einblick in eure Zukunft gewähren. Ich werde euch sagen, wie sich das Rad des Schicksals dreht, sich der Himmel für euch verwendet, ihr aber auch euren eigenen Anteil leisten müsst, um euer Leben zu meistern.«

Solange noch etwas Dämmerlicht in die Gasse fiel, las er aus den Händen, die sich ihm entgegenstreckten, aus zitternden und fleischigen, verkrüppelten und faltigen. Er verpackte schlechte Visionen in Botschaften, die von Herausforderungen des Schicksals sprachen, er stachelte die Bauern an, ihr Leben selbst in die Hand zu nehmen, und warnte davor, sich von selbst ernannten Mächten in Rom bezwingen zu lassen.

»Und vergesst nicht«, meinte er dann flüsternd mit eindringlicher Stimme. »Um Mitternacht sind wir verabredet. Zuerst kommt das Heulen, das aus dem Kamin fährt, und dann fliegt das glühende Wesen mit Krallenfüßen und langem Schweif unter lautem Getöse davon.« Faust lachte so schallend, dass es wie eine düstere Beschwörung klang, die durch die Gasse hallte. Die Menschen fuhren verängstigt zusammen und mit einem Mal lag ein spürbares Frösteln in der Luft, als würden sie von einer geheimnisvollen Macht belauscht.

Als Faust bei beginnender Dunkelheit in die Küche stolperte, saß Hannah an einem kleinen Holztisch, auf dem ein dicker Kerzenstumpf flackerte. Brot lag aufgeschnitten auf einem Teller, Käse und Schmalz hatte sie in irdene Gefäße gefüllt und in einem Becher glänzte dunkler Wein. Das kleine Feuer im offenen Kamin warf tanzende Lichtflecken über die rauen Wände und die verrußte Feuerstelle. Es roch nach harzigem Holz und die frischen Äste knackten in den Flammen. Faust ließ eine Hand voll Münzen auf den Tisch klimpern. »Geh morgen zum Leinweber und lass dir ein neues Paar Hosen anpassen«, meinte er und zog prüfend eine Augenbraue hoch. »Ein neues Hemd bräuchtest du auch. Du bist gewachsen.« In diesem

Moment war ein Winseln unter dem Tisch zu hören und Brutus tapste hervor. Er schüttelte sein strubbeliges Fell und blieb erwartungsvoll vor Faust stehen. »Ist das nicht der Hund vom Sickingen?«, fragte er erstaunt.

»Eigentlich schon«, meinte Hannah und versuchte zu lächeln. »Aber es sieht ganz so aus, als wollte er lieber bei mir bleiben. Er hört auf den Namen Brutus! Er ist ein ausgezeichneter Spürhund. Bei den beiden Bettlern hat er jedenfalls sofort angeschlagen.«

Faust horchte auf. »Bei den Bettlern? Die aus Gelnhausen? Sind die etwa hier in Kreuznach?«

Hannah nickte. »Ja, aber man hat sie verhaftet und ins Gefängnis gesteckt, weil sie eine Geldtruhe aus der Postkutsche rauben wollten. Und Brutus hat sie als Erster entdeckt.«

Faust trank den Becher Wein in einem Zug leer. »Verhaftet? Das nenne ich eine gute Nachricht.«

»Kann Brutus nicht bei uns bleiben? Es könnte doch sein, dass noch andere Halunken nach uns suchen.«

Faust ließ sich auf einen Stuhl fallen, schleuderte die schweren Stiefel im hohen Bogen in eine Ecke und schenkte wieder den Becher mit Rotwein voll. Nachdenklich betrachtete er den Hund. Brutus hatte sich neben Hannah auf den Steinfußboden gelegt. Die Augen waren geschlossen, aber seine glänzende Nase schnupperte nach neuen Gerüchen und seine Ohren zuckten bei jedem verdächtigen Laut. »Ich werde mit Sickingen reden«, brummte er schließlich. »Wir sind sowieso in ein paar Tagen dort eingeladen. So ein Hund wäre wahrlich nicht das Schlechteste.«

Er nahm ein Bröckchen Käse, ließ es in der Hand verschwinden und zauberte es hinter Hannahs Ohr wieder hervor. Mit Mittelfinger und kleinem Finger nahm er ein zweites und ein drittes, warf sie hoch in die Luft und ließ sie ein paarmal hin- und herfliegen. Dann fing er sie schließlich nacheinander mit dem Mund wieder auf und spülte einen ordentlichen Schluck Wein nach.

»Warum nennt Ihr Euch eigentlich immer Faustus der Jüngere?«, fragte Hannah plötzlich. »Gibt es auch einen Älteren?«

»Umsonst werde ich mir den Titel wohl nicht zugelegt haben.« Faust hob den Kopf und lächelte hintergründig. »Natürlich gab es einen Älteren. Vor vielen Hundert Jahren lebte ein Erzzauberer, der Simon Magus ... Warte einen Moment.«

Faust stemmte sich hoch, platschte mit nackten Füßen in den Flur und dann die Treppe hoch. Hannah hörte ein Rumpeln in der Kammer über ihr, ein Schlurfen und Ziehen. Nach kurzer Zeit kam Faust zurück und hielt ein druckfrisches Werk in der Hand, das er auf den Küchentisch klatschte. »Hier, die *Recognitiones*, ein spätantiker Abenteuerroman. Darin wird das Heilswerk des Apostels Paulus geschildert und das ach so üble Unheilswerk des teuflischen Zauberers Simon Magus.« Er lachte herausfordernd und fügte hinzu: »Simon Magus, merk dir den Namen. Dieser Teufelskerl hat sich selbst als Faustus bezeichnet. Faustus, der Glückliche. Und warum? Weil er um die Dinge wusste. Weil er besessen war von dem Gedanken, die Weltenidee zu durchschauen und das göttliche Prinzip zu erkennen.«

Hannah schüttelte hilflos den Kopf. Warum musste Faust nur immer diesen ketzerischen Gedanken nachgehen? Wie konnte er sich anmaßen zu glauben, dass das göttliche Schöpfungswerk durchschaubar sei?

Nur etwas später hockte Hannah vor ihrer Strohmatratze, zupfte noch einmal das Leinenlaken zurecht und legte sich schlafen. Sie fröstelte und zog die wollene Decke hoch über ihre Schultern. Brutus schmiegte sich eng an sie heran, sie legte die Hand auf sein zotteliges Fell und genoss die wohltuende Wärme, die er ausstrahlte. Trotzdem lag sie noch lange wach. Sebastians Gesicht schob sich immer wieder wie ein fernes Bild vor ihre Augen. Mit aller Macht versuchte sie es festzuhalten, ihn und diesen Hauch von Zärtlichkeit, als er an diesem Abend zum Abschied ihren Arm berührt hatte.

Endlich ließ die irdische Welt sie doch los und Hannah sackte in einen Dämmerzustand. Es war, als würde sie über grellbunte Wiesen schweben, die Bäche leuchteten in einem unwirklichen Blau, die flaschengrünen Farben der Wälder schienen von einem Licht durchstrahlt, das nicht von dieser Welt kam. Das Firmament glänzte in einem farblosen Kristall, das aus sich selbst heraus glühte, als wäre es aus Sonnenlicht gemacht. Aber da war auch ein leises Knurren, ein fernes Grollen. Ihr Traumbild wurde jäh wie von einem schwarzen Blitz zerrissen, sie fiel in einen düsteren Schacht, der sich wie ein Wirbel in die Unterwelt bohrte. Das Knurren wurde stärker, Hannah blinzelte durch die Augenlider, ein rotes Leuchten schimmerte von oben herab. Brutus stand vor der Strohmatratze, sein Körper zitterte vor Erregung. Mit einem Mal war sie hellwach und sprang ans Fenster. Jetzt zischte dieses Leuchten wie ein Irrlicht um das Haus. War da nicht eine Furcht erregende Gestalt, die in diesem Höllenglühen davonjagte?

Dann war alles wieder ruhig, unzählige Sterne blinkten wie Lichtertupfen am klaren Himmel, der Mond strahlte hell wie lange nicht mehr. Hannah wischte sich über die Augen und schüttelte verunsichert den Kopf. Sicherlich hatten die Traumbilder ihr nur einen bösen Streich gespielt.

In der nächsten Zeit ereignete sich nichts Außergewöhnliches. Faust erzählte im Unterricht über die Irrfahrten des Odysseus, lehrte die lateinische Grammatik, las aus Werken von Plato und Aristoteles vor. Sie sangen Kirchenlieder, allerdings wurde der Religionsunterricht von einem Karmeliterpfarrer übernommen.

Hannah, Sebastian und Martin waren bald unzertrennlich. Und jedes Mal streckten sie zur Begrüßung den Daumen hoch. Sie trafen sich zum Lernen und streunten mit Brutus, der jetzt endgültig Hannah gehörte, durch die angrenzenden Wälder. Hannah sammelte alles, was in alten Schriften empfohlen wurde, um heilende Tinkturen und Substanzen herzustellen wie den Portulak, der auch als Fieberkraut bekannt war, oder die Blütenblätter wilder Rosen, deren Umschläge gegen Pusteln im Nacken halfen, Zitronenkraut und Dill gegen Schwierigkeiten beim Harnlassen und Myrthe und Käsepappel, um juckende Hautausschläge zu behandeln. Aber auch den tödlich giftigen

Fingerhut, der bei schmerzhaften Herzwallungen nur tropfenweise in einer verdünnten Tinktur zu verabreichen war. Und den Salamander, dieses gelb-schwarze Höllenwesen, das durch das Feuer ging und dessen Gift tödlich wirken sollte.

Sie fingen Fische im Fluss und brutzelten sie an langen Stöcken über dem Lagerfeuer, diskutierten alte Schriften und lästerten über junge Mägde, die ihnen aufreizend hinterherkicherten. Trotz aller Vertrautheit wich Hannah aber scheu aus, wenn sie mit Sebastian allein war, obwohl gerade das ihr sehnlichster Wunsch war. Dann zog sie ihren Lederhut tiefer ins Gesicht, ließ das kinnlange Haar über die bartlosen Wangen fallen und klemmte ihre Daumen herausfordernd in die Gürtelschnallen der neuen Leinenhose, die jetzt bis auf die ledernen Schnürschuhe reichte. Und manchmal umfasste sie das silberne Amulett, das über dem hochgeschlossenen Hemd herunterbaumelte, als wollte sie ihren Schutzgeist um Beistand bitten.

Maximilian blieb verschlossen. Im Unterricht war er still, saß mit verschränkten Armen an seinem Pult und musterte Faust mit bösartigem Blick. Manchmal huschte allerdings ein spöttisches Lächeln über sein Gesicht, als hätte er ein Wissen um etwas, das die anderen noch nicht durchschauten.

An Fronleichnam sollte wie jedes Jahr das Rutenfest gefeiert werden. An diesem Tag war es Brauch, frisch ausgeschlagene Zweige von den Weiden zu schneiden, sie zusammenzubinden und die selbst gefertigten Ruten dem

Schulleiter zu übergeben, damit er für die Prügelstrafen im nächsten Jahr gut gerüstet war.

»Wenn wir schon verprügelt werden, dann bitte mit einer vorzüglichen Rute«, lachte Martin später, als er mit dem Messer sorgsam die Ästchen zurechtschnitt und sie der Länge nach ordnete.

Die aufgehende Sonne schien sich an diesem Morgen mit ihren glutroten Strahlen regelrecht durch das Firmament zu fressen. Schwärme von schwarzen Raben flogen krächzend über die Nahe und ließen sich auf den Giebeldächern der umliegenden Häuser nieder, als wären sie düstere Vorboten eines heraufziehenden Unheils. Brutus jaulte leise und leckte Hannahs nacktes Bein. »Ich komme ja schon«, meinte sie, streichelte ihm übers Fell und machte sich auf den Weg zu ihrem morgendlichen Spaziergang.

Faust war schon auf den Beinen und lief wie gehetzt in der Küche hin und her. Er schien übermüdet, seine Haare fielen ihm wirr ins Gesicht, die Augen wirkten blutunterlaufen. »Im Gold sind große Mengen von Quecksilber zu finden«, haspelte er mit tonloser Stimme, »aber nur Spuren von Schwefel. In Kupfer gibt es von jedem etwa gleich viel. Große Mengen Schwefel und kleine Mengen Quecksilber gibt es in Zinn. Aber wenn man die Metalle aufbricht, um sie neu zusammenzufügen, werden jedes Mal nur neue Missgeburten geschaffen: Blei, Kupfer, Eisen! Es braucht mehr, einfach mehr, um Gold zu machen. Was ich erzeuge, sind riesige Berge von Asche und ich stochere nur darin herum, als ob ich darin den Stein der Weisen finden könnte. Auch das rote Pulver mag nicht helfen.

Es mag einfach nicht helfen!« Wutentbrannt nahm er einen Krug und schleuderte ihn gegen die Wand. Die Scherben fielen klirrend zu Boden, ein roter Weinfleck blieb wie ein geheimes Zeichen an der Wand zurück, das allmählich mit seinen fädenlangen Armen in den Boden kroch.

Als Hannah mit Brutus zurückkam, hatte sich der Magier in seine Kammer zurückgezogen. Von oben hörte sie aufgescheuchte Schritte, schließlich wurde es still. Leise fegte sie die Scherben zusammen. Dann packte sie Gerstenbrot, Schafskäse und gepökeltes Fleisch in einen geflochtenen Korb. Sie drückte mit dem Finger die Mitte eines Leinentuchs in die schmale Öffnung des Weinkrugs und goss flüssiges Wachs darauf, das bald zu einem starren Pfropf erkaltete. Den verschlossenen Krug stellte sie zu den anderen Sachen.

Wie das Fest heute wohl enden würde? Mit ungutem Gefühl dachte sie an die Raufspiele der Lateinschüler, aus denen sie sich bisher immer hatte heraushalten können. Aber ihr wurde noch viel elender im Magen, als sie an das Königspinkeln dachte, wozu Maximilian immer aufrief. Wer am weitesten urinieren konnte, bekam eine Krone aus geflochtenem Blätterwerk aufgesetzt …

Als Faust endlich mit nacktem Oberkörper aus seiner Kammer kam, klebten seine Haare nass am Kopf. Sicherlich hatte er ihn in die Karaffe mit Wasser gesteckt. Er schlüpfte in ein sauberes Leinenhemd und langte nach seinen Stiefeln, die Hannah in den Flur gestellt hatte. Das rot Entzündete in seinen Augen war verschwunden, er wirkte, als hätte er Stunden geschlafen.

Als später die Feiertagsglocke läutete, sammelten sich Lateinschüler, Eltern, Geschwister und Lehrer an der Pauluskirche, um gemeinsam ins nahe Wäldchen zu ziehen. Sebastian und Martin streckten freudestrahlend den Daumen hoch, als sie Hannah erblickten. Der Himmel war heute tiefblau, nur ein paar weiße Wolken zerfaserten am Himmel. In einer Lichtung bei einem Buchenwäldchen ließen sich die Menschen auf Pferdedecken nieder und packten die mitgebrachten Köstlichkeiten aus. Über einem Lagerfeuer wurde gewürztes Fleisch geröstet. Frisch gebackenes Brot und Wein in Bechern wurden herumgereicht. Man redete über bevorstehende Hochzeiten, dass der alten Gerta das Zipperlein ins Kreuz gefahren und der elende Bertram bei der Magd erwischt worden sei und ob die Burgherren von den Bauern neben den anderen Steuern nicht endlich auch die Abgabe einer Martinsgans erwirken sollten.

»Wisst ihr, dass es sieben Dörfer braucht, um einen einzigen Ritter über den Winter zu bringen?«, rief ein gut gekleideter Kaufmann einem dickbäuchigen Adligen zu, mit dem er ins Gespräch gekommen war.

»Recht so«, antwortete der, hob den gefüllten Weinbecher und fing an zu deklamieren: »Dafür lob ich mir den Bauernmann, dass er uns gut ernähren kann!« Er nahm einen kräftigen Schluck und rieb sich lachend über das gewölbte Wams. Sein Weib, eine kräftige Schönheit mit roten Backen, kicherte verstohlen und zupfte an ihrem samtenen Rock, so dass er ein wenig die Waden hochrutschte.

Der alte Gerhard, der Vater von Maximilian, hockte mit seinem Weib etwas abseits. Sie war eine zarte Frau mit einem spitzen Vogelgesicht. Wenn sie sprach und ihre schmalen Lippen wie zu einer verdorrten Frucht zusammenzog, glaubte man, sie würde die Worte in den Tag hinausflöten. Maximilian griff immer wieder zum Tonkrug mit dem Wasser und trank, was er in sich aufnehmen konnte. Dann rülpste er jedes Mal kräftig und zog kaum merklich einen Mundwinkel nach oben.

Faust wurde von Kaufleuten, Zunftherren und auch vom ersten Buchbinder der Stadt aufgesucht, um etwas über den Wissensstand ihrer Söhne zu erfahren. Und schon bald hatten sich die verschiedensten Grüppchen zusammengefunden, die miteinander schwatzten und debattierten.

Der köstliche Duft von gebratenem Fleisch ließ Brutus Witterung aufnehmen. Mit der Nase am Boden schnupperte er einer Fährte zwischen den Pferdedecken nach. Ein Weib mit mehlig grauem Gesicht warf ihm ein paar sehnige Fleischbrocken zu, die er gierig hinunterschlang.

Hannah, Sebastian und Martin hatten ihre Decke unter einer weit ausladenden Buche ausgebreitet und redeten über den einäugigen Riesen Polyphem, dem Odysseus auf seiner Irrfahrt das Auge ausstach, um zu überleben.

»Was der Odysseus für Gefahren durchstehen musste, um wieder nach Hause zu kommen«, überlegte Hannah.

»Ich finde das Abenteuer mit den Sirenen besonders spannend. Dass die nämlich mit ihren süßen Gesängen versucht haben ihn zu sich zu locken«, meinte Sebastian und brach sich etwas vom Gerstenbrot ab.

»Genau, um ihn zu sich zu locken in den Untergang. So sind die Weiber!«, lachte Martin und streckte den Daumen hoch. »Aber Odysseus hat widerstanden. Er hat sich nicht umgarnen lassen. Er war standhaft gegen alle Verlockungen und so konnte er gerettet werden.«

Hannah lachte und schüttete aus einem Krug Wasser in ihren Becher. Da sah sie aus den Augenwinkeln, wie Sebastian nachdenklich ihre nackten Füße musterte.

Plötzlich war ein Aufschrei zu hören. Es war Maximilian. »Dieser verfluchte Köter hat mir mein Fleischstück geklaut«, kreischte er. Wutentbrannt nahm er einen Bruchstein und schleuderte ihn dem Hund hinterher. Brutus jaulte laut auf und humpelte mit angewinkeltem Hinterbein auf Hannah zu, während er Maximilian gefährlich anknurrte. In seinem zotteligen Fell wuchs ein blutroter Fleck, der allmählich bis zum Sprunggelenk weitersickerte.

»Es ist besser, wenn du ihn hier am Baum festbindest«, meinte Sebastian leise. »Bevor er Maximilian anfällt.«

»Verdient hätte er es ja!« Hannah tröstete Brutus mit Fleischabfällen, die sie beim Schlachter erstanden hatte, und untersuchte die Wunde, die schon bald aufhörte zu bluten. Martin besorgte einen langen Strick und band Brutus an der Buche fest.

Endlich wurde das Signal zum Rutenschneiden gegeben. Die Lateinschüler liefen mit scharfen Messern ins Wäldchen, um am Bach nach Weiden zu suchen. Johlend verschwanden sie im Dickicht.

Hannah, Sebastian und Martin liefen in die andere Richtung zur Bachkrümmung, dort wo der Wasserlauf sich staute und mit Gluckern und Sprudeln über einen Biberdamm in ein tieferes Bett gurgelte. Dort suchten sie nach

Bäumen, deren lange Äste teilweise bis ins Wasser hingen. Es roch nach frischer Erde und Hahnenfuß, saftige Blätter vom Sauerampfer wuchsen im Halbschatten. Am Wasser tanzten Stechmücken, ihr helles Sirren summte hundertfach in ihren Ohren.

Plötzlich stand Maximilian vor ihnen. Er baute sich breitbeinig vor Hannah auf und grinste sie frech an. »Alle mal herhören!«, brüllte er mit kicksender Stimme. »Wir starten jetzt mit unserem alljährlichen Königspinkeln! Und unser Hannes wird der Erste sein, der seine Kunst vorführen darf. Mal sehen, ob er darin auch so bewandert ist wie in griechischer Literatur!« Hannah wich erschrocken zurück, während Maximilian sie mit eisernem Griff am Handgelenk festhielt. »Du willst doch nicht kneifen, oder?« Ein höhnisches Grinsen lag auf seinen Lippen, als er rief: »Alle herkommen! Hier gibt es gleich was zu sehen!«

Hannah drehte sich Hilfe suchend nach Sebastian um, aber der war nirgendwo zu entdecken. Martin stand wie erstarrt neben ihr, die Augen hatte er weit aufgerissen. Von allen Seiten kamen Schüler angelaufen.

»Geht's jetzt los mit dem Königspinkeln?«, fragte der Kleine mit der breiten Zahnlücke.

»Jawohl«, schmetterte Maximilian. »Und ich habe auch schon eine Ahnung, wem wir heute die Blätterkrone aufsetzen.«

Ein langer Stock wurde als Linie auf den Boden gelegt, hinter der sich die Wettkämpfer aufstellen sollten. Moose und Farne wurden aus dem Boden gerupft, um die Pinkelweite des Siegers eindeutig ermitteln zu können.

»Na, dann Hosen runter!«, befahl Maximilian unerbittlich und grinste Hannah an. Seine Augen leuchteten. Im gleichen Moment kam Brutus angejagt, mit gefletschten Zähnen stürzte er auf Maximilian zu. Erschrocken ließ er Hannah los. »Schaff mir den Köter vom Hals«, kreischte er und fasste nach seinem Messer, das wegen einer hauchdünnen Fettschicht blitzschnell aus der Scheide zu ziehen war. »Brutus, hierher!«, schrie Hannah und fasste nach dem Seil, das hinter ihm herbaumelte. Gleichzeitig zielte Maximilian mit dem Wurfmesser nach dem Hund. Es war an der Spitze beschwert, so dass es durch eine rasche Bewegung pfeilgenau seinen Weg fand. Da schlug Martin ihm mit aller Wucht auf den Unterarm, das Wurfgeschoss fiel herunter und Maximilian heulte fluchend auf.

Hannah zerrte Brutus an dem Seil hinter sich her und rannte mit Sebastian, der inzwischen keuchend hinter ihr aufgetaucht war, die Anhöhe hinunter zum Bach. Stöcke knackten, Laub raschelte unter ihren Füßen, Brennnesseln brannten wie Feuer auf ihrer Haut.

»Aufpassen!«, kreischte eine Stimme hinter ihnen. Es war Martin. Hannah sah, wie Maximilian das Messer in der Hand hielt und es aus dem Handgelenk heraus mit der Spitze nach vorn wegschleuderte. Sie riss Brutus zur Seite, im gleichen Moment schoss die Klinge an ihnen vorbei und blieb im Waldboden direkt neben ihnen stecken. Sie liefen weiter, durch Gestrüpp und Unterholz den Bachlauf entlang, Brombeerranken verhakten sich in ihren Kleidern, Sträucher zerkratzten ihnen das Gesicht. Schließlich entdeckten sie eine dicht gewachsene Weide, deren Zweige bis ins Wasser hingen. Hinter sich hörten sie Schreie und Rufe. Kurz entschlossen bogen sie die Äste auseinander und schlüpften hindurch. Unter der Weide war es, als würde man in eine grün durchflutete Grotte gelangen.

Von so einem Licht hatte doch mal ein Reisender erzählt, überlegte Hannah. War es nicht dieser graubärtige Medicus mit dem Esel, der aus dem fernen Land kam, das sich Sizilien nannte? Er hatte von dieser Grotte erzählt und von einem hellen, leuchtenden Grün, das sich in allen Winkeln spiegelte, als hätte sich die Wasserhöhle mit Licht voll gesogen. Hier war es fast genauso. Und glitzernde Lichtflecken blitzten auf, wenn der Wind die Äste leicht bewegte. Leise hockten sie sich zwischen langen, brüchigen Zweigen auf den Waldboden. Brutus legte sich hechelnd neben sie und spitzte die Ohren. Sie horchten. Es dauerte eine Zeit, bis sich ihr Atem wieder beruhigt hatte.

»Danke«, flüsterte Hannah schließlich.

»Wofür?« Sebastian sah sie von der Seite an.

»Dass du Brutus geholt hast.«

»Anders hätte ich dir auch nicht helfen können.«

Hannah versuchte ihrer Stimme wieder einen derben Unterton zu geben. »Weitpinkeln war noch nie so ganz meine Sache.«

»Meine auch nicht!«, antwortete Sebastian.

Hannah grunzte kurz, wie Faust es immer tat.

»Was du für zarte Hände hast«, sagte Sebastian leise. »Als wärst du ein Mädchen.«

Hannah spürte, wie ihr das Blut in den Kopf schoss. Sofort zog sie ihre Hutkrempe tiefer ins Gesicht und versteifte ihre Finger, um ihnen die Zartheit zu nehmen. »Und wenn ich ein Mädchen wäre?« Ihre Stimme hatte jetzt einen noch tieferen Klang. Sie presste die Silben hervor, als wäre sie heiser.

Sebastian grinste verschmitzt. »Sei nicht verärgert, ich wollte dich nicht beleidigen. Du bist eben kein Haudegen wie Maximilian. Und das finde ich auch gut so.«

Jetzt saßen sie still, nur das leise Gluckern des Baches war zu hören. Und dann aus der Ferne die vertraute Stimme von Martin, der die anderen zurück zur Lichtung zu locken schien. Hannah schaute zu Sebastian. Was er für leuchtende Augen hatte! Dann zog er ihr den Lederhut vom Haar, strich ihr über die Wangen und küsste sie auf den Mund. Hannah wollte aufspringen und davonlaufen, aber er hielt sie am Handgelenk fest. »Wovor läufst du weg? Oder hast du kein Vertrauen?«, fragte er mit eindringlicher Stimme.

»Du wusstest es schon lange?«, fragte sie zaghaft.

Sebastian lächelte. »Du bist von den himmlischen Kräften eben nicht als Bursche auf die Welt geschickt worden.«

Hannah schwieg. Auf dem Boden schimmerte dunkel der leere Panzer eines Hirschhornkäfers auf. Sebastian hob ihn vorsichtig auf und drückte ihn Hannah in die Hand, die ihn wie ein kostbares Geschenk in den Lederbeutel an ihrem Gürtel steckte.

»Willst du mir nicht erzählen, wie du hierher gekommen bist?«, fragte er vorsichtig. »Wer sind deine Eltern? Bist du mit dem Magier verwandt?«

Sie hielten sich fest an den Händen und Hannah erzählte ihre Geschichte, erst stockend, aber dann immer flüssiger, als drängten die Gedanken mit einer unbändigen Kraft aus ihr heraus. Sie begann damit, wie sie in der Gewitternacht aus der Postkutsche geworfen, von Faust aufgelesen und in Gelnhausen verarztet worden war. Sie berichtete von Abt Trithemius, den stinkenden Bettlern und dem Riesenspektakel, das Faust auf dem Marktplatz veranstaltet hatte. Und schließlich erzählte sie, wie sie sich zwischen alten Schriften, Tiegeln und Töpfen in einer Holzkiste versteckt hatte und mit Faust nach Würzburg und schließlich hierher nach Kreuznach gezogen war. Brutus lag ganz ruhig, die Ohren hatte er hochgestellt. Sie ragten wie verwuschelte Dreiecke aus seinem Fell. Hannah entdeckte ein spitz zulaufendes, leeres Schneckenhaus, das sie Sebastian in die Hand drückte.

»Und deine Eltern?«, fragte er noch einmal vorsichtig nach. »Was war vor der Gewitternacht mit der Postkutsche?«

Plötzlich waren aufgeregte Schreie zu hören. War das nicht Maximilians nölige Stimme, die da herumschimpfte? Jetzt war das erregte Fluchen des Magiers zu hören. Hannah sprang auf, schlüpfte durch den Blättervorhang und lief den aufgebrachten Stimmen entgegen, während Brutus und Sebastian ihr folgten. Von allen Seiten kamen die Lateinschüler und Eltern angelaufen. Auf einer Lichtung nah am Bachlauf hatte sich schon ein großer Kreis gebildet. Maximilian stand mittendrin, den Finger hielt er weit ausgestreckt auf den Magier gerichtet. »Er wollte an mich ran! Ich habe es gleich gewusst, dass er es auf unsereinen abgesehen hat!«, kreischte er und warf einen viel sagenden Blick auf Hannah.

Faust lachte schallend auf. »Du meinst also, dein feistes Hinterteil wäre mir lieber als das eines wohlgestalteten Weibes?«

Da trat Maximilians Vater, der alte Gerhard, mit in den Kreis. Mit langsamem Schritt ging er auf den Magier zu. Er fuhr sich durch den zerzausten Vollbart, die Augen schienen verengt, die warzenförmige Verdickung an der Oberlippe zitterte vor Erregung. »Das wird Folgen haben«, spuckte er aus. Die anderen Alchemisten stellten sich schützend hinter ihn. »Niemand bleibt ungestraft, der sich an unseren Kindern vergreift!«

Hannah beobachtete, wie Maximilians Augen blitzten, sein gedrungenes Sommersprossengesicht glühte vor Genugtuung.

Faust fuhr sich sichtlich erregt durch das lockige Haar. »Aber es ist doch der reinste Unsinn, was mir von dem Buben angekreidet wird. Noch bis eben war ich im Gespräch mit Markus Hohenheim …«

Alle Blicke richteten sich auf den Handelskaufmann. Der errötete, drehte sich um und ging angemessenen Schrittes davon. Es war ganz ruhig, nur ein paar Grillen zirpten. Dann folgte ihm zögernd einer nach dem anderen. In Eile wurden Pferdedecken zusammengepackt und geflochtene Körbe mit Essensresten voll gestopft. Zurück blieb Faust mit Hannah, Sebastian und Martin und den aufeinander geworfenen Rutenbündeln, die so angeordnet waren, als würden sie wie ein Anklagezeichen auf den Magier deuten.

Noch am gleichen Abend waren sie zu Franz von Sickingen in die Ebernburg eingeladen, um über astrologische

Weissagungen zu beraten. In dieser Nacht sollte der Vollmond besonders hell am klaren Himmel stehen.

Hannah wartete schon einige Zeit mit Brutus in der Kutsche, die vor ihrem Fachwerkhaus zur Abfahrt bereitstand. Sie beobachtete zerlumpte Straßenkinder, die Kieselsteine nach einem Bettler warfen. Der hatte seinen rosigen Beinstumpf auf einer Holzkrücke aufgestützt und humpelte gebückt über das Kopfsteinpflaster. Jetzt stolperte er und fiel. Johlend tanzten die Kinder um ihn herum.

»Macht, dass ihr aus dem Weg kommt!«, fluchte ein Fischer und schob einen Holzkarren an ihnen vorbei, auf dem silbrig schillernde Fische zappelten. Ein paar Krähen schnappten sich davon und flogen auf das nächste Giebeldach. Gierig hackten sie die blutigen Gedärme heraus und schluckten sie hinunter.

Endlich wurde die Tür ihres Fachwerkhauses aufgerissen. Die eisernen Beschläge blitzten kurz in der Sonne auf, als der Magier das Haus verließ. Er trug ein paar Schriften, Tabellen und eine goldene Metallscheibe in der Hand. Geistesabwesend stolperte er die Stufen zur Kutsche hoch.

»Meint Ihr, das wird Folgen haben?«, fragte Hannah ihn ein wenig bekümmert.

»Was meinst du? Was für Folgen?« Faust schaute sie verständnislos an.

»Die Sache mit Maximilian«, antwortete sie leise.

Der Magier lachte spöttisch auf. »Wer ist schon Maximilian und erst recht der alte Gerhard. Vergiss sie einfach!«

Hannah nickte und streichelte die frisch gewaschene Mähne von Brutus. Er war auf die Sitzbank gesprungen, um aus dem schmalen Fenster zu schauen. Sie hatte ihn noch in den Waschzuber gesteckt, das Blut aus dem Fell gewaschen und mit einem Hornkamm die verfilzten Haare auseinander gekämmt. Jetzt schimmerte es in der Sonne wie blank poliertes Kupfer.

»Was soll so ein Junge schon ausrichten können«, brummte der Magier endlich. »Sein Vater wird wohl auf der Burg jegliche Zusammenkunft mit mir meiden. Und damit bin ich restlos einverstanden.« Faust grunzte abschließend und lehnte sich zurück, um die metallene Scheibe, die er mit der Postkutsche zugeschickt bekommen hatte, zu studieren.

Der Kutscher beruhigte das junge Pferd, das unruhig auf der Stelle hin und her tänzelte, knallte einmal mit der Peitsche und schon ruckelte die Kutsche los. Es quietschte leise in den Radgelenken, als es über die unebenen Wege hoch zur Ebernburg ging.

Das letzte Mal, als sie mit dem Karren hier entlanggewandert waren, hatten die Bäume ihre nackten Äste noch wie ausgedörrtes Reisig in den Himmel gestreckt. Jetzt blitzten zwischen den dichten Baumkronen nur hin und wieder Sonnenfetzen durch. Lichtflecken tanzten wie Irrlichter über die Wege. Und manchmal leuchteten die schräg einfallenden Strahlen, als würden die himmlischen Heerscharen ihre Schöpfungskraft genau hierher lenken.

Als sie durch das hohe Burgtor fuhren, kam Sickingen ihnen schon entgegengelaufen. Die Pferdehufe klapperten hell über das Kopfsteinpflaster, die harte Federung der Achsen ließ Hannah jede Unebenheit spüren. Endlich zog der Kutscher die Zügel. Der junge Hengst wieherte auf, Hannah öffnete die Tür und Brutus schoss aus der Kutsche. Laut bellend sprang er an Sickingen hoch, jagte aber gleich wieder zu ihr zurück.

»Wie ich sehe, war es gut, Brutus bei dir zu lassen«, meinte der Burgherr schmunzelnd und wandte sich dem Magier zu. »Lieber Doktor Faust, und? Habt Ihr das astrologische Wunderwerk dabei?«

Faust hob die metallene Scheibe hoch. »Hier ist es. Das neueste Astrolabium. Der Himmel ist heute klar, wir haben die besten Voraussetzungen, um Berechnungen anzustellen.«

Sickingen schlug ihm hocherfreut auf die Schulter, während er sich zu Hannah umdrehte. »Wir nehmen schon mal einen Begrüßungstrunk. Bleib ruhig noch ein bisschen mit Brutus draußen, wenn du magst.« Die beiden Männer steckten sofort die Köpfe zusammen, als sie auf die breite Flügeltür zugingen, durch die man in den Rittersaal gelangen konnte. Mit einem dumpfen Schlag klappte sie hinter ihnen zu.

Nachdenklich schlenderte Hannah über den Burghof, während Brutus ausgelassen umhertollte. Ob der alte Gerhard nicht doch etwas gegen Faust unternehmen konnte? Wurde nicht immer gemunkelt, der Abt Trithemius habe auch hier seine Spitzel? Und wenn der hohe Herr ausgerechnet mit ihm im Bunde steckte?

Am Brunnen blieb sie stehen und beugte sich über die Umrandung aus Bruchsteinen. Sie war mit Moos bewachsen und hatte einen gewaltigen Durchmesser. Der Schacht führte steil in die Tiefe und schien wie von einem düsteren Loch verschluckt zu werden. Nur der Geruch von kühlem Bergwasser und modrigem Fels schlug ihr entgegen. Hannah warf ein Steinchen hinein und zählte die Sekunden, bis es unten im Wasser aufplatschte.

Plötzlich wurde sie an den Schultern gepackt und mit aller Wucht gegen die Bruchsteine geschleudert. Eine breite Hand wie die eines Schmiedes legte sich um ihren Hals und drückte ihr die Kehle zu. Die andere Hand griff nach dem ledernen Beutel an ihrem Gürtel. Hannah rang nach Luft, das Blut fing an zu pulsieren, als wollte es ihren Kopf zersprengen. Sie schlug mit den Armen gegen die Brunnenmauer, die Beine sackten unter ihr weg. Es war, als würde sie in eine dunkle Welt hinabsinken, vor ihr die breite Hand mit dem goldenen Ring, auf dem sich eine Schlange räkelte. Aus der Ferne hörte sie Hundegebell, das in ihren Ohren tausendfach widerhallte. Da spürte sie, wie die Hände sie freiließen. Sie taumelte, schnappte nach Luft, pumpte sie tief in ihre Lungen. Wie köstlich der süßliche Duft nach Holunderblüten doch war. Hannah rappelte sich hoch. Da sah sie gerade noch, wie eine dunkel gekleidete Gestalt gebückt hinter der Toreinfahrt verschwand. Brutus stand dicht neben ihr, die Hinterläufe waren sprungbereit. Die Ohren hatte er steil aufgerichtet. Dann legte sich seine Anspannung und er leckte mit seiner rauen Zunge über ihre Hand.

Hannah atmete tief durch. Allmählich ließ das Herzpochen nach, ihr Atem ging wieder regelmäßiger. Nur ihr Körper fing an zu zittern, er schien ihr nicht mehr zu gehorchen. Sie schluckte, der Kehlkopf schmerzte. Ein eisiges Frösteln glitt über ihre Haut. Das musste wohl der Abendwind sein, der sich gedreht hatte und jetzt von Nordosten steil ins Nahetal fuhr. Das Rotfelsgebirge auf der anderen Seite der Burg streckte sich schroff in den Himmel und leuchtete, als hätte es die Glut des Tages in sich aufgesogen.

Nur wenig später huschte sie das Treppengewölbe hinunter, das in den unterirdischen Rittersaal führte. Die Fackeln in den gusseisernen Halterungen brannten mit ruhiger Flamme. Brutus trottete schläfrig neben ihr her, als hätte es nie einen Überfall am Brunnenrand gegeben. Aber wer steckte dahinter? Warum wollte ausgerechnet ihr jemand nach dem Leben trachten? Vorsichtig betastete sie die Druckstellen am Hals, die immer noch schmerzten.

»Lasst Euch nicht verdrießen«, hörte sie die Stimme von Sickingen, als sie die Tür zum Rittersaal öffnete. Er saß mit ausgestreckten Beinen an einem schweren Eichentisch und hielt einen Weinbecher in der Hand. Das Flackerlicht der Kerzen tanzte über die vielen Papierbogen, die überall herumlagen. Es roch nach geröstetem Fleisch mit Knoblauchtunke und Rosmarin. »Ich wette, das war von Gerhards Sohn nur ein übler Trick, um euch das Leben schwer zu machen.«

»Der alte Gerhard war schon immer auf alles eifersüchtig, was ihm den Ruf des Hofalchemisten streitig machen könnte«, fuhr Ulrich von Hutten fort, der am Tisch eine der astrologischen Karten studierte, eine Häusertafel, auf deren Feldern die Symbole für die Planeten eingezeichnet waren.

Faust saß über den Tisch gebeugt. Er brummte zustimmend und vertiefte sich wieder in seltsame Zeichen auf einem alten Pergament.

Ein Windstoß fuhr durch den Raum, die Kerzen flackerten auf und Sickingen bemerkte Hannah, die mit Brutus scheu an der geöffneten Tür stehen geblieben war. »Was ist? Komm doch rein«, rief er. »Wenn du magst, dann nimm dir vom Huhn, das da drüben auf dem Tisch steht. Und gib Brutus was zu trinken.« Und sofort wandte er sich wieder den Papieren und Aufzeichnungen zu.

Hannah hockte sich mit einem spärlich gefüllten Teller an den offenen Kamin, in dem ein großes Feuer prasselte. Die trockenen Äste knackten in der Glut, glimmende Funken tanzten durch die Luft. Noch immer zitterte sie am ganzen Leib, als wäre die Kälte der Nacht in sie gefahren. Da bemerkte sie, wie Faust sie besorgt anschaute. Seine Augen wirkten stechend, prüfend. Dann wanderte sein Blick in die Flammen, hangelte sich suchend über sie hinweg, als wollte er hinter einen Vorhang sehen. Jetzt starrte er wie hypnotisiert in die Glut, langsam erhob er sich. Sein Umhang hing wie ein unwirklicher Schatten über seinen Schultern. Schweißperlen standen ihm auf der Stirn. Den Mund hatte er leicht geöffnet, die Haare fielen ihm wirr ins Gesicht. Dann löste er sich von dem Bild und blickte auf Hannah. Im gleichen Moment spürte sie eine wohltuende Wärme in sich aufsteigen, die jegliche Verkrampfung in ihr löste und sie wieder frei atmen ließ.

»Stimmt etwas nicht mit Euch?«, fragte Sickingen erstaunt, als der Magier sich über das schweißnasse Gesicht wischte.

Faust ließ sich wieder auf den Stuhl fallen. »Nein, alles in Ordnung. Was sagtet Ihr eben? Wer stellt Euch die Horoskope?«

»Das macht Johann Virdung*. Er lebt in Hassfurt und ist Hofastrologe des Kurfürsten von der Pfalz«, antwortete Sickingen. »Ein ausgezeichneter Mathematiker. Er berät mich vor wichtigen Entscheidungen jedes Mal mit Hilfe der Gestirne.«

Während Hannah das weiße Hühnerfleisch auseinander zupfte und jetzt heißhungrig in den Mund steckte, hörte sie der Unterhaltung der Männer zu.

»Es ist ein Jammer, dass dieses hochkomplizierte und doch in sich streng gefügte System nur an so wenigen Universitäten zu erlernen ist«, meinte Ulrich von Hutten und zwirbelte verärgert an seinen langen Schnurrbartenden. Er nahm einen Bogen von dem frisch geschöpften Büttenpapier in die Hand, auf dem mit schwarzer Tinte dicht an dicht Tabellen aufgezeichnet waren. »Hier haben wir die schönsten Ephemeriden*, sämtliche Winkel könnten wir mit Formeln berechnen, aber das Geisteswesen ist hier zu Lande noch bis über die Halskrause zugeknöpft.«

»Aber immer mehr Universitäten öffnen sich diesen Gedanken, denkt nur an Wittenberg«, warf Sickingen ein. »Und wer von den Adligen, Bischöfen und Burgherren hält sich heutzutage nicht seinen Hofastrologen? Wer möchte nicht einen Blick in die Zukunft erhaschen? Wer will nicht wissen, wie ein Krieg zu führen ist? Ob die Ehe den göttlichen Segen hat? Ob ein langes Leben beschert ist?«

»Gegen diese Weissagungen kann selbst die Kirche nicht angehen, denn hat Gott nicht die Sterne geschaffen?«, sagte Hutten. »Und steht nicht in der Bibel: Ihr werdet die Zeichen am Himmel sehen?«

Faust nickte. Seine lockigen Haare, die inzwischen kinnlang waren, fielen ihm ins Gesicht. »In der Astrologie ist alles genau strukturiert und jederzeit überprüfbar. Und ich bin den Mächten, die mich nach Krakau geführt haben, unendlich dankbar, dass ich diese Kunst erlernen konnte.«

»In Krakau?«, meinte Sickingen. »Eigentlich müsstet Ihr dort dem Johann Virdung über den Weg gelaufen sein, er hat dort auch seine Studien betrieben.«

Faust schlug überrascht mit der Handfläche auf den Tisch: »Virdung? Der Mensch interessiert mich! Ein Astrologe, der in Krakau war. Ich werde ihm ein paar Aufzeichnungen zusenden. Wenn unser aller Abt schon nicht seine Perlen vor die Säue wirft, vielleicht trifft sich ja ein Virdung mit unsereinem.« In seinen Augen flackerte eine Begierde, die Hannah bei ihm noch nicht beobachtet hatte. Faust nahm einen Becher Wein, kletterte auf den Tisch und hielt ihn hoch wie einen Pokal. »Auf unseren werten Abt!«, rief er mit kräftiger Stimme, trank den Wein in einem Zug leer und furzte einmal kräftig.

»Dann lasst uns jetzt der Königin der Wissenschaften huldigen und in die Gestirne schauen«, meinte Ullrich von Hutten mit herzerfrischendem Lachen, während Sickingen begeistert in die Hände klatschte. »Aber vorher erklärt doch noch, was es mit dieser runden Metallscheibe auf sich hat.«

Faust sprang vom Tisch, nahm das Astrolabium und schaute durch ein Loch, das in der Mitte angebracht war. »Seht ihr? So könnt ihr einen Stern anpeilen«, sagte er und schob einen Zeiger weiter, der vom Zentrum aus über die Scheibe ein wenig hinausragte. Am Ende dieses Zeigers war eine zweite Öffnung, durch die er linste, als würde er den Himmel betrachten. »Aber ihr müsst aufpassen, dass ihr die Scheibe nicht weiterdreht.« Vorsichtig tastete er über die Oberfläche der Scheibe mit ihren Wellen, Kreisen und Linien. »So könnt ihr genau die Winkel der einzelnen Gestirne zueinander messen, deren Sinn sich später durch diese mathematischen Formeln aufschließt.«

»Und dann werden die Planeten dem Sternbild zugeordnet, bei dem sie gerade vorbeiwandern?«, fragte Hutten. »Dann steht der Mars im Steinbock? Oder der Saturn in der Waage?«

Faust nickte. »Genauso ist es. Kommt, ich werde es euch draußen erklären.«

Die drei Männer schoben die schweren Eichenstühle zurück und Faust gab Hannah ein Zeichen, ihnen zu folgen. Mit einer Fackel in der Hand gingen sie hoch in den Burghof. In dieser Nacht war Vollmond, die Gesichter der Männer wirkten kalkweiß. Im Burgfried krächzte ein Käuzchen und ließ Hannah erschrocken zusammenfahren. Franz von Sickingen führte sie zu der Mauer, hinter der es steil zu den Weingärten hinunterging. Von hier aus hatten sie die beste Sicht auf den Nachthimmel. Immer wieder hatte Hannah das unbestimmte Gefühl, aus der

Dunkelheit heraus beobachtet zu werden. Die Lichter der Fackeln erhellten den Burghof nur wenig, das Mondlicht warf dunkle Mauerschatten über den Burgfried. Die Grasnarben zwischen den Pflastersteinen griffen mit zotteligen Fingern nach dem Mauerwerk, die Sträucher streckten sich als knorrige Schädel die Wände hoch.

Plötzlich fuhr Hannah erschrocken zusammen. Leuchteten bei der kleinen Kapelle nicht Augen auf? Hatte sich da etwa eine Gestalt versteckt? Hannah legte ihre Hand auf den Rücken von Brutus, der unbeweglich stand, in eine Richtung starrte, aber nicht anschlug.

Die drei Männer schauten hoch ins Firmament. Suchend hielt Sickingen die runde Scheibe gegen den Himmel. »Sie kommt aus dem Zweistromland«, flüsterte Faust, als wollte er keine unliebsamen Kräfte wecken. »Sie gelangte über das Ägypten der Pharaonen, über die Perser und die Griechen der Antike erst vor knapp über hundert Jahren hierher.«

»Und wer hat sie von dort mitgenommen?«, fragte Hannah leise.

»Kreuzritter, Juden oder spanische Mauren … wer weiß, wer sie in andere Länder gebracht hat. Aber mit Sicherheit ist sie von jenen griechischen Gelehrten hierher gekommen, die vor etwas mehr als fünfzig Jahren in den Westen geflohen sind, als Konstantinopel von den Türken erobert wurde.«

Hannah schaute in den weiten Himmel. Das göttliche Werk war doch einfach meisterhaft, ging es ihr durch den Kopf. Da waren neun kristallene Sphären*, die ineinander verschachtelt waren. Die innerste Sphäre enthielt die

Erde, die regungslos im Zentrum des Universums ruhte. Darüber erstreckten sich sieben weitere kristallene Kugeln, jede größer als die vorherige. Mit diesen Kugeln schoben sich die sieben wandernden Sterne über das Firmament: Mond, Merkur, Venus, Sonne, Mars, Jupiter und Saturn. Und über allem, in weiter Ferne, an der neunten Sphäre, dort wo der Tierkreis lag, am alleräußersten Rand des Himmels, funkelten Tausende von Sternen wie Diamanten.

Hannah entdeckte das Sternbild des Großen Bären. Je länger sie auf die glitzernden und schimmernden Punkte sah, desto mehr neue Sterne schienen sich aus der Dunkelheit der Nacht herauszuschälen. Es war, als würde es dahinter immer weitergehen, als wäre das Firmament von einer unendlichen Tiefe. Aber so etwas wäre ja undenkbar, dachte sie. Irgendwo musste es doch aufhören. Doch was kam dahinter? Hannah spürte eine unendliche Ehrfurcht vor der göttlichen Schöpfung, die wohl für den Menschen nie nachvollziehbar sein würde.

»Seht euch das Universum an«, flüsterte Faust mit brennender Leidenschaft. »Wie es vor grenzenloser Energie pulsiert. Jeder der Planeten hat eine ganz bestimmte Wirkung. Was es ist, wissen wir nicht, doch was es tut, das sehen wir. Sie zeigen Charakter, Gesundheit, Begabungen, Verhalten, Tod und Verdammnis!«

»Dort ist der Jupiter …«, sagte Hutten mit gedämpfter Stimme.

»Der Jupiter ist der Glücksplanet, ein Planet der Philosophen. Er schüttet alles im Übermaß aus, Frieden, Erkenntnis, Aufrichtigkeit, Edelmut …«

»Seid Ihr ein Jupitermensch?«, fragte Hannah vorsichtig.

Faust lachte verstohlen und flüsterte: »Nicht nur das; wenn Jupiter in Konjunktion mit der Sonne, also direkt über der Sonne steht, dann werden Propheten geboren, wie es in meinem Horoskop ausgewiesen ist! Propheten, die das Land mit einem Übermaß an neuen Gedanken überschwemmen, die in den göttlichen Gedanken der Schöpfung eintauchen können, Weltengeister, die …«

»Und wenn Jupiter schlecht steht?«, unterbrach Hannah mit heiserer Stimme.

Faust grinste breit. Das Mondlicht spiegelte sich in seinen Augen, das Haar hing zerzaust in sein Gesicht. »Dann kann es zum Übermaß in anderer Hinsicht kommen; Geschwüre können den Körper zerfressen, es kann auch zu einem Übermaß an Kräften kommen, die es zu beherrschen gilt, oder der Höllenschlund öffnet sich zu deinen Füßen …«

Hannah fuhr es eiskalt über den Rücken. Hatte nicht auch Mephistopheles das Zeichen des Jupiters? Sie fühlte nach Brutus. Sein Fell zitterte, unruhig schnupperte er, als hätte er eine Fährte aufgenommen. Plötzlich sprang er auf und jagte davon in die Dunkelheit. Blitzschnell drehte Faust sich um und suchte nach Gestalten, die sich in den Schatten des Burgfrieds versteckt halten könnten. Da kam Brutus zurückgejagt, etwas sprang Hannah kreischend in die Arme, kratzte ihr über Schultern und Hals. Hannah schrie auf. Warmes Fell huschte durch ihr Gesicht, der Gestank von verwestem Aas zog ihr in die Nase. Und schon sprang es fauchend zu Boden und rannte davon.

»Nur eine Katze«, meinte Sickingen und lachte.

Hannah lehnte sich erschöpft an Faust, der schützend seinen Arm um sie legte. Mit einem Mal fühlte sie eine unendliche Sehnsucht nach Sebastian. Die Aufregung des heutigen Tages hatte sie fast vergessen lassen, dass sie sich eng beieinander in die Blättergrotte gehockt hatten, zwischen langen, ausgedörrten Weidenstöckchen und dünnen Grasnarben. Hannahs Lippen brannten, als sie an seinen Kuss dachte, der so zart war, als hätte sie ein Schmetterlingsflügel gestreift. Und wieder fing ihr Herz an zu pochen. Ob sie ihm von dem Überfall am Brunnen erzählen sollte? Und wer konnte nur dieser Gauner gewesen sein, der diese großen Pranken hatte mit einem Ring, auf dem sich eine Schlange räkelte?

»Gibt es eigentlich Neuigkeiten von unserem werten Abt?«, fragte Faust mit spöttischem Unterton, als sie sich später von Sickingen und Hutten an der wartenden Kutsche verabschiedeten.

»Bis jetzt noch nicht«, antwortete Sickingen. »Aber im Kloster Sponheim ist endlich wieder Ruhe eingekehrt. Die Benediktiner sind sehr froh, dass sie ihn auf diese Art und Weise losgeworden sind.«

»Dann ist doch alles in bester Ordnung.«

»Nichts ist in Ordnung. Trithemius wird sich seinen Ruf als hoch gebildeter Humanist nicht so schnell ruinieren lassen, vor allem nicht durch Euch«, sagte Sickingen zu Faust. »Er weiß besser als jeder andere, dass Ihr ihn in seinen Werken durchschaut habt, und das verletzt seine Eitelkeit bis tief in die Seele.«

»Da mögt Ihr Recht haben«, meinte Faust spöttisch. »Eine einfache Sau von der Straße hat seine Perlen als Knallerbsen entlarvt.«

»Passt also auf Euch auf«, fuhr Sickingen schmunzelnd fort. »Er wird Euch schaden wollen, wo er nur kann. Sicherlich wird er seine Spitzel haben, die ihm berichten, was sich vor den Toren von Kloster Sponheim ereignet.«

»Aber den Virdung, den werde ich kontaktieren.«

»Das ist ein guter Gedanke, nur vergesst nicht, dass er auch mit dem Abt Trithemius Briefe austauscht«, meinte Sickingen abschließend.

Faust brummte kurz, stieg die eisernen Stufen zur Kutsche hoch, in der Hannah und Brutus schon warteten, und ließ sich in die Ecke fallen.

Etwas später rumpelten sie los. Es ging über die hohe Steinbrücke auf den unebenen Waldweg, der zurück nach Kreuznach führte. Faust saß zusammengesunken, nur sein schweres, gleichmäßiges Atmen war zu hören. Ein Flackerlicht brannte in einer Laterne, die außen an der Kutschenwand befestigt war. Falter flatterten wie aufgeschreckt um das Glas. Die Ölflamme warf sprödes Licht auf den Waldweg, tastete sich über die knorrigen Stämme uralter Bäume, die ihnen wie verwunschene Wesen ihre Äste entgegenstreckten. Es roch nach Hahnenklee und ersten Waldpilzen. Hin und wieder blitzten Augen von Tieren auf, aus dem Dickicht des Waldes hallte das lang gezogene Geheul der Wölfe. Sofort wieherte der junge Hengst auf und tänzelte unruhig hin und her, als wollte er durchgehen. Hannah hörte das leise Klicken, als der Kutscher das Gewehr lud, während er gleichzeitig versuchte das Pferd zu beruhigen. Eine fröstelnde Kühle zog in die Kutsche. Hannah schmiegte ihren Kopf in Brutus' weiches Fell, der neben ihr auf der Sitzbank lag. Seine Muskeln zuckten, als würde er im Schlaf einer finsteren Macht hinterherjagen. Hannah streichelte über seine Haare, während ihre Gedanken zu Sebastian flogen.

Am nächsten Morgen begann der Unterricht im Karmeliterkloster pünktlich, trotz des Unwetters, das in der Nacht heraufgezogen war. Dicke Wolkenberge klebten immer noch wie zusammengestaucht am Firmament. Nebelschwaden geisterten durch die Luft. Hannah zog sich die Kapuze ihres Umhangs tiefer ins Gesicht. Strömender Regen prasselte herab, riss die Blüten der Apfelbäume auseinander, die wie rosiger Frühjahrsschnee in die Pfützen tanzten. Immer noch zuckten Blitze auf, aber der Donner schien sich hinter die Berge des Umlands verzogen zu haben und grollte nur noch zaghaft zu ihnen herüber. Brutus' Fell triefte, er schüttelte sich, als sie den offenen Vorbau der Lateinschule erreicht hatten, und legte sich auf die Steinfliesen. Vorsichtig blinzelte er in den Himmel, wo die Wolkendecke allmählich wieder aufriss.

Als Faust mit Hannah völlig durchnässt in den Unterrichtsraum stiefelte, saßen die Lateinschüler bereits in aufrechter Haltung an ihren Pulten. Die sauber geschrubbten Hände ruhten gesittet nebeneinander, das Lehrbuch lag aufgeschlagen vor ihnen. Jemand hatte die frisch gebundenen Rutenbündel säuberlich an der Wand aufgestapelt. Der Geruch von Schweiß, Pferdemist und Walderde dampfte aus ihren Kleidern.

Maximilians rote Stoppelhaare klebten am Kopf, als hätte er sie mit Öl eingerieben, winzige Tropfen perlten auf sein braunes Leinenhemd und hinterließen dunkle Flecken. Er hatte seine Augen leicht zusammengekniffen und schaute Hannah derart herausfordernd an, dass sie verlegen den Kopf senkte und schnell zu ihrem Platz huschte. Sebastian lächelte ihr verstohlen zu und streckte den Daumen hoch. War sein Blick weicher als sonst? Martin wischte sich nasse Haarsträhnen aus dem Gesicht, während sich unter den Bänken kleine Wasserlachen bildeten. Faust hatte seinen Umhang über einen Stuhl gehängt und stellte sich breitbeinig vor die Klasse. »Bevor wir mit Homers *Odyssee* fortfahren und zu dem Kampf mit dem einäugigen Zyklopen kommen«, sagte er mit samtweicher Stimme, »möchte ich euch doch noch ein paar Fragen zur lateinischen Literatur stellen. Ihr solltet den Anfang von Cäsars *Der Gallische Krieg* lernen, Maximilian …«

Maximilian erhob sich langsam, die beiden sahen sich schweigend an. Es lag eine hochexplosive Spannung in der Luft, als hätte jemand die Zündschnur an einem Fässchen mit Schwarzpulver entflammt. Sebastian strich wie zufällig über Hannahs Hand, Martin kratzte vor Erregung winzige Hautfetzen von der Oberlippe.

»Nun, was ist?«, fragte der Magier, während er sich seinen Umhang wieder über die Schultern legte. »Du willst doch dein Klassenziel erreichen, oder?«

»Gallia est …«, stotterte Maximilian und ließ den Blick hilflos durch das Klassenzimmer schweifen, als läge die Antwort dort irgendwo verborgen.

»Recht so. Und weiter? Oder hat es dir mit einem Mal die Sprache verschlagen?«

»Gallia … est omnis divisa …« Maximilian presste die Lippen fest aufeinander.

Faust schlenderte zu den frisch gebundenen Ruten, nahm eine mit kräftigem Griff und schlug sie so derb aufs Lehrerpult, dass einige Ästchen absplitterten. »Was glaubst du eigentlich, wofür ihr diese Rute geschnitten habt?«, fragte er mit zuckersüßer Stimme.

Maximilian blieb regungslos stehen und starrte den Magier hasserfüllt an. Hannah beobachtete, dass ihm in letzter Zeit eine warzenförmige Verdickung auf der Oberlippe wuchs, wie sein Vater, der alte Gerhard, sie hatte.

»Nun«, fuhr Faust fort und schlug noch einmal aufs Lehrerpult, dass es laut klatschte. »Ich war noch nie der Meinung, man könne Wissen in jemanden hineinprügeln.« Während die Aufmerksamkeit der Schüler auf die Weidenrute gelenkt gewesen war, hatte er aus seinem Umhang ein Kügelchen herausgezogen, das er jetzt mit aller Wucht auf den Boden warf, so dass es explodierte. Eine blaue Stichflamme zischte hoch, wabernder Rauch breitete sich aus. Maximilian schrie erschrocken auf und die anderen Schüler drückten sich ängstlich in die hinteren Bänke zusammen.

»Ein Hasenfuß! Kaum lässt man einen Kracher los, scheißt er sich vor Angst ins Hemd!« Faust lachte schallend auf, ging ganz nah an Maximilian heran und schaute von oben missbilligend auf ihn hinab. »Ganz der Vater! Ein Täuscher, ein Scharlatan. Ihm gebricht es an den einfachsten Grundlagen der Alchemie, und du schaffst es noch nicht einmal, einen Satz des großen Cäsar aufzusagen! Was weißt du schon von Sabellicus, von Hermes Trismegistos, von den geheimen Büchern Mose, von der Zahlenmythologie der *Kabbala* …« Faust preschte wie aufgescheucht durch die Klasse. In seinen Augen blitzte eine kaum zu bremsende Erregung, seine Hände fuhren zitternd über die erhitzte Stirn. »Was vertrödelst du hier deine Zeit? Was willst du hier, wenn du keine Neugierde an den Dingen hast? Was sitzt du hier im Unterricht, wenn du höchstens zur Viehzucht taugst?«

Maximilians Kopf brannte wie Feuer. Empört schnappte er sein Lehrbuch, stolperte zur Tür und riss sie weit auf. »Das werdet Ihr mir noch büßen«, rief er dem Magier gehässig zu. »Ich schwör's Euch! Das wird Folgen haben! Und Euer rotes Pulver oder was auch immer Ihr in Eurem Ledersäckchen herumtragt, ist sicherlich nichts weiter als gefärbtes Mehl. Mein Vater ist dem Geheimnis auf der Spur, Ihr könnt ihm noch lange nicht das Wasser reichen.«

Mit einem lauten Knall fiel die schwere Eichentür hinter ihm ins Schloss.

Als die Lateinschüler nach dem Unterricht durch das Karmeliterkloster nach draußen drängten, zog Faust einen dicken Brief mit einem roten Lacksiegel aus der Tasche und drückte ihn Hannah in die Hand. »Bring ihn zu Siegfried Meinhardt, dem Handlungsreisenden«, brummte er geistesabwesend, während er ein paar Schriftzeichen auf ein Pergament malte. »Er will ihn mit nach Hasslach nehmen, zum Hofastrologen Johann Virdung. Ich muss diesen Menschen einfach kennen lernen, einen, der auch in Krakau studiert hat.« Faust fuhr sich durch die wirren

Haare. Er schien in Gedanken schon in seiner Alchemistenküche zu sein, denn heute sollte neues Quecksilber aus dem Bergwerk angeliefert werden. Wie besessen hastete er davon, das aufgerollte Pergament mit den Schriftzeichen fest in der Hand. Seine Schritte hallten dumpf in dem Vorbau nach, sein dunkler Umhang wehte wie aufgeschreckt hinter ihm her.

Brutus hatte im Garten des Karmeliterklosters gewartet. Sein zotteliges Fell war längst getrocknet. Der Himmel strahlte jetzt in einem durchsichtigen Blau, als hätten die Wäscherinnen vom Fluss höchstpersönlich das Firmament rein gewaschen. Als er Hannah entdeckte, jagte er voller Freude auf sie zu. In einem der Sonnenstrahlen, die durch die hohen Bäume fielen und wie Lichtkleckse auf der Klostermauer klebten, stand Sebastian. Verlegen strich er sich die blonden Strohhaare glatt und lächelte ihr zu. Martin versuchte das Schulbuch auf dem Kopf durch den Garten zu befördern, während er die Arme weit ausstreckte. »Ich wollte schon immer Seiltänzer werden«, rief er. »Und dann werde ich von oben herab Plato zitieren und Aristoteles! Aber in deutscher Sprache, dass es jeder verstehen kann.«

»Großartige Idee«, rief Hannah und lachte. »Das wird ein Riesenereignis! Martin, der Humanist, der auf dem Seil wandelt.«

»Solange sie es mir nicht um den Hals binden …«, fügte er trocken hinzu. »Aber ehrlich, warum muss alles Wissen eigentlich nur denen vorbehalten sein, die sich in griechischer, hebräischer und lateinischer Sprache auskennen?«

»Wenigstens die Bibel müsste es in deutscher Sprache geben«, meinte Sebastian und wandte sich Hannah zu. »Wie ist es? Gehen wir noch an den Fluss? Vielleicht könnten wir ein paar Forellen fangen und sie am Lagerfeuer rösten.«

»Ich muss nur noch diesen Brief abgeben«, sagte sie, während sie Brutus streichelte. »Aber dann gerne. Martin, gehst du mit? Du kannst auch am Wasser Seiltanzen üben.«

»Wenn ich euch nicht störe?« Er streckte den Daumen hoch und grinste übers ganze Gesicht.

Als Hannah das Schreiben beim Siegfried Meinhardt abgegeben hatte, liefen sie durch die Gassen in Richtung Nahebrücke. Plötzlich hielten sie inne. Brutus schnupperte, als würden neue, aufregende Gerüche auf ihn warten. Waren da nicht ganz in der Ferne Pauken, Trommeln und Schellen zu hören?

»Vaganten!«, rief Hannah und spürte, wie ihr Puls in die Höhe jagte.

Aufgeregt rannten sie über das Kopfsteinpflaster durch die Gassen der rasselnden Musik entgegen, vorbei an Marktweibern und Waschfrauen, Bettelmönchen und Fischhändlern. Hannahs Hände fingen an zu zittern, als die alte Erinnerung sie zu überwältigen schien. Es war wie damals, als sie noch mit Theresa in der windschiefen Hütte lebte. Theresa! Hannah fasste nach dem Amulett, wieder war es so, als würde ihr ein Eisenhemd um den Brustkorb gelegt und langsam mit Schrauben enger gezogen, so wie sie es in den Folterkellern der Burg mit ihrer

Mutter getan hatten. War da nicht in den Wolken Theresas Gesicht? Ihre strahlenden Augen, das zärtliche Lächeln um den Mund? Warum musste sie nur eins der vielen Hühner aus dem Kräutergarten des Fürsten fangen und die Schüssel mit den blutigen Innereien in der Abstellkammer stehen lassen? Doch nur weil sie Hannah versprochen hatte, zur Wiederauferstehung Christi Fleisch auf den Tisch zu bringen.

Und dann waren die Vaganten gekommen, mit Rasseln und Klappern, hatten die Menschen aus den Häusern getrommelt und die hübschen Mägde mit Löwen- und Affenmasken durch die Gassen gejagt. Jongleure hatten bunte Bälle durch die Luft fliegen lassen, als würden sie von unsichtbaren Geisterhänden gelenkt.

Am Fluss hatten sie dann ihre Zelte aufgebaut, mit Tierhäuten bedeckt und an Holzpfosten festgezurrt. Eins dieser Zelte hatte Mutter Shipton* bewohnt, die in den geheimen Zeichen des Universums zu lesen wusste. Ihre klugen, braunen Augen konnten das Wesen der Dinge erkennen und die Bilder der Zukunft deuten. Sie hatte bunte, glitzernde Tücher um ihr dunkles Haar gebunden, und wenn sie lachte, gluckste es, als hätte Quellwasser zu reden begonnen. Damals war bei den Vaganten auch ein Bär mitgezogen. Der alte Konrad, der mit dem Humpelbein, hatte ihn aufgezogen und ihm Kunststücke beigebracht. Und im Käfig des Bären hatte er Hannah versteckt, als die Häscher des Landgrafen aufgebrochen waren um sie zu suchen. Hatte doch die Mutter im Folterturm endlich zugegeben eine Hexe zu sein. Demnach musste auch die Tochter den Teufelspakt besiegelt haben.

Hannah schaute ungeduldig den Vaganten entgegen. Ob es ihre Freunde von damals waren? Schon von weitem erkannte sie die Masken wieder, die den Umzug der Gaukler und Musikanten ankündigten. Straßenkinder liefen johlend neben ihnen her, Halbwüchsige kamen mit Töpfen, Löffeln und Klappern angelaufen, um bei dem Lärm mitzumachen. Ein Feuerschlucker mit nacktem, speckig glänzendem Oberkörper spuckte immer wieder die sengende Flamme hoch in die Luft. Bald roch es nach verbranntem Öl und Schweiß, nach verklebtem Urin und Kräuterwerk. Bunt gekleidete Männer mit Schafskopfmasken rannten über die Gehwege und jagten den kreischenden Mädchen nach.

Hannah schnupperte, als würde ihr ein vergessener Geruch in die Nase steigen. Und da tauchte über den Vaganten der massige Kopf eines Bären auf, der von einem schmuddeligen Schausteller weitergezogen wurde. Hannah schluckte. Sein schmutzig braunes Fell roch genauso wie der Pelz, mit dem sie sich im Bärenkäfig zugedeckt hatte, als sie von den Häschern des Landgrafen gesucht wurde. Sollte dies wirklich der Bär vom alten Konrad sein?

Jetzt schwankte er auf den Hinterbeinen an ihnen vorbei. Er hatte seinen großen pelzigen Kopf schief gelegt und wollte mit gefletschten Zähnen den Maulkorb sprengen. Ein humpelnder Alter zog ihn an einer Leine über die Gasse, während der Bär die Tatze hob und versuchte zuzuschlagen.

Konrad! War das Konrad? Hannah lief auf den Alten zu, der drehte den Kopf und grinste sie an. Zerfressene

Zahnstumpen steckten in seinem Mund, über seinem linken Auge zog sich eine tiefe Narbe. Enttäuscht ging Hannah zurück. Das war nicht Konrad, sie hatte sich geirrt. Diese Vaganten waren nicht in ihrem Dorf gewesen.

Wieder ließen bunt gekleidete Jongleure Bälle durch die Luft tanzen, Käfige wurden durch die Straßen gezogen. Dressierte Murmeltiere und Dachse, Krähen und Ziegen waren dort eingesperrt, die von den Leuten neugierig begafft wurden.

In diesem Moment schlug ein Ausrufer in blauer Samtuniform mit einem Klöppel auf einen Messingtopf. »Leute, kommt morgen am Nachmittag zu unserer Tiervorstellung! Unten am Fluss werden wir unser Lager aufschlagen! Besucht unsere einmaligen Seilkünstler, die Artisten und Feuerschlucker, die gefährlichen Tierdressuren und weit gereisten Wunderheiler. Und als einmalige Sensation wartet Mutter Shipton, die euch auf jede Frage eine Antwort geben kann.«

Hannah spürte, wie ihr Herz höher schlug. Also doch! Mutter Shipton. Unruhig stellte sie sich auf die Zehenspitzen und hielt Ausschau nach der Wahrsagerin mit ihren bunten Tüchern.

»Was ist mit dir?«, fragte Sebastian vorsichtig. »Du bist ja ganz blass?«

»Mutter Shipton, die hat mich heimlich mit aus dem Dorf genommen«, flüsterte Hannah und reckte sich.

»Siehst du sie irgendwo?«, fragte Sebastian.

Hannah schüttelte den Kopf und schaute dem Zug der bunt gekleideten Artisten nach, die den Zuschauern zuwinkten und hinter dem Salzmarkt zum Naheufer runtermarschierten. Verwirrt blieb sie stehen, bis nur noch das Rasseln, Klappern und Quäken eines Dudelsacks aus der Ferne zu hören war.

Am frühen Abend machte Hannah sich auf den Weg. Die Sonne berührte schon fast den Horizont, als sie mit Brutus ans Flussufer kam, wo die Vaganten ihre Zelte errichtet hatten. Ein Lagerfeuer brannte, Hunde balgten sich um Fleischknochen. Abgerissene Kinder spielten mit bunten Bällen und Hühnerköpfen. Hannah beobachtete eine junge Frau, die mehrere Igel zu Lehmkugeln verpackte und in die Glut warf. »Was machst du denn da?«, fragte Hannah neugierig.

Die junge Frau schaute erschrocken hoch. Ihr dunkles Haar fiel ihr lang über die Schulter. »Die Kinder haben mehrere Igel aufgetrieben. Wir haben Hunger. Ist das hier verboten?«

Hannah schüttelte den Kopf und lächelte. »Nein, aber warum packst du sie in Lehm?«

»So wird das Fleisch besonders zart. Und später können mit dem Lehm auch gleich die Stacheln aus dem Fleisch gezogen werden«, sagte sie und rieb sich kleine Lehmbröckchen von den Händen.

»Ach so«, lachte Hannah. »Weißt du, wo ich Mutter Shipton finden kann?«

Die junge Frau zeigte in die Richtung des Flusses und tatsächlich erkannte Hannah das Wahrsagerzelt schon von weitem. Es war mit magischen Zeichen bemalt, die durch das Lampenlicht im Inneren des Zeltes aus sich heraus zu leuchten schienen.

Als sie vorsichtig den Vorhang zur Seite schlug, saß die junge Mutter Shipton vor einer Kristallkugel. Bunt glitzernde Tücher schillerten im Licht einer Öllampe. Ihre Lippen waren leicht geöffnet, die Augen leer, als wäre ihr Blick davongeflogen. Kaum hatte Hannah sich ein Stückchen vorgewagt, schaute Mutter Shipton hoch. »Hannah!«, rief sie erfreut und sprang auf. Mit einer zärtlichen Umarmung drückte sie das Mädchen an sich. »Wie kommst du hierher? Wie du gewachsen bist! Und was hast du mit deinen Haaren gemacht?«

Die beiden setzten sich auf ein Tierfell und Hannah erzählte, was passiert war, nachdem Faust sie aufgelesen hatte. Mutter Shipton lauschte auf jedes Wort, während sie frisch gebrühten Kräutertee eingoss. »Dabei hatte ich dem Postkutscher Geld gegeben, dass er dich sicher nach Frankfurt bringt«, meinte sie verärgert. »Dein Onkel hätte dir sicher geholfen.«

»Und wie ist es bei dir?«, fragte Hannah. Vorsichtig schlürfte sie von dem süßen Tee.

Mutter Shipton gluckste leise und deutete auf ihre Kristallkugel. »Die Bilder lassen mich nicht los. Stell dir vor, erst eben sah ich ein Gefährt, das ohne Pferde fahren konnte.«

»Ohne Pferde?«, fragte Hannah ungläubig.

»Ja, es wird anders voranbewegt. Ich habe es deutlich gesehen. Und es wird auch sein, dass die Gedanken der Menschen mit Geräten rund um die Welt fliegen können, so schnell wie ein Augenzwinkern. Aber das interessiert die Leute nicht.«

»Was wollen die denn wissen?«

Mutter Shipton lächelte gutmütig. »Na, was wohl? Wer hat die Kuh gestohlen? Hat der Mann sie betrogen? Wie wird die Ernte? Warum hat der Alte keinen Stuhlgang? Das ist was für Brigitta!«

»Du meinst die andere Wahrsagerin?«

»Ja, die hat nicht das andere Gesicht.« Die Wahrsagerin zog ihre glitzernden Tücher tiefer in die Stirn. »Für sie sagt eine Falte über dem linken Auge einen gewaltsamen Tod voraus. Eine Narbe über dem rechten Auge kennzeichnet den Abenteurer. Vorstehende Zähne bedeuten, dass man zu Wutausbrüchen neigt, und dicke Lippen machen einen zum Lügner. So redet nur jemand, der nichts von den Dingen versteht.«

Die beiden sahen sich verschmitzt an und lachten. Mutter Shipton streichelte ihr zärtlich übers Haar. Wieder trafen sich ihre Blicke, doch jetzt lag eine unsägliche Trauer darin. Beide wussten, dass sie diesmal zurück in die Vergangenheit reisten, zu dem Dorf, wo Hannah mit Theresa gewohnt hatte.

»Du musst keine Angst mehr haben«, flüsterte Mutter Shipton. »Die Schergen des Landgrafen haben dich längst aus den Augen verloren. Sie können dir nichts mehr anhaben. Du brauchst dich nicht mehr zu verstecken! Ich weiß es. Die guten Kräfte des Himmels werden dir helfen.«

Hannah griff nach dem Amulett. Mit einem Mal fühlte sie sich so eng mit Theresa verbunden, als stünde sie neben ihr. Was wohl mit den Seelen nach dem Tod passierte, ging es Hannah durch den Kopf. Ob Theresa über sie wachte? Nachdenklich sah sie zu Brutus hinüber, der sich dicht zu ihr gelegt hatte. Seine dunklen Augen blitzten zwischen den herunterhängenden Haarfransen hervor und verfolgten jede ihrer Bewegungen. »Was ist eigentlich mit dem alten Konrad?«, fragte Hannah nach einer Weile. »Ist er krank? Wer hat den Bären an der Leine geführt?«

Mutter Shipton legte den Arm um das Mädchen und zog sie an sich. Hannah schnupperte. Die bunten Tücher dufteten nach kostbaren Ölen aus fernen Ländern. »Der Bär hat Konrad mit der Tatze den Rücken gebrochen«, sagte die weise Frau. »Er konnte noch den kleinen Griff am Halsband ziehen.«

Hannah schluckte. »Du meinst, den vom Würgehalsband?«

»Genau. Er hat ihm damit noch die Luft abgeschnitten, aber es war schon zu spät.« Mutter Shipton sprach ganz leise, während sie Hannah sanft über das Haar strich. »Wir haben Konrad dann in den Wäldern begraben. Alle haben mit Fackeln an seinem Grab gestanden, die Jongleure mit ihren Bällen, die Tänzerinnen in ihren samtenen Kleidern, der Feuerspucker, die Vaganten mit ihren Affen- und Stiermasken. Es war am späten Abend und die Blätter und Bäume glänzten im Fackellicht, als stünden wir in einer Kathedrale. Wir haben uns geschminkt und herausgeputzt, als würden wir am Königshof auftreten. Zum Abschied haben wir sein Lied gesungen. Kennst du es noch?«

Hannah nickte. Leise summte sie die wehmütigen Töne, die wie schwere Tropfen in der Luft hingen.

Mutter Shipton schüttelte den Kopf, als wollte sie alte Erinnerungen abschütteln. Die bunt schillernden Tücher rutschten auf die Erde. »Und du?«, sagte sie mit glucksendem Lachen, während sie die Tücher aufhob. »Hast du Fragen über die Zukunft?«

Hannah nickte und sagte zögerlich: »Irgendjemand versucht mich umzubringen ...«

Mutter Shipton sah sie besorgt an und setzte sich vor ihre Wahrsagekugel. Das Licht der Öllampe ließ ihr Gesicht kalkweiß erscheinen, ihre Augen wurden gläsern, als ihr Blick in das schimmernde Kristall der Kugel eintauchte. Wie mit einer fremden Stimme raunte sie: »Ich sehe Rauch, viel Rauch. Dazwischen blitzt ein goldener Ring auf. Ein Ring mit einer Schlange ...« Hannah fuhr es eiskalt über den Rücken. »Ein Kreuz! Ein Kreuz wird über dich gehalten!«, fuhr Mutter Shipton fort. »Ich sehe einen Mann mit rötlichen Haaren, er trägt eine Tonsur. Er will dich zerstören. Aber das Gebet... Was ist mit dem Gebet?« Mutter Shipton kniff die Augen zusammen und fuhr sich übers Gesicht. »Ich bin müde, Hannah. Ich kann die Bilder nicht mehr halten. Komm in zwei Tagen am Nachmittag, dann sind die Feste vorbei und wir können uns alle Zeit der Welt nehmen.«

Als Hannah später mit Brutus zurück in ihr Fachwerkhaus kam, flackerte in der Alchemistenküche noch Licht. Hannah schlich auf Zehenspitzen hinunter. Faust stand vor den Kolben und feuerte mit dem Blasebalg aus Ziegenleder das Feuer im Ofen weiter an, um es auf einen hohen Hitzegrad zu bringen. Seine Augen wirkten übernächtigt und lagen wie in dunklen Höhlen, sein Gesicht war gelblich bleich. In den Behältnissen blubberte es, eine der

Phiolen war milchig angelaufen. Wie in Trance hantierte er, schüttete und schüttelte, bis er ein kugelförmiges Glasgefäß in den Händen hielt, in dem eine seltsam rötliche Substanz schimmerte. Aus der Seite ragte ein Röhrchen in die Höhe, das in einer weiteren gläsernen Kugel endete. »Das Alchemistenei!« Seine Stimme klang fast ehrfurchtsvoll. Gehetzt sprach er weiter: »Hannah! Bring mir vom Pferdemist, der im Garten abgeladen wurde.«

»Pferdemist?« Hannah starrte ihn ungläubig an. »Mitten in der Nacht?«

»Nun mach schon!«, knurrte er gereizt. »Der Gärungsprozess wird die Substanz gleichmäßig warm halten.«

Hannah nahm Eimer und Schaufel und beförderte nach und nach einen Haufen Pferdemist in die äußerste Ecke des Kellers. Faust schob das verschlossene Glasei hinein. »Es geht in die Unterwelt, verstehst du?« Mit zitternden Fingern griff er nach Hannahs Amulett. »Der Löwe frisst die Sonne. Die Substanz muss jetzt in der Dunkelheit reifen. Vierzig Tage, die Wochen der Weisen. Wir müssen achten, dass sie immer die gleiche Temperatur behält, verstehst du? Sonst ist alles misslungen und ich kann von vorne beginnen.«

»Aber was passiert denn da jetzt?«, fragte Hannah nach. »Und wozu ist das Röhrchen da?«

Faust gähnte und winkte ab. »Das wirst du schon noch früh genug erfahren!«

Erschöpft stapfte er die schmale Kellertreppe hoch und ließ sich in der Küche auf einen Stuhl fallen. Gierig griff er nach einem Glas Wein und trank es in einem Zug leer. Er wirkte um Jahre gealtert. Die Haare klebten an seinem

Kopf. Die Augen schienen aus den Höhlen hervorzutreten. Dann ließ er einfach den Kopf auf die Arme fallen, als hätte ihm jemand einen Schlag auf den Hinterkopf versetzt, und schlief augenblicklich ein. Sein Schnarchen dröhnte durchs ganze Haus. Trotzdem schlich Hannah auf Zehenspitzen hoch in ihre Kammer. Vom Mond war heute nur eine ganz schmale Sichel zu sehen, als hätte ein Himmelsmaler einen halbrunden Hauch von Glanz ans Firmament gepinselt. Sebastian würde sicherlich schon schlafen. Jetzt spürte auch sie die bleierne Müdigkeit in ihrem Körper. Kaum lag sie auf ihrer Strohmatratze, war sie in einen tiefen, traumlosen Schlaf gefallen.

Am nächsten Tag war Faust längst vor Sonnenaufgang wieder im Alchemistenlabor, um Feuer zu schüren und die Hitze zu überprüfen. Die Lateinstunden im Karmeliterkloster hielt er nur halbherzig ab. Er überhörte sogar, als jemand Maximilian krank meldete. Geistesabwesend lief er hin und her, die Hände hatte er tief in den Taschen seines Umhangs vergraben. Dann stürzte er plötzlich ans Pult, notierte mit Kohlestiften etwas, um schließlich wieder in tiefes Grübeln zu verfallen. Die Schüler blieben regungslos sitzen, als spürten sie die explosive Spannung, die in der Luft lag.

Hannah musste direkt nach der Schule zurück ins Labor, um ihm zu helfen. Ihr blieb kein Moment Zeit, um die Vaganten am Fluss zu besuchen.

Als Faust am folgenden Morgen die Lateinklasse betrat, wirkte er fahrig und unkonzentriert. Das Gesicht war unrasiert, die Finger rieb er vor Ungeduld aneinander. Trotzdem waren seine Augen hellwach. Dann trat er ans Lehrerpult und erklärte: »Wir werden jetzt eine neue Form des Lernens entwickeln! Ab jetzt soll euch alles einfacher fallen. Ihr hört jetzt genau zu! Ganz genau! Hört auf jedes Wort, das ich euch sage. Auf jedes einzelne Wort!«

Im Klassenraum wurde es still, nur ein paar Fliegen surrten gegen die Fensterscheiben. Ein kaum wahrnehmbares Flirren lag in der Luft. Der Magier hatte die Hände erhoben, als wollte er aus den Handflächen unsichtbare Kräfte wachsen lassen. Die Lateinschüler wirkten wie benommen, schauten ihm aus starr geöffneten Augen zu, als hätten sie von den getrockneten Pilzen genommen, die die Sinne veränderten. Martins Unterlippe hing herunter, die Zungenspitze lag wie ein rosiges Stückchen Fleisch auf der aufgesprungenen Haut. Sebastian schien kaum zu atmen. Er hielt Hannahs Hand fest umklammert und stierte bewegungslos nach vorne.

»Jedes einzelne Wort werdet ihr festhalten«, fuhr Faust mit beschwörender Stimme fort, »als wäre es ein unwiederbringlicher Schatz, den es aufzubewahren gilt.«

Die Lateinschüler deuteten ein Nicken an, während sie wie gebannt auf den Magier starrten, der leise zu rezitieren begann: »Gallia est omnis divisa in partes tres, quarum unam incolunt Belgae, aliam Aquitani, tertiam qui …«

Er sprach eine lange Zeitspanne, so lang etwa wie der Weg von der Poststation über den Eier- und Salzmarkt über die Nahebrücke bis zum Kornmarkt und wieder zurück. »So, und jetzt wiederholt den Text des *Gallischen Krieges*, den ich euch vorgegeben habe«, meinte er endlich und schaute immer wieder in Richtung seines Hauses. Die Lateinschüler wiederholten mit leisem Murmeln den vorgegebenen Text ohne sich ein einziges Mal zu verhaspeln. »Das wäre es für heute«, schloss Faust den Unterricht. Er packte ein paar Bücher zusammen, während die Schüler sich streckten und gähnten. »Das werdet ihr nicht mehr vergessen.« Er drängte zum Ausgang. Hannah beobachtete durchs Fenster, wie sich die hohe Holztür in der Klostermauer hinter ihm schloss.

»Warum lernen wir nicht öfter auf diese Art und Weise«, grinste Martin. »Wie wir lernen, ist doch egal. Hauptsache, wir bekommen es in den Kopf.«

Sebastian lachte. »Du hast völlig Recht! Und als Erstes sollte Hypnose als Grundfach in der Schule eingerichtet werden!«

Zusammen verließen sie die Schule, Brutus sprang ihnen draußen vor der Klostermauer freudig entgegen. »Was ist? Gehen wir noch zum Buchbinder? Er soll neue Schriften zum Verkauf anbieten«, meinte Sebastian.

Martin schüttelte den Kopf. »Ich muss meinem Vater helfen einen neuen Stall zu bauen.«

»Und ich will noch zu den Vaganten ans Flussufer«, meinte Hannah.

»Kann ich da mitkommen?«, fragte Sebastian vorsichtig.

Hannah nickte und die drei verabschiedeten sich. Bevor Martin in der Nebengasse verschwand, streckte er noch einmal den Daumen in die Luft.

Als Hannah und Sebastian ans Flussufer kamen, sahen sie schon von weitem, dass die Zelte der Vaganten abgebaut waren. Das niedergetrampelte Gras lag leer, kein Mensch war weit und breit zu sehen. Nur die Reste eines verkohlten Feuers waren zurückgeblieben, daneben lagen aufgebrochene Lehmbrocken, in denen Igelstachel steckten.

»Wo können sie hingegangen sein?«, fragte Hannah verzweifelt. »Ich hatte mich doch mit Mutter Shipton verabredet …«

»Du weißt, dass Vaganten nicht gerne gesehen sind«, versuchte Sebastian sie zu trösten. »Vielleicht haben sie Schwierigkeiten mit der Stadt bekommen.«

In diesem Moment entdeckte Hannah ein bunt schillerndes Tuch, das am Ast einer hohen Buche festgebunden war. Es wurde vom Wind hochgepustet und flatterte wie eine Seidenfahne auf und nieder. »Das ist bestimmt von Mutter Shipton!« Hannah lief darauf zu und knotete es ab. Tatsächlich roch es nach wertvollen Ölen aus dem Orient. Vorsichtig faltete sie es zusammen und steckte es zu den anderen kostbaren Erinnerungsstücken in ihren Lederbeutel.

Hand in Hand schlenderten sie zum Flussufer und setzten sich zu den großen Steinbrocken, die von den vielen Überschwemmungen ganz glatt gespült worden waren. Schweigend schauten sie aufs Wasser, das schwerfällig davonfloss, als würde es mit gewaltiger Kraft weitergeschoben, weiter durch die Bogenbrücke mit den Brückenhäusern und dem Gefängnis, das mit seinem spitzen Giebel in den Himmel ragte.

»Wo es wohl morgen sein wird?«, sagte Hannah nachdenklich. »Es fließt bestimmt ins Meer, dann in die großen Ozeane. Vielleicht nach Indien. Nach Afrika, wer weiß. Flüsse sind wie Vaganten. Sie ziehen ständig umher und kommen nie zur Ruhe.«

Sebastian lächelte verschmitzt. Seine blonden Haare standen ihm struppig vom Kopf ab. »Aber manchmal wird aus dem ziehenden Fluss auch ein stehendes Gewässer, ein Teich, ein See, wie bei euch. Ich bin jedenfalls froh, dass du hier untergekommen bist und es dich nicht in ferne Länder verschlagen hat.«

Verstohlen fasste er nach ihrer Hand und drückte sie fest. Es war wie eine stillschweigende Abmachung, ein Versprechen, das weit in die Zukunft reichte. Hannah schaute in den Himmel. Ganz hoch oben zogen zwei Adler mit weit ausgebreiteten Schwingen ihre Kreise. Der Himmel war von bleiernen Wolkenschlieren durchzogen und die Luft schmeckte plötzlich stickig und fahl, als hätte man verrottete Blätter aus dem Brunnenwasser gefischt.

»Was wohl mit Maximilian ist?«, fragte Hannah leise, als ahnte sie etwas von dem Unwetter, das sich nicht nur am Horizont zusammenballte.

»Was soll sein?« Sebastian warf ein paar Steinchen ins Wasser, es gluckerte leise. Das eintönige Rauschen des Flusses schien alle Geräusche zu verschlucken. Es war unwirklich still. Selbst die Vögel schienen sich in die Wälder zurückgezogen haben. »In ein paar Tagen ist er wieder in der Schule und es wird alles so sein wie früher.«

»Das glaube ich nicht«, meinte Hannah zaghaft, während Brutus sie mit großen Augen anschaute. »Nichts wird mehr so sein, wie es früher war.«

Noch lange schauten sie auf die dahintreibende Strömung, in der sich eisgrau der wolkenbedeckte Himmel spiegelte.

Als Hannah am späteren Nachmittag mit Brutus in die Gasse einbog, die zu ihrem Fachwerkhaus führte, stand die Kutsche des Franz von Sickingen vor der Tür. Der Kutscher tätschelte dem jungen Hengst, der auf dem Kopfsteinpflaster hin und her tänzelte, beruhigend das Fell. Das Klappern seiner Hufe hallte wie aufgeschreckt durch die Gassen. Brutus fing an leise zu winseln, ein Schwarm Tauben flatterte auf und flog verstört davon. Schon als Hannah die steinernen Stufen ihres Hauses hochlief, schlug ihr Fausts erregte Stimme entgegen. »Was erdreistet sich der Kerl?«, donnerte er. »Wie kann er solch ein Komplott schmieden!«

»Irgendjemand muss ganz gezielt die Gerüchte in der ganzen Stadt verbreitet haben«, hörte sie die traurige Stimme von Sickingen. »Jedenfalls weigert man sich Euch weiterhin die Lateinschüler anzuvertrauen. Sie haben es mich durch einen Abgesandten wissen lassen.« Hannah blieb wie erstarrt stehen. Sie wagte kaum zu atmen, um kein Wort zu verpassen. Brutus stand neben ihr, ruhig, ohne sich zu bewegen. »Ich kann Euch nicht mehr halten, Faust«, fuhr Sickingen leise fort. »Nicht als Leiter der Lateinschule! Ihr dürft nicht vergessen, ich bin der Amtmann der Stadt.«

Faust war seines Amtes enthoben? Hannah fühlte sich, als wollte ihr Herz verbrennen. Ihr Magen schien sich zu einem Klumpen zu verkrampfen, ein dumpfes Brausen hallte durch ihren Kopf. Also doch! Die dunkle Ahnung der letzten Tage hatte sich bewahrheitet. Oder war alles doch nur ein böser Traum? Wie benommen ging sie zur Küche, Brutus blieb dicht bei ihr. Die beiden Männer hockten am Tisch und starrten auf die Holzdielen. Faust stützte seinen Kopf in die Hände. Er zitterte, sein ganzer Körper schien in Aufwallung.

»Lieber Faust, Ihr werdet weiterziehen müssen«, erklärte Sickingen mit tonloser Stimme, »bevor eine aufgebrachte Menge Euch das Haus anzündet.«

»Das Haus anzünden? Was hat das alles zu bedeuten?«, fragte Hannah mit leiser Stimme.

Faust schaute hoch. Sein Gesicht wirkte verzerrt, dann fing er schallend an zu lachen. Es klang grässlich, als wäre ihm der Teufel in den Leib gefahren. »Virdung hat unseren werten Abt Trithemius um seine Meinung über mich gebeten! Ausgerechnet Abt Trithemius!« Er nahm ein Schriftstück und reichte es Hannah. »Und das hier ist seine Antwort, ein Glanzstück, ein Meisterwerk! Hier, lies selbst! Freunde von Sickingen haben heimlich eine Abschrift davon gefertigt. Da, lies!« Faust wirkte wie benommen, seine Augen funkelten gefährlich. Mit seinen Fingerspitzen trommelte er ungeduldig auf die Tischplatte. »Nun lies endlich, lies laut!«, fuhr er sie gereizt an. »Ich will es noch einmal hören!«

Hannah räusperte sich und flüsterte: »Brief von Abt Trithemius an Johann Virdung: Jener Mensch, über welchen du mir schreibst …«

»Lauter!«, donnerte Faust sie an. »Mit ›jener Mensch‹ bin ich gemeint! Ich will jedes einzelne Wort hören, in mich aufsaugen, jedes einzelne Wort soll wie Samen in mir Wurzeln schlagen und eines Tages mit aller Macht zurückschlagen! Die Säue werden sich noch über die Herren erheben! Lies! Lies laut und deutlich!«

Hannah wechselte einen kurzen Blick mit Sickingen, der betroffen zu Boden schaute. Mit klarer Stimme las sie weiter, während Faust die Augen schloss, um auch die kleinste Herabwürdigung in sich aufnehmen zu können: »Jener Mensch, über welchen du mir schreibst, Georg Sabellicus, welcher sich der Fürst der Nekromanten zu nennen wagte, ist ein Landstreicher, leerer Schwätzer und betrügerischer Strolch, würdig ausgepeitscht zu werden, damit er nicht ferner mehr öffentlich verabscheuungswürdige und der heiligen Kirche feindliche Dinge zu lehren wage. Denn was sind die Titel, welche er sich anmaßt, anderes als Anzeichen des dümmsten und unsinnigsten Geistes, welcher zeigt, dass er ein Narr und kein Philosoph ist. So machte er sich folgenden Titel zurecht: Magister Georg Sabellicus Faust der Jüngere, Quellbrunn der Nekromanten, Astrologe, Zweiter der Magier, Chiromant, Aeromant*, Pyromant*, Zweiter in der Hydromantie. – Siehe die törichte Verwegenheit des Menschen: Welcher Wahnsinn gehört dazu, sich die Quelle der Nekromantie zu nennen?«

Mit einem Satz war Faust auf den Beinen. Sein Schatten tanzte wie ein gigantischer Koloss über die Wände. »Betrug!«, schrie er. »Hier seht ihr die Bösartigkeit dieses hinterhältigen Schreiberlings. Er unterstellt mir, ich würde mich die Quelle der Nekromantie nennen. Und ein paar Zeilen davor betitelt er mich: Quellbrunn der Nekromanten. Das ist etwas ganz anderes.«

»Setzt Euch«, versuchte Sickingen ihn zu beruhigen. »Wir wissen doch, was der Abt mit diesem Schreiben bezweckt. Wenn Virdung klug genug ist, wird ihm das auffallen.«

Hannah räusperte sich und fuhr fort: »Aber mir ist seine Nichtswürdigkeit nicht unbekannt. Als ich im vorigen Jahr aus der Mark Brandenburg zurückkehrte, traf ich diesen Menschen in der Nähe der Stadt Gelnhausen an, wo man mir in der Herberge viele von ihm mit großer Frechheit ausgeführte Nichtsnutzigkeiten erzählte. Als er von meiner Anwesenheit hörte, floh er alsbald aus der Herberge und konnte von niemandem überredet werden sich mir vorzustellen ...«

Faust sprang wieder auf und dröhnte. »Habt ihr das gehört? Ich soll aus der Herberge geflohen sein? Ich, der ich versucht habe seine Wichtigkeit kennen zu lernen ...«

Sickingen drückte ihn vorsichtig auf den Stuhl zurück und nickte Hannah zu weiterzulesen. Zögernd fuhr sie fort: »Wir erinnern uns auch, dass er uns durch einen Bürger die schriftliche Aufzeichnung seiner Torheit überschickte ...«

»Hannah, dieser Bürger, der bist du!« Faust blickte sie mit unschuldsvollen Kulleraugen an und fügte mit höhnender Stimme hinzu. »Und was hat er geantwortet, unser werter Abt? Hannah, du hast es miterlebt! Er wolle keine Perlen vor die Säue werfen! ... Lies weiter!« Er streckte seine Beine störrisch unter dem Tisch aus und starrte an die Küchendecke.

»In jener Stadt erzählten mir Geistliche, er habe in Gegenwart vieler gesagt, er habe ein so großes Wissen und

Gedächtnis aller Weisheit erreicht, dass, wenn alle Werke von Plato und Aristoteles samt all ihrer Philosophie durchaus aus des Menschen Gedächtnis verloren gegangen wären, er sie wie ein zweiter Hebräer Esra durch sein Genie sämtlich und noch treffender wiederherstellen wolle.«

Faust sprang auf. Wie aufgestachelt lief er in der Küche hin und her. »Wie töricht von ihm, mir nicht zu glauben. Nur weil er den größten Schwachsinn in seinen Werken verbreitet, muss er andere niedrig drücken, um selbst als der geläuterte Kronprinz aller Philosophen dazustehen.« Mit einem kurzen Kopfnicken gab er Hannah das Zeichen, mit dem Lesen fortzufahren.

»Als ich mich später in Speyer befand, kam er nach Würzburg und soll sich in Gegenwart vieler Leute mit gleicher Eitelkeit gerühmt haben, dass die Wunder unseres Erlösers Christi nicht erstaunenswert seien. Er könne alles tun, was Christus getan habe, so oft und wann er wolle.«

»Na, was habe ich damals gesagt?«, fuhr Faust dazwischen und starrte Hannah an. »Dieser Pfaffe in der Gaststätte war ein Spitzel und hat dem Abt alles brühwarm erzählt! Aber jetzt! Jetzt kommt es! Lies weiter!«

Hannah atmete tief durch und fuhr fort: »In den Fasten dieses Jahres kam er nach Kreuznach, wo er sich in gleicher großsprecherischer Weise ganz gewaltiger Dinge rühmte und sagte, dass er in der Alchemie von allen, die je gewesen, der Vollkommenste sei und wisse und könne, was die Leute nur wünschten. Während dieser Zeit war die Schulmeisterstelle in gedachter Stadt unbesetzt, welche ihm auf Verwendung von Franz von Sickingen, dem Amtmann deines Fürsten, einem nach mystischen Dingen überaus gierigen Manne, übertragen wurde. Aber bald darauf begann er mit Knaben die schändlichste Unzucht zu treiben und entfloh, als die Sache ans Licht kam, der ihm drohenden Strafe.«

Faust fing wieder dröhnend an zu lachen. Tränen standen ihm in den Augen. »Ein wahrlich prophetischer Mann! Er weiß, dass ich entfliehe, bevor ich überhaupt etwas von der Sache erfahren habe!«

Wie trunken sackte er in sich zusammen. Die lockigen Haare fielen ihm ins Gesicht. Ganz ruhig saß er da, als hätte er die Dämonen, die seinen Körper erzittern ließen, endlich wieder gebannt und zurück in die Hölle gejagt. In diesem Moment erhob sich Sickingen und schaute aus dem Küchenfenster. War da nicht das Rufen des Kutschers zu hören gewesen?

Hannah las den letzten Satz des Schreibens mit leiser Stimme: »Das ist es, was mir nach dem sichersten Zeugnis von jenem Menschen feststeht, dessen Ankunft du mit so großem Verlangen erwartest.«

Faust saß regungslos. Das dicke Talglicht auf dem Küchentisch brannte ruhig. Der schwarze Docht steckte wie ein Teufelsmal in der bläulichen Flamme, die sich rußend nach oben streckte.

Plötzlich waren Schreie zu hören. Sickingen riss das Fenster auf, draußen wieherte der Hengst und bäumte sich auf. Das unruhige Klappern der Hufe hallte wie ein Signal durch die Gasse. »Da ganz hinten sammelt sich die Meute«, rief der Kutscher in die Küche herein. »Mit Fackeln und Schlagstöcken. Es müssen wohl schon an die hundert sein.«

Sickingen rannte auf Faust zu und umarmte ihn zum Abschied. »Packt, was Ihr noch tragen könnt, und dann lauft los, dass sie Euch nicht erwischen. Wir sehen uns wieder, das verspreche ich Euch!« Er lief aus dem Haus, Wagentüren klappten und schon fuhr die Kutsche los.

»Pack deine Sachen«, rief Faust Hannah zu. »In drei Minuten bist du wieder unten! Hinter dem Haus steht der Handkarren. Wirf alles hinein. Oder ... willst du hier bleiben?«

Hannah zögerte kurz. Dann schüttelte sie den Kopf und rannte die Treppe hoch. Sie warf ihre Sachen in eine kleine Holzkiste, die Leinenhemden, Schuhe und Westen, legte die Töpfe mit Salben und Kräutern dazu und das Elfenbeinkästchen mit dem Hirschhornkäfer, den sie von Sebastian geschenkt bekommen hatte. Hannah schluchzte lautlos, Tränen liefen ihr über die Wangen. Ihre Kehle war wie zugeschnürt, ihr war, als müsste sie ersticken. Brutus saß an der Tür und winselte leise. Von weitem hörte sie johlendes Geschrei, Pfeifen und Trommeln.

»Hannah«, rief Faust mit unterdrückter Stimme. »Wo bleibst du? Lass deine Sachen, wir müssen los oder willst du dich massakrieren lassen?«

Hannah wischte sich trotzig über die Augen, hastete mit der kleinen Kiste die Holztreppe hinunter, aber die grölende Meute hatte das Haus schon erreicht. Durch das Küchenfenster waren die lodernden Fackeln zu sehen, deren greller Schein wie ein Teufelsschweif über die

Wände wischte. Ein Trupp von Männern und Frauen kam die Gasse entlang, sie trugen Knüppel in den Händen, Sensen und Mistgabeln.

Atemlos stellte Hannah die Kiste ab und starrte auf die Haustür, das Flammenlicht schob sich wie ein flirrender Streifen unter der Türschwelle durch. Sie hielt die Hände fest auf den Mund gepresst. Wann würden sie mit der Axt die Tür einschlagen? Wann würden die Fensterscheiben mit einem gewaltigen Klirren zerbersten? Faust stellte sich schützend vor sie, Brutus wartete regungslos.

Da hörten sie, dass die Menschen am Haus vorbeizogen. Hannah und Faust sahen sich fassungslos an und lauschten. Tatsächlich marschierte die johlende Meute weiter, ihre Schritte verhallten auf dem Pflaster, sie wanderten mit Fackeln, Schlagstöcken und Mistforken zur Nahe hinunter.

»Los, wir verschwinden!« Der Magier rannte hoch in seine Kammer, zerrte seine Holzkiste zur Treppe und zog sie unter Poltern und Scheppern die Stiege hinunter.

Hannah huschte ein letztes Mal in ihre Kammer, um Abschied zu nehmen. Sie ließ ihren Blick über die Strohmatratze schweifen, über die Wandschränkchen und den Dielenfußboden, auf dem sie entlanggetanzt war.

Als sie aus dem Fenster sah, entdeckte sie, dass die Meute am Fluss entlang zur Bogenbrücke mit den Brückenhäusern marschierte. Dort hatten sich schon Menschen zusammengerottet und hielten drohend Knüppel in die Luft. Boote wurden zu Wasser gelassen. Die Lichter der lodernden Fackeln tanzten wie gleißende Flammen über die Wellen, als wollten sie den Höllenfürsten leibhaftig aus der Unterwelt hervorlocken. Hannah stutzte. Baumelten da nicht zwei lange Stricke aus einem der Gefängnisfenster in den Fluss hinein? Wie eine düstere Prophezeiung hoben sie sich vor dem frühen Abendhimmel ab.

»Los, Hannah!«, drängte der Magier. »Wir müssen packen, ehe sie es sich anders überlegen.«

Wieder spürte sie, dass ihr Tränen in die Augen stiegen. Aus der Ferne hörte sie aufgebrachte Schreie und Rufe. Mischte sich darunter nicht die grelle Stimme von Maximilian?

Fieberhaft suchten sie im Alchemistenkeller Mixturen, Substanzen, Quecksilber, Phiolen und Gläser zusammen, packten Lebensmittel, Pfannen und Töpfe und verfrachteten alles mitsamt der Eichentruhe und Hannahs Kiste auf den Handkarren. Brutus hatte sich neben eins der Räder gehockt und verfolgte mit wachen Augen das Geschehen.

Ein letztes Mal ließ Faust seinen Blick durch den Alchemistenkeller schweifen, über Gläser mit gelblichen und flockigen Substanzen, über Glasröhrchen, die bauchige Kolben miteinander verbanden, über den gemauerten Ofen mit seiner Feuerstelle. Dunkle Asche hatte sich schon über die Glut gelegt und würde sie bald ersticken. Das Alchemistenei lag zerschlagen auf dem Boden, eine rötliche Flüssigkeit sickerte durch die Steine. Faust wirkte erschöpft, die Augen lagen wie in tiefen Schattenhöhlen. Das dunkle Haar hing ihm strähnig ins Gesicht, der stoppelige Bart ließ ihn kränklich erscheinen.

»Das nächste Mal«, sagte Hannah mit sanfter Stimme. »Das nächste Mal werdet Ihr es sicherlich schaffen.«

Mit müden Augen sah er sie an. Seine Lippen zuckten, schmunzelnd zog er einen Mundwinkel hoch. »Und Sebastian werden wir eine Nachricht zukommen lassen!«, brummelte er und legte tröstend den Arm um sie.

Dann zogen sie mit dem Karren hinaus in die Abenddämmerung.

Die alte Frau erschrak. Der Gänsekiel war ihr aus der Hand gefallen. Die Feder lag wie zerrupft auf der Schreibtischplatte, hatte sie doch die ganze Nacht durchgeschrieben. Die Finger schmerzten, die Druckstellen brannten. Vorsichtig massierte sie ihr verkrampftes Handgelenk. Es roch nach verbranntem Talg, die letzte Kerze war soeben erloschen. Zungen wie aus Milchglas sickerten vom Kerzenstumpf über den gusseisernen Kerzenhalter und tropften auf den Tisch. Zersprenkelte Fladen blieben dort haften. Allmählich wurde es hell in der Klosterzelle. Das glühende Morgenrot schob sich langsam über den Himmel, die Sonne würde bald über das Firmament wandern. Wieder nahm sie eine gekrümmte Nadel aus dem Haar und zog damit an dem kleinen Ring, der unter dem Eichentisch angebracht war. Sofort gab der Mechanismus die geheime Schublade frei.

Die alte Frau nahm die eng beschriebenen Blätter der letzten Nacht und legte sie zu den anderen. Das fasrige Papier knisterte leise, als sie den Stapel zusammendrückte. In diesem Augenblick waren leise Schritte zu hören, es klopfte vorsichtig gegen die Tür. »Du musst aufstehen!«, eine dunkle Stimme war zu hören. »Bist du wach?«

Die alte Frau schlurfte zu der wuchtigen Kammertür und drehte den Schlüssel. Er quietschte leise im Schloss. Vor der Tür stand Bruder Martin. »Sie werden gleich die Kammern ausräuchern«, sagte er leise und beugte den Kopf zu ihr herunter. Seine Tonsur am Hinterkopf war frisch aus dem grauen Lockenhaar herausrasiert. »Du musst dich vorsehen.«

Verstohlen steckte er ihr eine neue Talgkerze zu. Die alte Frau lächelte ihm zu. Ein Hauch von Zärtlichkeit huschte über ihr Gesicht. »Ich danke dir für alles. Hast du schon Nachricht von der Kutsche bekommen?«

Bruder Martin nickte. Zarte Falten zogen sich über seine Stirn. Seine Bäckchen wölbten sich verschmitzt, als er leise lachte. »Sie wollen die ganze Nacht durchfahren und dich morgen früh abholen …« Dann räusperte er sich und flüsterte: »Weißt du noch? Das Rutenfest?«

Die alte Frau kicherte unbeschwert wie ein junges Mädchen und drückte die Hand auf die Lippen. Ihre trüben Augen schienen noch einmal in die Welt der Vergangenheit einzutauchen, während sie das blitzende Amulett umfasste, das um ihren Hals hing. »Und die Streifzüge durch die Wälder …«

»Wie Faust dem Maximilian das Buch von Sabellicus empfohlen hat …«

»Die Lagerfeuer am Fluss, mit den gegrillten Fischen …«

In diesem Moment hallten Stimmen durch den Gang. »Sie kommen!« Bruder Martin drückte ihr einen hastigen

Kuss auf die Wange. »Und wenn sie misstrauisch werden, zeig ihnen, dass du das Vaterunser beten kannst.« Lautlos hastete er davon. Das wehende Gewand der Benediktinermönche schien die Geräusche seiner Schritte auf dem Steinfußboden zu verschlucken.

Jetzt kamen mehrere Priester in dunklen Gewändern, ihre Gesichter waren wie versteinert. Der eine hielt ein Kreuz, drei andere schwenkten Weihrauchfässer. Der weiße Rauch zog wie schwelender Nebel durch die Gänge.

Die Geheimschublade!, schoss es der alten Frau durch den Kopf. Sie hastete zurück in ihre Kammer, stellte die Talgkerze ab, drückte die Papiere noch einmal zusammen und schob das Fach zurück in die Verankerung. Es klickte leise und im nächsten Augenblick betraten fünf Priester in dunklen Talaren die Kammer, das Kreuz hoch erhoben, die drei rauchenden Weihrauchfässer zwischen den Fingern. »Gibt es hier noch Gegenstände, die an den Teufelsbündler erinnern?«, fragte einer mit harscher Stimme. Seine Augen starrten sie unter verquollenen Schlupflidern an. Sein Gesicht war fiebrig aufgedunsen, als sammelten sich alte Körpersäfte unter der Haut.

Die Frau schüttelte zögernd den Kopf. Ihre feinen Gesichtszüge schienen unbeweglich. Der graue Zopf fiel ihr über die Schulter. Sie fröstelte und zog sich die wollene Joppe enger über die Schultern. Plötzlich entdeckte sie, dass sich ein Bogen beschriebenes Papier in der geheimen Schublade verklemmt hatte. Weißlich blitzte die Kante am Schreibtisch auf, als wollte sie die Alte für ihre Lügen bestrafen. Wie zufällig schlenderte sie zum

Schreibtisch und verdeckte das Papier mit ihrem langen Kleid.

Ein Priester mit rötlichen Haaren hielt das schwere Holzkreuz hoch über sie, als wollte er so den Dämon bannen. Sein glattes, altersloses Gesicht war mit braunen Flecken überzogen, dazwischen zeigten sich blasse Sommersprossen. Über seiner Oberlippe hatte sich eine dickliche Warze gebildet. Jetzt hob er das Kreuz gegen alle vier Wände, die Decke und den Steinfußboden, während die anderen lateinische Verse murmelten und die silbern ziselierten Fässchen schwenkten. Das Harz glimmte, Weihrauch qualmte aus den kleinen Silberlöchern. Es wurde stickig und heiß. Die alte Frau spürte Übelkeit in sich aufsteigen, sie hatte lange nichts mehr gegessen.

»Ihr wart in den Klosterräumen, in denen sich auch der Schwarzkünstler aufgehalten hat«, äußerte ein Priester mit Ekel in der Stimme, während er seine Blicke über ihren Körper gleiten ließ. »Spürt Ihr schon die Besessenheit durch die Berührung mit den teuflischen Geistern? Spürt Ihr die Qual, die Euch wahnsinnig machen kann? Wir werden sie Euch austreiben, bevor sie Euch in die ewige Verdammnis schickt.«

Die Priester in den schwarzen Talaren bereiteten sich nun auf den Exorzismus vor, wie sie es im ersten Jahr ihres Theologiestudiums gelernt hatten. Sie schwenkten die Weihrauchfässer so, dass die alte Frau in dem heiligen Nebel fast zu ersticken drohte, und murmelten in einem tönenden Singsang lateinische Verse. Zwei von ihnen fassten sie mit eisernem Griff an den schmalen Armen. Die wollene Joppe, die sie sich über die Schultern gelegt hatte, rutschte herunter, so dass sie jetzt im kurzärmligen Kleid dastand. Eine bindfadendünne Narbe war an einem Oberarm zu sehen. Der Priester mit den Schlupflidern steckte ihr geweihtes Brot in den Mund, während der Singsang eindringlicher wurde. Der Geistliche mit den rötlichen Haaren starrte sie an, war da ein plötzliches Aufglimmen in seinen Augen? Ihre Blicke trafen sich, als würden sie ineinander hineinkriechen, da war eine plötzliche Vertrautheit aus früherer Zeit. War er es gewesen, der beim Rutenfest das Messer nach dem Hund geworfen hatte? Der sie beim Königspinkeln liebend gern mit der Blätterkrone verspottet hätte? Seine Oberlippe zuckte, die warzenförmige Verdickung berührte fast die Nase. Der Priester hielt das Kreuz mit beiden Händen fest umklammert, es schimmerte düster durch den weißlichen Nebel, der süßliche Duft nahm ihr fast die Sinne. Da blitzte an seiner Hand ein goldener Ring auf, auf dem sich eine Schlange räkelte. Die alte Frau verhielt sich regungslos, so wie sie es in jahrelanger Übung gelernt hatte.

Jetzt umfassten die Geistlichen ihre Arme noch fester. Sie warteten auf das wütende Aufbäumen und Winden des Körpers. Steckte doch dahinter der Höllengeist, der den Menschenleib befallen hatte und sich gegen die heiligen Sakramente mit aller Kraft auflehnen würde. Aber auch als sie von dem gesegneten Wein getrunken hatte, war kein wildes Entsetzen in ihren Augen zu erkennen, kein ungezügeltes Auflehnen des Körpers zu bemerken. Die alte Frau stand ganz ruhig, ihre nackten Füße schienen den kalten Steinboden nicht zu spüren. Sie hielt den Kopf demütig gesenkt, der graue Zopf fiel ihr lang über die

Schulter und sie flüsterte das Vaterunser ohne ein einziges Mal zu stocken.

Allmählich lockerten sich die eisernen Umklammerungen an ihren Handgelenken, der tönende Singsang der Priester wurde leiser und bröckelte ab, bis er ganz verstummte. In diesem Augenblick fielen die ersten Lichtstrahlen der frühen Morgensonne durch das Klosterfenster und verfingen sich in dem dunstigen Weihrauchnebel. Die Priester verließen die Zelle, der mit den rötlichen Haaren warf ihr einen letzten misstrauischen Blick zu, aber die alte Frau lächelte ihn freundlich an, als hätte sie einen Fremden vor sich.

Als sie wieder allein war, dachte sie zurück an die Prophezeiung von Mutter Shipton, der Rauch, der Ring mit der Schlange, das Gebet … So hatte sie sich also doch noch erfüllt.

Auch an diesem Tag half die alte Frau in der Küche, schälte Rüben, wusch die Teller und schrubbte den Boden. Als sie auf den Knien lag, bat sie den Himmel um Verzeihung. Hatten sie doch erzählt, sie wäre eine entfernte Verwandte von Bruder Martin, die in den nächsten Tagen vom Schwager nach Hause geholt werden sollte.

An diesem Abend zündete die alte Frau ein letztes Mal mit einem Span die dicke Stumpenkerze an. Wie fahrig heute die Flackerlichter durch die düstere Klosterzelle huschten, wie unwirklich sich Schatten aufbäumten und wieder in sich zusammenfielen! Tanzten da nicht ausgelassene Irrlichter an den Wänden aus Bruchstein entlang? Würde der Höllenfürst ein letztes Mal versuchen sich ihrer zu bemächtigen? Die alte Frau griff entschlossen nach dem Federkiel und tunkte die Spitze in die schwarze Tusche:

Die Jahre zogen ins Land. Faust und Hannah hatten sich inzwischen in Heidelberg eine Unterkunft besorgt. Der Magier war besessen von den theologischen Studien an der Universität, las alte hebräische Schriften, die das Urwissen der Menschheit in sich trugen, und von alchemistischen Experimenten, die wussten, wie der Stein der Weisen aufzuschließen war.

Hannah widmete sich in dieser Zeit der Heilkunde, las die Ausführungen der Hildegard von Bingen*, studierte Schriften über Heilkräuter und die vier Temperamente*. Sie suchte mit Brutus heilkundige Frauen auf, übte sich in neuen Mixturen und Rezepten, die sie aus Apotheken und alten Klöstern erhielt. In ihrer düsteren, kleinen Küche mischten sich Düfte von getrockneten Kräutern mit öligen Substanzen, von verbrannten Harzen mit schweren Parfümölen, die Handelsreisende aus dem Orient mitgebracht hatten. Getrocknete Kräuterbündel hingen wie Fledermäuse von den Balken, ein Holzregal war voll gestellt mit Tiegeln, Töpfchen und Tongefäßen. In Glasbehältern schwammen in wässrigen Tinkturen Ringelnattern und Feuersalamander, giftig grüne Kröten und Lurche.

Oft hockten die beiden bis spät in die Nacht über vergilbten Schriften und Pergamenten, bis Faust für ein paar Hütchenspiele, magische Zaubereien und Illusionstricks ins Wirtshaus aufbrach. Dann spazierte Hannah mit Brutus durch den kühlen Nachtwind, der ihr tröstend durchs erhitzte Gesicht fuhr, wenn die Sehnsucht nach Sebastian zu sehr auf ihrer Haut brannte.

Zweimal schon war ein heißer Sommer ins Land gezogen, zweimal hatte der Winter das geschäftige Treiben der Wochenmärkte zur Ruhe gebracht, ohne dass sie und Sebastian sich gesehen hatten. Doch nutzten sie jede Möglichkeit, um sich Nachrichten zukommen zu lassen. Selbst bei klirrender Kälte wartete Hannah jede Woche an der Poststation auf die gelbe Kutsche. Und jedes Mal wenn ein Schreiben für sie dabei war, lief sie mit Brutus zu dem Muttergotteshäuschen, das versteckt am nahen Eichenwald stand. Unter dem geschnitzten Bildnis der Heiligen Jungfrau brach sie dann den roten Siegellack ganz sacht, als könnte sich der Brief in ihren Händen wie ein Trugbild der Fantasie in Nebel auflösen.

In den letzten Monaten war Hannah fast um eine Handbreit gewachsen, ihre Arme hingen längst nicht mehr schlaksig am Körper herunter. Die knochigen Beine hatten sich wohl geformt und manchmal beobachtete sie heimlich im Spiegel, wie sie ihre Hüften wiegte. Das dunkle Haar fiel ihr inzwischen bis über die Schultern, der Leinenrock war schon oft getragen und an mehreren Stellen geflickt, musste sie doch nicht mehr befürchten, von den Häschern des Landgrafen erkannt zu werden. Nur den Lederhut trug sie noch manchmal in Erinnerung an frühere Zeiten.

Eines Abends, Faust stand kurz vor der Abschlussprüfung, stolperte er in die düstere Küche, als würde er von aufgeschreckten Geistern umhergetrieben. Lockige Haare klebten verschwitzt in seinem Gesicht, breitbeinig baute er sich vor Hannah auf. »Dieser Blender«, höhnte er und streckte ihr ein gedrucktes Buch entgegen. »Hier! Das neueste Werk unseres werten Abtes! Der *Antipalus maleficiorum*, ein brillantes Meisterwerk übelster Schurkerei!«

»Übelster Schurkerei?«, fragte Hannah und lächelte vorsichtig, kannte sie doch Fausts Überschwang. »Wovon handelt denn die Schrift?«

»Schrift?«, empörte sich Faust. »Das ist ein niederträchtiges Schundwerk gegen Hexen und Zauber, schlimmer als alles, was bisher erschienen ist. Es ist sogar widerlicher als der *Malleus maleficarum*, der *Hexenhammer*, diese vermaledeite Anleitung zur Hexenjagd. Ich dachte, wir wären im Aufbruch in eine neue Zeit! Aber da kommt unser Oberpfaffe Trithemius daher und ruft mit seiner Schrift zu einer Hetzjagd auf, als ginge es darum, ein paar Hirsche und Wölfe zu erledigen! Ich schwör's dir, bald werden in jedem Dorf die Scheiterhaufen brennen. Es wird ein Leichtes sein, Unliebsames auszumerzen. Und die Pfaffen werden sich verzückt die Hände reiben, ist doch alles kirchlich abgesegnet! Und für diese Prophezeiung braucht man noch nicht mal einen gesunden Menschenverstand!«

Faust spuckte die Worte aus, als wären sie vergiftet. Sein Kopf war hochrot angelaufen. Die dunklen Augen blitzten vor Erregung. Dann nahm er ein weiteres Buch, es war in feines Schweinsleder gebunden, und knallte es mit aller Wucht auf den Tisch.

»Und hier!« Faust lachte zynisch auf. »Gleichzeitig veröffentlicht unser aller geliebter Abt, der erklärte Feind aller Astrologen, ein Werk, das nur als astrologische Wahnvorstellung bezeichnet werden kann: *De septem secundeis* oder *Chronologia mystica*.«

»Und? Was will er damit?« Hannah verrührte gerade in einem Tiegel Ochsenfett mit Gewürzen und fein gestoßenen Walnüssen.

Faust steckte den Zeigefinger tief in die Paste und leckte ihn ab. »Walnüsse!«, schmatzte er. »Sehr gut! Ich sehe, du studierst gerade die Signaturenlehre!* Diese Paste wäre für unseren Abt genau das Richtige, damit endlich seine Gehirntätigkeit ins Wallen gerät! Er behauptet nämlich, dass die Geschichte der Welt im Auftrage Gottes von sieben Planetengeistern regiert wird. Im Jahr 1525 endet dann die neunzehnte Weltperiode.«

»Und was soll dann geschehen?«, fragte Hannah belustigt.

Faust streckte die Hände gen Himmel, als wollte er als Prophet himmlische Weissagungen verkünden. Sein Umhang fiel geschmeidig über seine Schultern, die neuen ledernen Stiefel, die er sich hatte schustern lassen, glänzten im flackernden Licht des Kaminfeuers. Mit weit aufgerissenen Unschuldsaugen starrte er Hannah an. »Was geschehen soll?«, krächzte er und verdrehte die Augen, bis das Weiße hervortrat. Er tat, als wäre er der blinde Seher Teiresias, den Odysseus aus der Unterwelt kommen ließ, um ihn zu befragen. »Große Veränderungen stehen uns bevor!«

Hannah lachte. »Und welche?«

Faust schob spitzbübisch die Unterlippe vor und zuckte mit den Schultern. »Das wiederum schreibt unser Abt nicht! Aber immerhin: Sein Buch über die ›Geheimschriften‹ haben sie in Rom auf den Index gesetzt. Jedem Katholiken ist es von nun an bei schwerer Sündenstrafe verboten, dieses Werk zu lesen!« Er ließ sich auf einen Stuhl plumpsen, schleuderte seine Schnürstiefel im hohen Bogen in die Ecke und verdrehte gequält die Augen. »Als ich es gelesen habe, ist es mir zur Strafe gleich auf den Magen geschlagen, hat mein Innerstes aufgewühlt und sich beim Darmausgang Luft gemacht!«

Faust dröhnte vor Lachen und schlug mit der flachen Hand auf den Eichentisch, so dass der dicke Kerzenstumpf ins Wanken geriet und flüssiges Wachs auf die Tischplatte schwappte. Dann packte er Trithemius' Schrift gegen Hexen und Zauber, zielte und schleuderte sie ins offene Feuer. Funken sprühten auf, als ein Ast zur Seite wegkippte. Mit spöttischem Grinsen verfolgte er, wie sich die Flammen wie glühende Mäuler durch die Seiten fraßen, bis sie sich zu Asche wölbten. Dann hockte er sich an den Tisch und vertiefte sich wieder in seine Studien.

Es war längst dunkel, als Hannah mit Brutus noch einmal vom Eichenwäldchen zum Burgwall spazierte. Das Firmament lag wie unter einer bleiernen Schicht verborgen, kein einziger Stern war zu sehen. Ein fauliger Geruch von überreifen Äpfeln wehte zu ihr herüber. Es nieselte leicht und die Mauer aus Bruchsteinen glänzte im Schein der Pechfackeln, die am Eingang der Burg loderten. Hannah zog einen Brief von Sebastian aus der Manteltasche, den sie klein zusammengefaltet hatte. Er lag wie ein Amulett in ihrer Hand, aus dem Energien in ihren Körper strömten. Hannahs Gedanken waren aufgewühlt, tanzten unruhig hin und her, als wollten sie nicht mehr in ihren Kopf passen. In ein paar Tagen nämlich, direkt nach Fausts Prüfung an der Universität, hatte sich Sebastian angesagt. Eine ganze Woche wollte er bleiben und hatte sich eine Unterkunft in der Studentenburse* besorgt. Dann nur noch ein Jahr und er würde die Lateinklasse durchlaufen haben und in Heidelberg studieren.

Plötzlich blieb Brutus stehen, erst war ein leises Winseln zu hören, dann ein bedrohliches Knurren. Da wurde Hannah zu Boden geschleudert, sie knallte mit der Schulter gegen einen Felsstein. Jemand presste die Hand auf ihren Mund und packte blitzschnell nach dem Ledersäckchen an ihrem Gürtel. Im gleichen Moment fiel Brutus kläffend über die Angreifer her. Eine herabsausende Klinge blitzte im Licht der Fackeln, ein Wurfmesser schien die Nacht zu durchschneiden. Da jaulte Brutus auf. Hannah spürte warme Feuchtigkeit durch ihren Ärmel sickern. Burgwachen riefen, kamen mit Fackeln, die wie irrwitzige Feuerzungen durch die Nacht tanzten. Es roch nach verbranntem Pech und Blut. Die Hand, die sich auf ihren Mund gepresst hatte, lockerte sich. Ein goldener Ring funkelte, darauf räkelte sich eine Schlange.

Mit letzter Kraft trug Hannah Brutus zurück in ihre Unterkunft. Leise wimmernd lag er auf ihren Armen. Blut tropfte zu Boden, als sie ihn in die Küche schleppte. Faust saß über ein Pergament gebeugt und sprang entsetzt auf, als er die beiden sah. »Was ist passiert?«, rief er und half

Hannah, den Hund vorsichtig vor dem offenen Feuer auf eine Pferdedecke zu betten.

»Jemand hat auf ihn eingestochen«, sagte sie leise und schluckte. Tränen liefen ihr übers Gesicht.

Brutus hatte die Augen geschlossen, sein Fell war mit Blut verklebt. Ein hohes, leises Wimmern lag wie ein Wehklagen in der Luft. Hannah zupfte die langen Haare an der Schulter auseinander und drückte die klaffende Wunde fest zusammen, um die Blutung zu stillen. Mit einem Mal schien Faust wie in Trance, als würde er seine ganze Kraft sammeln, um sie auf den Hund zu übertragen. Im Abstand von einer Elle fuhr er mit seiner Hand über die Verletzung. Allmählich atmete Brutus ruhiger, das Wimmern wurde leiser. Sein Körper entspannte sich und er fiel in einen tiefen Schlaf. Hannah legte blutstillende Kräuter auf die Wunde, betupfte sie mit einer grünlichen Salbe und wickelte einen festen Verband aus Leinen und zur Verstärkung Streifen aus Ochsenhaut um die verletzte Schulter.

»Und?«, fragte Faust leise. »Waren es wieder diese Bettler?«

Hannah schüttelte den Kopf. »Von den Bettlern habe ich seit Kreuznach nichts mehr gesehen. Da muss noch jemand anderes dahinterstecken. Es war der Gleiche, der mir auf der Burg von Sickingen das Ledersäckchen wegnehmen wollte. Er trug einen Ring, auf dem sich eine Schlange windet.«

Faust schüttelte angewidert den Kopf. »Solche Schwachköpfe. Als würde ich das Ergebnis meiner alchemistischen Studien aus der Hand geben.«

Hannah fühlte sich wie ausgebrannt. Jetzt erst zog sie den blutverkrusteten Umhang aus. Sie suchte nach dem Brief von Sebastian, aber die Taschen waren leer. Er musste bei der Wallanlage verloren gegangen sein. Gleich bei Sonnenaufgang wollte sie danach suchen. Sie zerrte ihre Strohmatratze in die Küche und legte sich zu Brutus, der gleichmäßig atmete. Nur hin und wieder ging ein leises Zittern durch seinen Körper. Hannah wachte noch lange und streichelte über sein Fell, das im Schein des Feuers glänzte wie regennasse Herbstblätter.

Brutus erholte sich schnell und schon bald konnte er wieder langsam die steilen Stiegen hinunter in den Hof laufen. Sebastians Brief hatte Hannah tatsächlich wiedergefunden, er hatte zerfleddert auf dem holprigen Weg bei der Wallanlage gelegen. Pferdehufe hatten ihn wohl zertreten und Kutschenräder überrollt.

Faust blieb seit dem Überfall merkwürdig still. Abend für Abend stierte er in die züngelnden Flammen des offenen Feuers und schien sich in fernen Bildern zu verlieren.

In der Nacht vor der Abschlussprüfung starrte er wieder in die Glut. Seine Augen waren weit geöffnet, sein Gesicht wirkte bleich und regungslos, als trüge er eine hauchdünne Maske aus Lehm. Auf seiner Stirn wuchsen winzige Schweißperlen, in denen sich das Feuer spiegelte. »Siehst du die Flammenspitzen?«, fragte er mit ächzender Stimme. Hannah erschrak. Seine Stimme wirkte verstört, als hätte er Einblick in ein heraufziehendes Unheil genommen. »Diese Flammenspitzen, wie sie sich in unser

Schicksal brennen! So wie spitze Messer, die uns den Gnadenstoß geben wollen.« Der Magier krümmte sich und lachte. »Messer, die unsere Lebensenergie wie einen Galgenstrick durchtrennen, mit dem wir an unserer eigenen Dummheit aufgeknüpft sind und an dem wir wie nichtsnutzige Narren herunterbaumeln! Warum kann ich verflucht noch mal nicht erkennen, was die Welt zusammenhält? Was lässt uns atmen, hassen, lieben? Was lässt die Weiber Leben gebären? Wer schickt uns den gottverdammten Todesengel?« Seine Augenlider fingen nervös an zu flackern, die lockigen Haare klebten an seiner Stirn. Das Gesicht schien vor Erregung zu glühen, sein Leinenhemd war schweißdurchnässt. »Siehst du die Flammen, das Handwerkszeug des Todes und der Vernichtung? Sind sie nicht auch ein Zeichen der Hölle? Hörst du, wie sie nach mir schreien? Spürst du ihre schmeichlerischen Arme, die mich in den Abgrund reißen wollen?«

Faust fing irrwitzig an zu lachen. Mit seinen Händen packte er einen armdicken Ast, legte ihn quer über seinen Oberschenkel und brach ihn mittendurch. Es knackte und krachte und mit der Zersplitterung schien sich auch seine Anspannung zu lösen. Er atmete erleichtert durch und wischte sich über die Stirn. »Wir werden morgen weiterreisen«, brummte er, als wäre nichts geschehen. Die Augen hielt er fest geschlossen. »Direkt nach der Prüfung fahren wir los.«

»Morgen?« Hannah sah ihn ungläubig an. »Und was ist mit Sebastian? Er will doch in ein paar Tagen kommen.«

»Sebastian!« Der Magier spuckte unbarmherzig aus. »Was hat Sebastian davon, wenn ein Wahnwitziger dir die

Klinge in den Bauch rammt, nur weil er ein bestimmtes Pulver sucht, das ihn unsterblich macht! Willst du das riskieren? Willst du das? Sebastian wirst du schon noch wiedersehen.« Faust warf Sand auf das Küchenfeuer, aber immer wieder züngelten kleine Flammen zwischen den dunklen Flecken hoch, bis es endlich erlosch. Als er sich in seine Kammer zurückzog, murmelte er seltsame Worte, sie klangen wie uralte Beschwörungsformeln. Dann war alles ruhig.

Hannah blieb zurück. Ganz starr saß sie da. Sie sollten abreisen? Sebastian würde doch in nur wenigen Tagen in Heidelberg ankommen. Kannte der Himmel denn kein Erbarmen? Hatte sie sich so sehr versündigt, dass das Schicksal die Trennung von Sebastian als Sühne verlangte? Sie starrte in die letzten rot glühenden Aschenbröckchen, die kurz aufglimmten und dann eins wurden mit der Dunkelheit. Hilfe suchend griff sie nach ihrem Amulett, nach dem Löwen, der die Sonne fraß, und sofort wirbelten neue Gedanken durch ihren Kopf. Musste denn alles in die Finsternis abtauchen, um wachsen zu können? Musste sie erst die Trennung von Sebastian durchleben, damit sie irgendwann mit ihm zusammenbleiben konnte? Tränen liefen ihr über die Wangen, ihr Schluchzen erschütterte den ganzen Körper. Hannah hielt ihren erhitzten Kopf in den Händen, in den Schläfen pochte es zum Zerspringen.

Es mochte wohl mehr als eine Stunde vergangen sein, als sie sich über das tränennasse Gesicht wischte. Leer gebrannt nahm sie eine wollene Decke und legte sich zu Brutus auf die knarrenden Dielen. Hannah legte ihre Hand auf sein Fell, spürte die Wärme und den gleichmäßigen Atem. Er schien die Messerattacke nun endgültig überwunden zu haben, war doch die Wunde gut verheilt und hatte sich nicht entzündet. Noch lange starrte Hannah in die Dunkelheit. Sebastian! Würde sie ihn je wiedersehen? Vor Erschöpfung schlief sie endlich ein.

Kaum zog die Morgendämmerung herauf, wurde sie von Rumpeln und Poltern geweckt. Faust packte Tiegel und Töpfe in die Holzkiste, verstaute Schriften und Pergamente, stapelte Kistchen und Kästen. »Direkt nach der Prüfung werden wir losmarschieren«, grummelte er, als Hannah sich von den harten Dielenbrettern hochstreckte. Ihre Hüfte schmerzte, eine bleibende Erinnerung aus der Zeit, als sie aus der Kutsche geworfen worden war. Sie rieb sich die verspannten Gelenke. Es war kühl. Das Feuer im Herd war erloschen. Durch das schmale Fenster fielen erste Sonnenstrahlen, Staubkörnchen tanzten im flirrenden Licht.

»Und Sebastian?«, fragte Hannah leise. Sie wirkte müde, ihre Haut war blass und ihre Hände zitterten.

»Schreib ihm einen Brief!« Faust schleifte die Holzkiste zur Eingangstür. »Ich werde dafür sorgen, dass er ihn bekommt. Aber du gehst nicht mehr auf die Gasse, verstanden? Und pack deine Sachen!«

Hannah ging leise zum Eichentisch, als könnten sonst unliebsame Gedanken geweckt werden. Mit zitternden Fingern ergriff sie eine der schimmernden Gänsefedern und stutzte die harte Hornspitze mit einem Messer. Die Sonnenstrahlen waren inzwischen weiter das Firmament hochgewandert. Das grelle Licht schmerzte in ihren Augen, als würden stechende Blitze auf sie geschleudert.

Oder wollte da jemand ihre Gedanken verbrennen? Ihre Gefühle zerschlagen? Hannah schüttelte kaum merklich den Kopf, die dunklen Haare fielen ihr ins Gesicht. Wer sollte Sebastian und sie trennen? Er hatte sicherlich eine tiefe Ahnung von dem, was noch auf sie wartete. Hannah spürte, wie ihr Herz anfing zu pochen. Dann tunkte sie den Gänsekiel in die schwarze Tusche. Die Feder kratzte leise, als sie zum ersten Mal über ganz heimliche Gefühle schrieb und Sebastian gestand, wie sehr sie ihn liebte.

15. Januar 1509.

Faust hatte tatsächlich an der philosophischen Fakultät von sechzehn Kandidaten in der Bakkalaureatsprüfung die beste Promotion abgelegt. Hannah hörte schon von ferne seinen festen Schritt über das Kopfsteinpflaster hallen. Etwas später polterte er die Holzstiegen hoch und fing sofort an, seine Eichentruhe und die Kästen auf dem Holzkarren zu verfrachten. Dann marschierten sie los. Brutus' Wunde war inzwischen gut verheilt, nur das herausrasierte Fell und eine rosig schimmernde Narbe erinnerten an den nächtlichen Überfall.

»Habt Ihr das Schreiben für Sebastian abgegeben?«, fragte Hannah leise, als sie Heidelberg verließen. Es brannte in ihren Augen, als würde ihr ein kräftiger Wind ins Gesicht pusten. Aber kein Windhauch war zu spüren. Trotzdem verschwammen die Wälder mit dem Himmel, die blühenden Wiesen mit dem ziehenden Fluss. Ärgerlich wischte sich Hannah übers Gesicht.

Faust nickte ihr aufmunternd zu und brummelte: »Ich habe auf dem Umschlag noch vermerkt, dass wir auf dem

Weg nach Erfurt sind und an welche Unterkunft er sich wenden kann.« Dann verfiel er wieder in tiefes Schweigen, während sie durch dunkle Wälder und bergiges Land wanderten. Nur hin und wieder schrieb er Gedankenfetzen auf oder malte seltsame Zeichen auf einen Zettel.

Sie zogen durch Fürstentümer und Landgrafschaften, Bauerndörfer und Städte, stellten ihren Karren auf Jahrmärkten und bei Heiligenfesten auf, um ihr Brot zu verdienen. Hannah beobachtete jedes Mal gebannt, wie Faust mit großem Spektakel die Menschen anlockte und mit verblüffenden Gaukeleien ihr Vertrauen gewann, um ihnen für manches Geldstück zu weissagen oder den Furunkel am Hintern aufzustechen. Sie selbst legte Kräuter auf Schnittwunden, verordnete Tinkturen bei hohem Fieber und half bei der Geburt eines Kindes. Bei reichen Handelsherren holte sie auch schon mal das Kartenspiel heraus, auf dem der dickliche Mephisto mit den Riesenohren und Krallenfüßen abgebildet war. Außerdem übte sie sich immer mehr in der Handlesekunst und verdiente damit inzwischen gutes Geld.

Auf einem Bauernhof erwarb Faust einen schon etwas betagten Gaul, der von nun an ihren Karren ziehen sollte. Oft lief Hannah mit Brutus voraus zur nächsten Anhöhe. Sehnsüchtig wartete sie darauf, dass die Spitzen des Domes von Erfurt vor dem Bergland auftauchten.

Wie sehr sehnte sich Hannah nach einer festen Unterkunft, in der sie sich einrichten und ihre Fertigkeiten in der Heilkunde weiterentwickeln konnte! Inzwischen hatte sie die seltensten Kräuter und Pflanzen erstanden. Sogar ein fernöstliches Gewächs hatte sie erworben, dessen zerlappte Blätter das Dröhnen und Rauschen im Kopf linderten. Und Halbedelsteine, die zu Pulver zerrieben außergewöhnliche Heilkräfte besitzen sollten.

Am Johannistag war es neblig grau. Ein schwefliges Gelb lag in den Wolken. Der Gaul schnaubte unruhig, das Klappern der Hufe klang ungelenk und störrisch. Brutus lief ganz still und hatte die Ohren gespitzt.

»Es ist nicht mehr weit bis Erfurt«, brummte Faust, als sie durch schlammige Wege stapften. »Das könnten wir heute noch schaffen.« Er schnalzte mit der Zunge und das Pferd ruckelte widerwillig mit dem Karren weiter. Vor ihnen tauchten drei Ritterburgen auf, die seitlich des Handelswegs aufs Hügelland gebaut waren.

Plötzlich fing Brutus an zu knurren, Hannah schnupperte. Es roch nach altem, bitterem Knoblauch. »Die Bettler!«, rief sie erschrocken. Ängstlich drehte sie sich nach allen Seiten um.

Brutus jagte auf ein struppiges Gebüsch zu und winselte aufgeregt. Dort lagen zwei leblose Leiber, ihre Beine waren seltsam verbogen, Blut klebte an ihren schmutzig grauen Kleidern. Faust drehte mit dem Fuß den einen um, ein entstelltes Gesicht mit starren Augen grinste sie an. Der Nasenstumpf war blutig verkrustet, die Mundwinkel spöttisch verzerrt. Aus seinem dreckigen Umhang war ein Stückchen Stoff herausgerissen. Der Magier suchte in seinem Lederbeutel nach einem alten Stofffetzen, den er auf die herausgerissene Stelle legte. Er passte genau. Es war der Fetzen, den er in der Hand der ermordeten Hübschnerin gefunden hatte.

In diesem Moment tauchten in der Ferne bewaffnete Reiter auf, die geradewegs auf sie zugaloppierten.

Faust schreckte auf. Seine dunklen Augen blitzten. »Ich Narr!«, fluchte er. »Wie konnte ich die Raubritter von den Drei Gleichen vergessen! Los Hannah, lauf! Immer ins Gehölz, wo die Pferde nicht nachkommen können.«

Er rannte los und riss sie mit, Brutus jagte hinter ihnen her. Sie liefen durchs Unterholz und Gebüsch tief in den Wald. Als sie merkten, dass sie nicht verfolgt wurden, blieben sie geduckt stehen. Hannah spürte nicht die blutigen Kratzer der Brombeerranken und die klamme Feuchtigkeit, die in ihre Kleider zog. Durch die herunterhängenden Zweige beobachteten sie, wie zwei der Ritter abstiegen und sich am Karren zu schaffen machten. Klirren und Scheppern war zu hören. Faust stöhnte leise auf. Sein Körper zitterte vor Wut. Wie hatte er nur so unvorsichtig sein können! Laute Rufe drangen zu ihnen herüber. Jetzt entfernten sich die Raubritter, das Trappeln der Hufe wurde leiser. Dann war alles still.

Als sie zurück zum Handelsweg kamen, waren Pferd und Karren fort, der Boden war mit Splittern und Scherben übersät. Sämtliche Tiegel waren zerschlagen und zerstampft. Öle, Salben und Tinkturen verschwammen ineinander. Faust suchte das umliegende Gelände nach Büchern und Schriften ab, aber nichts war zu entdecken. Nur ein Kästchen aus Elfenbein, das Hannah im hohen Gras fand, war nicht zerborsten. Vorsichtig nahm sie es auf. Darin schillerte das dunkle Gehäuse eines Hirschhornkäfers.

Fausts Gesicht war wie versteinert, seine Hände bebten, sein ganzer Körper schien in Aufwallung. Ohne sich noch einmal umzudrehen marschierte er los, während Hannah ihm in einem gewissen Abstand folgte. Er hastete vorwärts, als wollte er sich die gesamte Wut aus dem Leib rennen. Es ging über Wiesen und Felder, bewaldete Hügel und durch tiefe Wälder.

Am Abend kam ein heftiger Wind auf und peitschte ihnen ins Gesicht. Ihre Kleidung war durchnässt, der Schlamm sickerte Hannah in die Schnürschuhe. Oft glaubte sie den Magier in der Dunkelheit verloren zu haben, dann fühlte sie nach Brutus, der dicht neben ihr lief und sie sicher über die stockfinsteren Waldwege führte.

Faust wartete auf einer Anhöhe. Er hatte mit Zunder und Feuersteinen trockenes Holz entzündet, das er in einer Hütte entdeckt hatte. »Es war mein Fehler«, brummte er endlich, während er anfing spöttisch zu lachen. »Ich hätte es besser wissen müssen. Nun denn! Fangen wir wieder von vorne an! Da hinten liegt Erfurt.« Er reckte sich und breitete seine Arme aus. Seine Stimme wurde lauter und dröhnte durch den Wald: »Sei mir gegrüßt, du Stadt der skeptischen und kritischen Geister. Hier steht der größte aller Magier, Georg Sabellicus Faust der Jüngere, der sich von ein paar Raubrittern die kostbarsten Werke hat stehlen lassen! Den sie übers Ohr gehauen haben wie einen blutigen Anfänger! Seid mir gegrüßt, ich komme!«

Seine Stimme klang so verzerrt, dass es Hannah kalt über den Rücken lief. Brutus hatte sich neben sie gelegt und nagte an einem alten Knochen. Das Feuer knackte, die Flammen züngelten hoch und der Lichtschein tanzte über eine kleine Hütte, die geschützt unter den Baumkronen stand. Der Magier hockte sich auf einen alten Stumpf und starrte in die Glut. »Leg dich da schlafen«, grummelte er nach einer Weile. »Da drinnen ist es trocken. Morgen früh gehen wir weiter.«

Hannah ging leise zu der Hütte und legte sich völlig übermüdet aufs Stroh, während Faust am Feuer sitzen blieb und in die Flammen stierte.

Am nächsten Morgen stand die frühe Sonne wie ein rot leuchtendes Mahnmal am wolkenlosen Firmament. Aus einem Dunstschleier, der über Erfurt lag, ragten unzählige Kirchturmspitzen in den Himmel.

»Es ist nicht mehr weit«, sagte Faust mit sanfter Stimme und legte den Arm um Hannah. »Dann kriegst du was Ordentliches zu essen, vielleicht Speck und Eier. Das verspreche ich dir!« Hannah versuchte zu lächeln. Dann gingen sie los, immer dem glühenden Feuerball entgegen.

»Immer wieder macht Ihr Andeutungen von den besonders klugen Köpfen, die hier studieren«, meinte Hannah nach einer Weile. »Gibt es in anderen Städten nicht auch solche Menschen?«

Faust schüttelte den Kopf. »Nein, Erfurt ist etwas anderes. Hier wächst das Denken für die neue Zeit, für den Aufbruch des Geistes in neue Dimensionen. Selbst die Kirche kriegt ihr Fett ab. Ein Martin Luther soll schon öffentlich gegen den Ablasshandel der katholischen Pfaffen gewettert haben. Recht hat er, als wäre ein Gott käuflich!«

»Luther? Noch nie von ihm gehört.«

»Die Zeit ist noch nicht reif. Aber bald wird man ihr wie einem fauligen Apfel die fetten Maden herausschneiden. Es wird krachen, dass selbst der Heilige Stuhl in Rom erbebt.« Der Magier lachte verschworen, als hätte er selbst die Zündschnur gelegt. »Erst neulich habe ich gehört, dass Luther die Bibel ins Deutsche übersetzen will.«

»Ins Deutsche? Dann kann sie ja jeder lesen …«

»Genau! Das wird den hochgeistigen Herren in den schwarzen Talaren bestimmt nicht passen, wenn der Pöbel selber nachlesen kann, was da unter Nächstenliebe und Gleichheit der Menschen steht. Und über den Ablasshandel … Vorausgesetzt natürlich, er kann überhaupt lesen!« Faust grinste verstohlen. »Man stelle sich vor: Martin Luther, ein Mann, der Perlen vor die Säue wirft! Ich sollte dem Abt Trithemius gleich ein Kistchen mit Pillen aus Baldrian zukommen lassen, damit er nicht an überwallendem Herzen zusammenbricht!«

»Und was ist mit Euren Büchern?«, fragte Hannah vorsichtig. »Sie sind von unermesslichem Wert …«

»Aber nur für einen, der die Worte nicht im Kopf hat!« Faust tippte sich an die Stirn und lächelte geheimnisvoll. »Was ich einmal gelesen habe, bleibt für immer hier drin. Und für alles andere schaue ich in die *Chroniken des Universums**.«

In Erfurt steuerte Faust geradewegs auf die Krämerbrücke zu, die über die Gera führte und auf beiden Seiten dicht mit Fachwerkhäusern bebaut war. Müde und verdreckt liefen sie zum nahen Marktplatz, drängten sich an Bauern mit Mistforken und Kapuzinermönchen, vernarbten Bettlern und Scholaren vorbei zur Schlössergasse, die von dort abzweigte. Nach ein paar Minuten Fußweg standen sie endlich vor dem Gasthof *Zum Anker*, in dem Faust jedes Mal nächtigte, wenn er durch den Ort reiste. Die Herberge gehörte seinem alten Freund Junker von Dennstedt, der ihn überschwänglich begrüßte. »Na, alter Freund! Mal wieder auf dem Weg nach Krakau?«, lachte er herzhaft.

»Diesmal nicht«, antwortete Faust und grinste breit. »Ich dachte diesmal daran, hier in Erfurt mein Lager aufzuschlagen.«

»Hier in Erfurt? Ein ausgezeichneter Gedanke«, lobte Dennstedt. Sein dichter Vollbart verdeckte fast die Narbe, die sich hoch bis zum linken Wangenknochen zog, mit seinen gutmütigen Augen musterte er die drei. »Dann kommt erst mal rein. Ihr seht nicht gerade aus, als hättet ihr in einem hochherrschaftlichen Hause übernachtet.«

»Die Raubritter von den Drei Gleichen haben uns einen kurzen, aber herzlichen Empfang bereitet!«, knurrte Faust verärgert und fuhr sich über das stoppelige Kinn. »Ich habe mich übertölpeln lassen wie ein alter Hornochse!«

»Welch eine Ehre, solch einen Hornochsen seinen Freund nennen zu dürfen!« Dennstedt lachte, legte die Hand auf die Schulter des Magiers und führte ihn, Hannah und Brutus in die Gaststätte. Nach einer kräftigen Suppe mit Dörrfleisch und einem ausgiebigen Abschrubben im Badehaus fiel Hannah übermüdet auf ihr Strohlager im Dachgeschoss. Brutus lag ausgestreckt neben ihr, sie fühlte zwischen den Fellhaaren nach der Narbe, die nur noch als dicklicher Wulst an den nächtlichen Überfall erinnerte.

Hannah schloss die Augen, Lichtflecken tanzten hin und her, ihre Gedanken wollten einfach keine Ruhe geben. Wieder sah sie das Bild von Sebastian vor sich, aber diesmal wirkte es leblos und bleich. Die Augen hielt er starr in die Ferne gerichtet. Jetzt wellte sich sein Bild, als würde ein Stein in einen Brunnen geworfen, ja, es bäumte sich auf, als wollte es aus ihren Gedanken wieder entfliehen.

Hannah zog sich die kratzige Leinendecke über den Kopf. Ob Sebastian ihr Schreiben aus Heidelberg überhaupt erhalten hatte? Viele Monate waren seitdem vergangen. Vielleicht war ihm die Zeit des Wartens ja auch zu lang geworden oder seine Erinnerung an sie war allmählich verblasst und verloren gegangen. Verwitterten nicht auch die Steinbilder der Heiligen an den Kirchenportalen durch Herbsthagel und Frühjahrssturm? Hannah spürte ein leises Zittern in der Hand, die anfing zu pulsieren und zu brennen, als wollte der Himmel sie an das Versprechen erinnern, das sie beide sich am Flussufer der Nahe gegeben hatten.

Der frühe Nebel lag noch kühl in den Gassen, die Pferdekarren schälten sich träge aus der dunstigen Hülle und die Klänge der Kirchturmglocken hallten durch die engen Straßen, als kämen sie aus einer anderen Welt. Hannah rieb sich über die fröstelnde Haut und schaute hoch zum blauen Firmament, das allmählich den Dunst der Nacht auflöste. Faust war es an diesem Morgen tatsächlich schon gelungen, eine kleine Wohnstätte in der Michaelisstraße zu mieten. Sie lag ganz in der Nähe des Collegio, der neuen Universität, die nach den großen Studentenunruhen gerade erst wieder aufgebaut wurde.

»Das nenne ich Glück«, meinte sein Freund Dennstedt, als sie dem Treiben auf der Gasse zusahen. »Jetzt braucht der Rat der Stadt nur noch Eure Eingabe zu bewilligen, Vorlesungen über Aristoteles, Ovid und Homer zu halten.«

»Warum sollte er nicht?« Faust grinste breit. Seine Augen funkelten spitzbübisch. »Gibt es einen Besseren als mich? Könnte sonst irgendjemand die verschollenen Komödien eines Terenz oder Plautus wieder zum Leben erwecken?«

Hannah stand an der Lehmfassade des Gasthofs und streckte sich ins Sonnenlicht, das immer mehr durch den trüben Nebel sickerte. Nach all der Wanderzeit durch Dreck und Schlamm hatte sie sich heute herausgeputzt, als ginge es zu einer Prozession. Das Leinenkleid war sauber gereinigt und geflickt, ein neuer Gürtel hing um ihre schmale Taille, an der das lederne Säckchen baumelte. Ihre frisch gewaschenen Haare hatte sie heute nicht zu dicken Zöpfen geflochten, sie hingen wie ein düsterer Schleier über ihre Schultern. Ob sie Sebastian jemals wiedersehen würde?

»Habt Ihr eigentlich weitere Fortschritte in der Massenhypnose gemacht?«, fragte Junker von Dennstedt weiter. »So wie es in Krakau gelehrt wurde?«

Faust schmunzelte vergnügt. »Fortschritte? Mehr als das. Ich will es Euch zeigen!« Der Magier griff nach einer breiten Holzkiste, die in der Gosse liegen geblieben war, stellte sie vor dem Mauerwerk des Gasthofs ab und kletterte darauf. Der schwere Umhang rutschte über die ausgebreiteten Arme, während er die Hände zum Himmel streckte und etwas in die Luft warf, das mit einem gewaltigen Krachen explodierte.

Ein Bauer, der einen Karren mit Hühnern in Käfigen zum Markt bringen wollte, blieb gaffend stehen. Auch Zunftleute und zerlumpte Straßenkinder, Dienstmägde und stinkende Fischhändler kamen näher.

Mit gewaltiger Stimme rief er: »Hört zu, hört alle genau zu, was ich, Georg Sabellicus Faust, euch sage. Eine neue Zeit bricht heran! Die Welt ist aus den Fugen geraten. Ich sage euch: Nichts ist mehr, wie es war, das Oberste wird zuunterst gekehrt!« Er holte ein paar bunte Bälle aus seiner Manteltasche und ließ sie hoch durch die Luft tanzen. »Seht ihr, wie sie fliegen? Ohne doppelten Boden? Ohne Schnüre und Fäden? So ist es auch mit uns. Hört mir genau zu: Wir leben nicht auf einer Scheibe, die starr fest gefügt ist. Wir schweben ...«, Faust wartete ein paar Atemzüge und donnerte über die Köpfe der Menschen hinweg, »... als freie Kugel durchs Weltall.«

Die Menschen fuhren erschrocken zusammen und starrten ängstlich hoch zum Firmament, der Bauer griff nach den Hühnerkäfigen, als könnten sie von einem plötzlichen Weltenwind davongepustet werden.

Fausts Augen blitzten, während er die bunten Bälle wieder und wieder in gleichförmigen Bewegungen in die Luft warf. »Wir sind ein Planet unter vielen anderen«, schmeichelte er sich mit beschwörender Stimme ein. »Und ich sage euch noch mehr: Wir sind nicht der Mittelpunkt des Universums, um den alles kreist. Aber wer zieht die Fäden, dass Mond und Sonne ihre Bahnen finden? Wer kennt die Zahlen der Gestirne, die hinter den Lichterpunkten der Nacht erstrahlen? Wer hat sie geschaffen, die Lebewesen, die dort oben vielleicht noch herumkrauchen?«

Einige kreischten erschrocken auf, bekreuzigten sich und klammerten sich Hilfe suchend aneinander, als stünde das Jüngste Gericht bevor.

Während Junker von Dennstedt schmunzelnd beobachtete, wie der Magier es anstellte, die Menge in seinen Bann zu schlagen, drängten immer mehr Gaffer zusammen. Faust… Faust… Faust… Lag der Name nicht wie eine Beschwörungsformel auf den Luftschwingen des Morgens? Wurde er nicht wie von Geisterhand durch die Straßen und Gassen getragen, dass selbst vom Markt humpelnde Bettler und Marktweiber mit gerafften Röcken herbeistolperten, um vom Schauspiel nichts zu verpassen?

»Öffnet euch den Gedanken und Wundern der neuen Zeit«, verkündete er mit gewaltiger Stimme. »Sie warten nur darauf, von uns erforscht zu werden.«

»Was redet Ihr da Ketzerisches?«, rief ein dicklicher Handelskaufmann, der sich ein paar Krümel von seinem samtenen Wams wischte. »Was maßt Ihr Euch an, das göttliche Werk hinterfragen zu wollen? Wollt Ihr auf Ewigkeit verdammt sein?«

Faust stemmte die Hände in die Hüften, dunkle Locken fielen in sein braun gebranntes Gesicht. »Ich und verdammt? Fangen wir doch lieber mal mit Euch an: Steht nicht in der Bibel geschrieben, dass eher ein Kamel durch ein Nadelöhr geht, als dass ein Reicher in den Himmel kommt?«

Ein paar Straßenjungen fingen an zu kichern, aber sofort erhob Faust wieder beschwörend die Stimme, um die Menge nicht aus seinem Zauber zu entlassen. »Ich sage euch, es gibt so vieles zwischen Himmel und Erde, was sich nicht erklären lässt. Noch nicht! Und ich, Georg Sabellicus Faust der Jüngere, werde euch zeigen, wozu des Menschen Geist fähig ist!«

Jetzt war es still. Die Menschen starrten ihn an, als wären sie durch eine unsichtbare Macht an ihn gefesselt. Selbst der reiche Handelsherr glubschte Faust aus hervorquellenden Augen an; einer Alten mit versteinertem Gesicht tropfte der Speichel aus den Mundwinkeln. Eine unheimliche Ruhe breitete sich aus, als hätte jemand die Zeit angehalten.

»Seht ihr diesen zweispännigen Ochsenkarren?«, rief der Magier mit eindringlicher Stimme.

Ein Schnauben und Schnaufen erhob sich, schwere Hufe stampften über das Kopfsteinpflaster, Rollen von Rädern und das Quietschen der Deichseln war zu hören. Die Menge wich auseinander und ließ zwei bullige Tiere vorbei, die einen voll beladenen Strohwagen hinter sich herzogen. Faust zeigte mit weit ausladender Geste auf ein schmales Gässchen, das so eng war, dass gerade mal eine Unratrinne durchfließen konnte. Die beiden Ochsen stapften mit gesenkten Köpfen auf das schmale Gässchen zu, die ausladenden Hörner berührten schon fast die Seitenfassaden der schiefen Fachwerkhäuser.

Eine dickliche Bauersfrau riss die Augen erschrocken auf, so dass das Weiße aufblitzte. »Da, das Gespann! Das Ochsengespann, es passt da durch!«

»Die Wände! Sie biegen sich zur Seite«, kreischte eine andere. »Wie kann das nur möglich sein!«

Faust stand grinsend auf der Schwelle der Gaststätte, sein Freund Junker von Dennstedt nickte ihm anerkennend zu. Da zwängte sich ein Augustinermönch durch die Menge, während er ein silbernes Kreuz zum Himmel streckte. »Weiche, Satan!«, rief er mit fester Stimme. »Fahre dorthin, woher du gekommen bist! Und der du mit dem Teufel im Bunde bist, lass los von den armen Seelen!«

Faust verdrehte die Augen, seufzte tief auf und brummte beschwichtigend: »Nun ja, wenn's denn sein muss …« Er schnippte mit den Fingern, als wollte er der Zeit befehlen wieder in geordneten Bahnen weiterzulaufen. Die Menschen lösten sich aus ihrer starren Haltung und suchten nach dem Ochsengespann, das wie vom Erdboden verschluckt war. Stattdessen flatterten zwei rote Hähne durch die schmale Gasse. In der frühen Morgensonne wirkten sie wie wirbelnde Feuerspiele, die an einem Strohhalm herumzerrten.

Tatsächlich erhielt Faust in den nächsten Tagen die Erlaubnis vom Rat der Stadt, Vorlesungen an der Universität zu halten. Und jedes Mal wenn er dann durch das hohe Steintor das Collegio verließ, suchte er noch eine Gaststätte auf, in der sich regelmäßig der gelehrte Poetenkreis traf. Im Humanistenerker hockten sie zusammen, die aufgescheuchten Querdenker und Lästermäuler, die selbst nicht davor Halt machten, in spöttischen Schriften, den *Dunkelmännerbriefen*, die Pfaffen zu verhöhnen. Und sollte nicht auch Ulrich von Hutten bei ihnen sein?

Hannah hörte eines Nachts, wie Faust zurück ins Haus polterte. Seine Schritte hallten schwer und dumpf die Treppenstiege hoch. Sie klangen wie ein düsteres Omen, das sich wieder einmal seinen Weg bahnte. »Alles gelehrte Hohlköpfe«, knurrte er, als er in die kleine Küche stapfte, in der Hannah ihr Nachtlager aufgeschlagen hatte. Mit einer heftigen Handbewegung wischte er eine Wasserkaraffe vom Tisch, die splitternd zu Boden fiel. »Wollen mit unsereins wohl nichts zu tun haben.«

Er stolperte zum Herdfeuer, warf ein paar Holzscheite hinein, so dass die Flammen aufgeschreckt hochzüngelten, und zog ein Schreiben aus der Tasche. Seine Haare hingen ihm zerzaust ins Gesicht, die Lippen hatte er wütend verzerrt. »Das hier hat dieser Mutianus Rufus* verfasst, dieser Rotschopf, der Elende! Einer aus dem ach so erlauchten Humanistenkreis. Ein verlogenes Pack. Ach, was geben sie sich weltoffen, übersetzen griechische Philosophen, begeistern sich für das neue Denken! Aber hintenherum? Alles Krümelkacker! Genauso wie unser Abt Trithemius! Wollen mich sogar der Inquisition ausliefern! Die horten auch ihre Perlen in Säcken, um sie nicht vor die Säue zu werfen!«

Hannah hatte sich eine wollene Decke übergeworfen und nahm den Brief an sich. Faust ließ sich erschöpft auf einen Stuhl fallen. »Woher habt Ihr ihn?«, fragte sie vorsichtig.

»Dieses Machwerk wird in Abschriften herumgereicht«, giftete Faust. »Der Drucker aus der Michaelisstraße hat ihn mir heimlich zugesteckt.«

Hannah nahm das Schreiben von Mutianus Rufus und las im Licht des Herdfeuers: »Vor acht Tagen kam ein gewisser Chiromant nach Erfurt mit Namen Georg Faustus, der Heidelberger Halbgott, ein reiner Prahler und Narr. Das ungebildete Volk bewundert ihn. Gegen ihn sollten sich die Theologen erheben, statt dass sie den Philosophen Reuchlin zu vernichten suchen. Ich hörte ihn in der Herberge aufschneiden und habe seine Frechheit nicht gezüchtigt, denn was kümmert mich fremde Torheit?«

Hannah legte den Brief zur Seite, Faust starrte teilnahmslos ins Feuer. Die Flammenlichter tanzten über sein Gesicht, als wollten sie sich tief in ihn einbrennen. »Und dann habe ich gehört«, brummte er mit seltsam ruhiger Stimme, »dass unser verehrungswürdiger Abt Trithemius den Brief, den er an Virdung geschrieben hat, drucken lassen und unters Volk bringen will.«

Wutentbrannt schlug er mit der flachen Hand auf den Eichentisch, dass Hannah erschrocken zusammenfuhr. Dann schenkte er Wein in einen hohen Becher und trank ihn in einem Zug leer. »Sie tragen alle nicht diese verfluchte Leidenschaft in sich, die einen zerreißen möchte. Warum liegt das Wissen der Welt nur so tief verborgen? Warum ist es nicht aufzuknacken wie eine von außen verrottete Nuss, die endlich ihr Innerstes offenbaren will!« Wieder schenkte er sich ein und trank hastig den Becher leer.

Brutus legte sich nah zu Hannah, die sich auf ihr Strohlager gehockt hatte. Ihre Hand streichelte sanft über sein struppiges Fell, während sie den Magier beobachtete, der in sich versunken ins Feuer starrte.

»Hannah!«, rief er plötzlich aus. Seine Zunge war schon etwas schwer. »Aber wir werden es ihnen zeigen, wir werden die Welt aus den Angeln heben.« Er sprang auf und hastete aufgebracht in der Küche hin und her. »Ich brauche einen Alchemistenofen, ich brauche ein Laboratorium, in dem ich forschen kann. Der Stein der Weisen, wer sollte ihn finden, wenn nicht ich?« Mit gläsernen Augen starrte er Hannah an. Sie war längst kein junges Mädchen mehr, ihre Brüste zeichneten sich unter dem hellen Leinenhemd ab, die Waden waren wohl geformt, die Hüften leicht gerundet, so wie es sich für eine Frau gehörte. »Du bist der einzige Mensch, der mich nicht gleich hinter der nächsten Ecke einem Straßenköter zum Fraß vorwirft.«

Hannahs grüne Katzenaugen blitzten verschämt. »Aber Ihr habt doch Freunde«, sagte sie leise.

»Freunde? Ja, solche, die mich fallen lassen wie ein heißes Eisen, wenn es brenzlig wird.« Faust spannte seine Oberarme, sein ganzer Körper schien in Aufruhr. Wieder nahm er vom Wein und trank den Becher leer.

»Und was ist mit den Studenten, die darauf warten, dass ihnen jemand das neue Denken weitergibt?« Hannah strich Brutus beruhigend übers Fell, dessen Hüfte seltsam zuckte, als würde er im Traum einem Wild nachjagen.

Faust wiegte den Kopf benommen hin und her. Schweiß glänzte auf seiner Stirn. »Ja, Hannah, du hast Recht. Ich werde sie in das geheime Wissen der Welt einweihen. Ich will und werde! Ohne Willen hast du schon verloren.«

Hannah lächelte verschmitzt, als sie in eine alte Erinnerung eintauchte. »Wisst Ihr noch, wie Ihr mir das bei unserer ersten Wanderung beigebracht habt?«

»Der Wille, ja, mit dem Willen fängt alles an …« Faust wischte sich übers Gesicht, als wollte er die Gedankenfetzen wieder zu einem Ganzen ordnen. Dann bäumte sich sein Körper auf, als hätte ihn ein feuriger Blitzschweif gestreift. »Hannah, bereite alles für morgen vor«, ächzte er und griff nach der Weinkaraffe. »Ich will bei meinen Studenten mit einem Donnerschlag beginnen. Wir beide werden den einäugigen Zyklopen von Homer wieder auferstehen lassen! Wir beide, ja?« Seine Hände zitterten, als er sich einen weiteren Becher eingoss. Das Feuer war fast heruntergebrannt, die dunklen Äste knackten in der funkelnden Glut, als wollten sie sich gegen das Verbrennen wehren.

»Morgen früh?« Hannah nickte. Sie stand auf, suchte aus einem dunklen Kästchen einen feinen Haarpinsel und rührte in Keramiktöpfchen verschiedene Farben an, das Rot aus der Krappwurzel*, das Grau aus dem Eichenholz und das Gelb der Ahornrinde. »Das werde ich schaffen.«

»Und … Hannah?«, fuhr Faust mit ungewohnt sanfter Stimme fort, seine kräftige Hand hielt den Weinbecher fest umklammert. »Du willst doch nicht weg?«

Hannah schaute überrascht hoch. In seinen dunklen Augen entdeckte sie eine ungeahnte Trauer. Im schwachen Schein des Feuers sah der Magier um Jahre gealtert, ja fast hilflos aus. Sein Gesicht wirkte eingefallen und verzerrt, als wollte eine tiefe Qual ihn schier zerreißen. Ob er seine ihm zugeteilte Lebensenergie viel zu schnell verbrauchte?

»Willst du weg?«, fragte er noch einmal ganz leise. Er saß gebeugt, den Blick hatte er fest auf sie gerichtet.

Hannah zögerte einen Moment, ihre Gedanken flogen weit davon nach Kreuznach, aber auch nach Gelnhausen, wo der Magier sie aufgelesen hatte. Brutus' Fell zuckte wieder, leise fing er an zu winseln. Dann schüttelte sie traurig den Kopf. »Nein«, sagte sie endlich. »Ich werde bei Euch bleiben. Das verspreche ich Euch.«

Faust räusperte sich kurz, trank seinen Becher leer und wankte in seine Kammer.

Schon im frühen Morgengrauen machten sich Faust und Hannah auf den Weg, um im Vorlesungssaal, der sich im ersten Stock der Universität befand, alles vorzubereiten. Sie dunkelten die Fenster mit Pferdedecken so ab, dass nur noch dunkle Umrisse zu erkennen waren. Es roch nach süßlichen Kräutern und Gewürzen. Auf dem Lehrerpult brannte eine kleine viereckige Laterne, deren vier Seiten mit gusseisernen Scheiben abgedeckt waren. Nur ein winziger Feuerschein schimmerte durch eine Öffnung nach oben an die Decke.

Und schon drängten die Studenten herein, um nichts von dem angekündigten Spektakel zu verpassen. Sie tuschelten und flüsterten, sonst war nur ein leises Rascheln der Füße zu hören. Hannah huschte mit der Laterne ganz nach hinten in den Saal. Erwartungsvoll hockten die Scholaren dicht gedrängt an den Tischen und starrten gebannt auf den Magier. Die Luft war stickig, das fahle Licht ermüdete schnell die Augen, der süßliche Duft der Kräuter machte benommen.

»Heute möchte ich, Georg Sabellicus Faust, euch die großen Gestalten aus den Werken Homers leibhaftig vor Augen führen«, hörten sie die beschwörende Stimme von Faust. »Es ist kein Werk der Hölle, wie es manchem erscheinen mag, sondern ganz allein die Befähigung des menschlichen Geistes. Nichts ist, wie es scheint. Aber ich verbiete euch, auch nur ein einziges Wort zu reden. Bleibt regungslos an den Tischen sitzen, bis die Geister wieder ihre Ruhe im Reich der Unterwelt gefunden haben.«

Ein kaum wahrnehmbares Raunen ging durch den Saal. Dann war auch nicht das geringste Geräusch mehr zu hören.

»Hört mir zu, hört mir gut zu!«, fuhr Faust leise fort. »Bleibt ruhig. Nichts soll euer Erleben stören. Als Erstes werde ich die schönste Frau des Altertums auferstehen lassen, die Göttin, deretwegen Troja zu Grunde gehen musste. Hier ist sie, die schöne Helena!«

Mit einem Mal quoll weißlicher Rauch auf und breitete sich lautlos bis zur Decke aus. Und plötzlich zeigte sich darin eine Frau von makelloser Schönheit. Ihre Haut wirkte blass, aber die dunklen Augen blitzten wie schwarze Diamanten. Das lange Haar wellte sich bis zur Hüfte. Ihre Lippen waren in glühendes Rot getaucht, das Purpurkleid fiel geschmeidig über ihre zierlichen Schultern und wurde von einem Gürtel, der sich eng um ihren Körper schmiegte, zusammengehalten. Der Faltenwurf bedeckte kaum die nackten Knöchel. Sie wirkte wie eine gläserne Madonna, unnahbar, als käme sie aus einer fernen Welt.

Niemand wagte sich zu rühren. War da nicht ein seltsames Sirren, das die Sinne betäubte? Ein huschender Lichtschein? Wie von Geisterhand verschwand das Traumbild, der Rauch war verzogen, Faust stand allein.

Leise, aber mit gut hörbarer Stimme fuhr er fort: »Ein Magier kann die guten Geister des Himmels rufen und die bösen der Hölle. Die himmlischen Geister werden liebevoll mit unsereinem umgehen, die Geister der Finsternis jedoch muss man zwingen, um nicht von ihnen in den Abgrund gerissen zu werden. Aber Helena kann man jederzeit ohne viel Mühe rufen. Und auch das nächste, grässliche Wesen, das auf uns wartet: der einäugige Zyklop, den Odysseus durch einen schlauen Trick besiegen konnte!« Seine Worte waren gehaucht, als könnte er Polyphem durch unbedachtes Handeln zum wirklichen Leben erwecken. Ein leises Fingerschnippen war zu hören, dann waberte wieder Rauch auf, aber diesmal breit und ausladend, als hätte sich die Erde geöffnet. »Bleibt ruhig!«, flüsterte er beschwörend den Studenten zu. »Bleibt ganz ruhig. Es kann euch nichts geschehen.«

Plötzlich stand der riesige Zyklop vor ihnen, der sich mit dem aufsteigenden Rauch zu bewegen schien und sich fast bis zur Decke streckte. Er war nur mit einem Fell bekleidet, Arme und Brust waren dicht behaart. Mit seinem riesigen Auge, das er mitten auf der Stirn trug, glotzte er die Studenten herausfordernd an. Bedrohlich wankte er in dem Rauch hin und her und ließ seine Muskeln spielen. Das rote Haar hing ihm verfilzt und wirr ins Gesicht. Aus seinem riesigen Maul aber baumelte der Schenkel von einem Kerl heraus, an dem er genüsslich herumnagte.

Entsetzt schrien die Studenten auf, sprangen von den Bänken, stürzten zur Tür. Pferdedecken wurden heruntergerissen und Fenster geöffnet. Sonnenlicht flutete den Hörsaal. Der einäugige Zyklop schien wie vom Erdboden verschluckt. Hannah pustete die düstere Laterne aus, deren vordere Eisenverschalung weggeklappt war. So konnte Kerzenlicht, hinter dem ein Hohlspiegel angebracht war, durch austauschbare Linsen fallen. Diese gewölbten Gläser waren verkehrt herum eingesetzt und mit feinsten Federzeichnungen bemalt. Auf einem von ihnen war eine madonnenähnliche Figur zu erkennen.

Hannah schreckte hoch. Jemand hatte die Hand auf ihre Schulter gelegt, ganz behutsam, mit einer zarten Vertrautheit. Sie zögerte. Ein seltsames Zittern ging durch ihren Körper. Langsam drehte sie den Kopf. Vor ihr stand Sebastian. Fassungslos starrte sie ihn an. Waren es nur ein paar Atemzüge oder eine halbe Ewigkeit, die sie wie benommen dastand? Er umfasste ihre Hände, umschloss sie wie eine lang ersehnte Kostbarkeit und drückte sie so wie damals am Flussufer der Nahe.

»Ich bin's wirklich«, sagte er und lächelte verschmitzt. Seine blonden Haare standen struppig vom Kopf ab, aber sein Gesicht wirkte erwachsen. Die Schnüre von dem Leinenhemd, das er über seinen breiten Schultern trug, waren am Halsausschnitt locker zusammengebunden, dazwischen blitzte ein Schneckengehäuse auf, das an einem Lederband baumelte.

Hannah blinzelte mit den Augen. War alles nur ein Traum? War dies wirklich das Schneckenhaus aus ihrer Blättergrotte? Übte Faust neue Illusionszaubereien? Oder spielte das Schicksal mit ihr ein teuflisches Spiel? Noch immer war sie unfähig ein Wort herauszubringen.

»Schau da hinunter«, raunte Sebastian ihr zu, fasste sie zärtlich an den Schultern und drehte ihren Körper dem Fenster zu.

Hannah entdeckte unten auf der Gasse, direkt vor der Michaeliskirche, einen dicklichen, jungen Mann mit Lockenhaaren, der den Daumen hoch in die Luft streckte. Es war Martin.

In den nächsten Wochen wuchsen Hannah und Sebastian immer mehr zusammen. Sie waren sich so vertraut, als wären ihre Seelen schon ewig miteinander verbunden. Kannten sie sich vielleicht doch aus früheren Zeiten?

Während Sebastian und Martin Vorlesungen in Philosophie und Theologie hörten, baute Hannah ihr Wissen in der Medizin aus. Sie schaute dem Metzger beim Schlachten der Tiere zu und merkte sich, wie Blutgefäße und Adern, Sehnen und Muskeln verliefen. Selbst zu Henkern hatte sie heimlich Verbindung, besah sich Leichen von Hingerichteten und Ermordeten, erfuhr Wissenswertes über Todesursachen, besah sich Verfärbungen der Haut bei Vergiftungen und erforschte die Lage der Eingeweide. Dabei waren auch die medizinischen Studien Fausts hilfreich, der sie in allen Fragen unterstützte.

So zogen die Wochen ins Land. Doch eines Morgens, als noch die Kühle der Nacht in den Gassen lag, klopfte es heftig gegen die Holztür ihrer kleinen Wohnstätte. Hannah hatte gerade Brutus behandelt. Das unmäßige Zucken an seinem Hinterlauf hatte zugenommen, es sah fast so aus, als würde er anfangen zu lahmen.

Hannah lief zur Tür, Sebastian stand atemlos vor ihr. Seine Hand fuhr fahrig über ihre kühlen Wangen. »Ihr müsst fort«, stieß er hervor. »Heute noch!«

»Aber wieso?«, fragte sie gehetzt. »Was ist passiert?« Ein Luftzug fuhr vom Treppenhaus in die Kammer und wirbelte das Feuer im Herd auf. Die flackernden Lichter der Flammen huschten in irrwitzigen Tänzen über die grob verputzten Wände, eine unsägliche Kälte kroch vom Boden herauf.

Sebastian schloss schnell die Tür und zog Hannah an sich heran. »Die Kräfte, die sich gegen Faust verschworen haben, konnten sich durchsetzen«, berichtete er atemlos. »Gestern Abend wurde vom Rat der Stadt beschlossen ihn aus der Stadt zu jagen.«

»Faust wegjagen? Aber warum denn?«, fragte Hannah entsetzt.

»Sie glauben, dass Fausts Zaubereien, seine Wahrsagekünste, seine Visionen nicht ohne Hilfe des Teufels möglich sind.«

Da wurde lautlos die schmale Tür der Nebenkammer geöffnet, Faust stand auf der Schwelle. Das Herdfeuer warf seinen Schatten an die Wand. Wie ein Gigant stand er da, dessen Oberkörper sich in äußerster Anspannung hob und senkte.

»Der Rat der Stadt ist der Ansicht«, fuhr Sebastian fort, »dass es Ärgernis genug gegeben hat und dass Faust ihre Söhne nur ins Verderben stürzen wird. Neulich hatten sie doch den Franziskanermönch Doktor Klinge hergeschickt, um mit ihm zu reden.«

»Ja, der war hier«, drängte Hannah. »Und weiter?«

»Er hat berichtet, Faust wollte weder beichten noch Messe lesen lassen für seine sündige Seele. Und wegen seiner Bemühungen sei er nur verspottet und ausgelacht worden.«

Faust löste sich von der Schwelle, sein riesiger Schatten schien über die Wand zu taumeln. »Es ist also wahr? Ich soll fortgejagt werden?«, sagte er mit tonloser Stimme und ließ sich trotzig auf einen Schemel fallen. Die Beine hielt er weit ausgestreckt, die Arme verschränkt. Das erste Morgenrot verfärbte den Himmel wie eine brennende Fackel. »Dann muss ich ihnen wohl zuvorkommen. Jetzt heißt es also wieder packen, Hannah!«

Hannah spürte, wie ihr die Tränen in die Augen stiegen. Hilflos schaute sie zu Sebastian, der senkte schweigend den Blick. Brutus versuchte aufzustehen, knickte aber mit der Hüfte zur Seite weg. Leise fing er an zu winseln.

»Na, was ist?«, fragte der Magier mit lauerndem Unterton. »Denk an dein Versprechen …«

Hannah sah in das Feuer, die Flammen tänzelten ausgelassen über die trockenen Äste, als wollten sie ihr die Seele aus dem Leib brennen. Warum musste das Schicksal sie derart knechten? Was hatte Gott mit ihr vor? Wollte er sie strafen wegen ketzerischer Gedanken? Sollte sie für [illegible] en an ihr Gelöbnis gefesselt bleiben und mit dem [illegible] urch die Lande ziehen? Dann senkte sie langsam [illegible] f. Hannah wusste, es war ganz allein ihre eigene [illegible] idung gewesen, Faust dieses Versprechen zu ge- [illegible]

»Du musst fort«, beschwor Sebastian sie mit eindringlicher Stimme. »Dich verdächtigen sie auch, mit dem Teufel einen Pakt geschlossen zu haben. Du könntest als Hexe angeklagt werden. Immer mehr Scheiterhaufen brennen, begreifst du denn nicht?« Hilflos sah er zu, wie sie anfing ihre Habseligkeiten zu packen. Sie huschte wie ein Schatten durch die Kammer, ihr Blick war verschleiert, als würde sie von fremden Mächten gesteuert.

»Wir werden zum Kloster Maulbronn ziehen«, brummte Faust, als sie ihre Sachen beisammenhatten. »Die Zisterzienser* sollen hoch verschuldet sein. Ein verdammt gutes Omen. Dann brennt in ihnen auch das Verlangen nach dem Stein der Weisen, nach Gold, nach dem Lebenselixier. Mein alter Schulfreund Entenfuß könnte mir einen Alchemistenofen einrichten … Vielleicht hat das Schicksal es ja genau so gewollt …« Er grinste breit, als er einen geflochtenen Tragekorb mit Schriften und Büchern schulterte. Sein schwerer Umhang wurde durch die Lederriemen zusammengedrückt, aber das schien ihn nicht zu behindern.

Sebastian nahm Hannahs Gesicht zwischen die Hände. Ihre Wangen waren immer noch kühl, ein sanftes Pochen an den Schläfen war zu spüren. Dann küsste er sie. »Ich komme nach«, flüsterte er ihr zu. »Direkt, wenn das Semester abgeschlossen ist …«

Hannah wischte sich unbemerkt über die Augen und nickte ohne ein Wort zu sagen. Brutus schmiegte sich an ihre Beine und hielt die Ohren gespitzt, als wüsste er genau, dass es wieder hinaus auf die Handelswege ging.

Dann zogen sie los. Als sie das Haus verließen, stand Martin auf der Gasse und hielt einen winselnden Welpen im Arm, gerade mal ein paar Wochen alt. Seine dunklen Knopfaugen musterten Hannah neugierig, das weiche Fell glänzte wie blank poliertes Kupfer. »Der stammt von Brutus«, sagte Martin mit einem gutmütigen Lächeln. »Weißt du noch, damals, als er mit der Hündin an der Barfüßlerkirche herumgetollt ist?«

Hannah strich mit dem Zeigefinger über die kleine, glänzende Nase, die struppigen Ohren, die winzigen Pfoten. »Ein kleiner Brutus«, sagte sie kaum hörbar und schluckte.

Sebastian nahm sie fest in den Arm, als er ihre traurigen Augen sah, und sagte leise: »In ein paar Monaten bin ich wieder bei dir … und dann bleiben wir zusammen.«

Als Faust, Hannah und Brutus die Michaelisstraße hochliefen, wurde der Himmel von einem brennenden Morgenrot überzogen. Der Dunst von Pferdemist stand in der Gasse, Spatzen flogen umher und pickten im Unrat nach Würmern und Käfern. Eine Bäuerin zerrte eine meckernde Ziege am Strick hinter sich her, ein Pockennarbiger war mit einem Handkarren unterwegs, auf dem ein kleiner, frisch gezimmerter Sarg stand.

Als sie um die Ecke zum Marktplatz bogen, um über die Krämerbrücke Erfurt zu verlassen, drehte Hannah sich noch einmal um. Sebastian und Martin standen wie verloren weit hinten auf der Straße, winkten ihr zu und streckten noch einmal die Daumen hoch.

Der Wind wirbelte ein paar frisch bedruckte Flugblätter über das Kopfsteinpflaster. Sie waren von Abt Trithemius in Auftrag gegeben worden.

Monate später erreichten sie das Kloster Maulbronn, inzwischen hatte Abt Entenfuß die Leitung der Zisterzienser übernommen. Hocherfreut nahm er Faust und Hannah bei sich auf und zeigte ihnen nicht ohne Stolz, was er in sechs Jahren seiner geistlichen Regentschaft bewerkstelligt hatte. Nicht nur das Fürstengemach und das Herrenbad, der beheizbare Winterspeisesaal und der mit Säulen ausgestattete Saal im Herrenhaus waren Schmuckstücke der Baukunst, auch der Erker und die Wendeltreppe zum Oratorium* waren großzügig ausgestattet. Aber das Glanzlicht des Kreuzgangs war die Brunnenkapelle.

»Durch deine Bauwut hast du wohl die klösterliche Zahlungsfähigkeit in einige Schwierigkeiten gebracht«, lachte Faust, als er sich das reich ausgestattete Kloster angesehen hatte.

Abt Entenfuß wiegte bedächtig den Kopf. »Ich habe wohl etwas übertrieben. Aber schau sie dir an, die herrlichen Skulpturen des Paradiesmeisters*, der als Signatur Halbmonde in den Sandstein gemeißelt hat, die steinernen Bogengänge, sind es nicht architektonische Meisterwerke?« Sonnenstrahlen fielen durch die spitzgiebeligen Fenster mit ihren steinernen Rosetten und tanzten über den Springbrunnen. Fast zärtlich streichelte der Abt über das massive Becken und ließ das glitzernde Wasser durch seine Finger rinnen. Er zeigte auf ein feines Gemälde oben an der Wand, auf dem ein Esel nach Wasser scharrte. »Der Sage nach soll ein Maultier hier die Quelle für den Brunnen gefunden haben, daher stammt ja auch der Name für Maulbronn. Und wäre es nicht eine Sünde, diese Meisterwerke verkommen zu lassen?«, zischte der Abt mit leidenschaftlicher Stimme. »Genau deswegen brauche ich dich, verstehst du? Du bist der Einzige, dem ich zutraue ein Alchemistenlabor richtig zu nutzen. Finde den Stein der Weisen! Ich brauche Gold, sehr viel Gold, sonst bin ich ruiniert.«

»Und deine Glaubensbrüder? Werden sie dir nicht die Hölle heiß machen?«, grinste Faust belustigt.

Abt Entenfuß schüttelte den Kopf. »Gott hat seine Welt für uns nach einem sinnvollen Plan erschaffen. Einige seiner Schöpfungsakte haben wir schon entschlüsselt. Nutzen wir nicht die Heilkraft der Pflanzen? Brauchen wir nicht den Saft der Reben, die süßen Früchte, das reife Korn, um unser Dasein zu fristen? In der Bibel steht: Macht euch die Erde untertan. Sollten wir also nicht auch das Werk des Goldsuchens nutzen, um aufs Eindrucksvollste das wunderbare göttliche Werk zu offenbaren?«

»Der Stein der Weisen!« Faust stemmte beide Hände auf den marmornen Beckenrand des Springbrunnens und stöhnte lustvoll auf. »Ich verwette verdammt noch mal meine Seele, dass ich ihn zum Leben erwecken werde! Ich werde ihn zwingen, ich will die göttliche Substanz aus ihm herausquetschen, bis er mir zu Diensten ist!« Die

Augen des Magiers glänzten fiebrig, der Atem ging heftig, sein Körper schien in Aufwallung. Jetzt sah es im Gegenlicht der Brunnenkapelle aus, als lauschte er einer betörenden Melodie, die durch die Klosteranlage hallte. War eine verheißungsvolle Eingebung in ihn gefahren, die ihn mit Leib und Seele an die Verwirklichung dieses Gedankens fesselte? Faust lachte laut auf und schlug dem Abt beherzt auf die Schulter.

Hannah, Faust und Brutus bekamen im östlichen Eckturm des Klosterzwingers*, der zur mittelalterlichen Befestigungsanlage gehörte, ihre Kammern zugewiesen. Hannah betrachtete besorgt Brutus, dessen Hinterbein immer mehr lahmte. Als hätte er sich während der langen Fußmärsche völlig verausgabt, humpelte er zu Hannahs Lager und schlief dort erschöpft ein.

Hannah stellte als Erstes das Elfenbeinkästchen mit dem schillernden Panzer des Hirschhornkäfers auf einen Steinquader. Dann schaute sie aus dem Fenster, einer schmalen Öffnung in der Wand aus Bruchsteinen. Es gab die Sicht auf Teile der großzügigen Klosteranlage frei, nicht aber den Blick aufs Klostertor, durch das Fremde anreisten. Wann wohl Sebastian dort ankommen würde? Fausts Experimente würden sicherlich Monate in Anspruch nehmen. Hoffentlich konnten sie lange genug hier bleiben.

Schon in den nächsten Tagen wurde das Alchemistenlabor ausgestattet. Es lag neben dem runden Gewölbe, das der Abt als Feuerkammer ausgebaut hatte, um den Winterspeisesaal im ersten Stock zu beheizen. Das Mauerwerk des Ofens trocknete schnell, die besten Gläser und Kolben, Mineralien und Erze wurden herbeigeschafft. Der Magier wirkte wie aufgescheucht, als würde er von einer unbekannten Kraft umhergetrieben, brummelte geheimnisvolle Formeln und hockte sich immer wieder auf einen der Steinsockel, um seltsame Zeichen auf Papiere zu kritzeln.

Während Faust sich immer mehr in seine Arbeit zurückzog, half Hannah in der Klosterapotheke, rührte Salben und Tinkturen an, mischte Öle und Heiltränke. Heute waren neue Holzkisten mit Bärenfett, Wolfszähnen, Fledermausflügeln und getrockneten Schlangen geliefert worden. Auch neue Rezepte lagen dabei, die Hannah unbedingt ausprobieren wollte: Für die Tinktur zur Heilung einer Schnittwunde sollten eine Prise Minze mit Wermut und dreihundert getrockneten Tausendfüßlern ohne Kopf zerstoßen werden, um sie in gärendem Bier ziehen zu lassen.

Hunderte von Tausendfüßlern? Hannah überlegte. In den nahen Wäldern am Tiefen See, den die Zisterzienser für den Fischfang gestaut hatten, gab es doch Unmengen dieser Insekten. Sofort wollte Hannah aufbrechen, um unter verrottetem Laub und alten Baumstämmen nach ihnen zu suchen.

»Brutus, komm«, rief sie, als sie hölzerne Schachteln für die Tierchen in einen Weidenkorb packte. »Komm, raus in die Wälder!« Brutus lag ausgestreckt vor der Strohmatratze, den Kopf hatte er auf die Pfote gelegt, der Schwanz blieb regungslos.

»Na los, du Schlafmütze!« Hannah lachte und band sich ihre Schnürschuhe. »Vielleicht findest du ja die Spur von einem Hasen oder wir suchen nach einem Fuchsbau!« Aber Brutus spitzte nicht die Ohren wie sonst. Kein Zucken lief über sein Fell. Eine seltsame Ruhe ging von ihm aus.

»Brutus?« Hannah lief auf ihn zu und hockte sich neben ihn. Vorsichtig drehte sie ihn um, die Pfoten sackten auf die Vorderbeine, der Kopf kippte leblos zur Seite. »Brutus!« Hannah fühlte über sein Fell, das noch körperwarm war, sie rüttelte ihn, streichelte über seine Ohren, die wie Lappen vornübergeklappt waren. Aber die Lebenskräfte hatten ihn verlassen. Ganz still war er eingeschlafen.

Hannah spürte nicht, wie sie auf die Knie fiel, wie sich spitze Steinchen in ihre Haut bohrten. Mit zitternden Fingern fuhr sie über seine weit geöffneten Augen, strich ein letztes Mal über die Vernarbung an seiner Hüfte. Wie in einem fernen Tagtraum holte sie ein großes Leinentuch, wickelte Brutus hinein und trug ihn nach draußen an die Befestigungsmauer neben dem Eckturm.

Hatte das Schicksal ein Einsehen mit ihr und schenkte ihr übermenschliche Kräfte, als sie mit einer Schaufel eine tiefe Grabstelle aushob? Sollte Hannah mit körperlichem Schmerz gegen ihre unsägliche Trauer ankämpfen? Sie schaufelte und schippte, bis die Blasen an ihren Händen platzten und rohes Fleisch zwischen Dreck und verschwitzter Haut aufglänzte. Dann umfasste sie die Ecken des Leinentuchs, ließ Brutus vorsichtig in das düstere Loch gleiten und schaufelte ihn mit Erde zu. Erschöpft hockte sie sich an die Steinmauer vor dem aufgeworfenen Grab. Ein frischer Wind wehte den Geruch von Walderde und dunklen Beeren, die an den nahen Brombeerranken reiften, zu ihr herüber. Aber Hannah saß wie entrückt in der fröstelnden Kühle, die allmählich ihren Körper hochkroch.

Erst in der gläsernen Abenddämmerung, als über dem Sichelmond der erste Stern am Firmament aufleuchtete, wurde sie vom Schicksal wieder ins Leben entlassen. Die tiefe Benommenheit wich, ihre Hüfte schmerzte mit einem Mal und ihre Handflächen brannten wie Feuer. Zusammengekauert saß sie da und weinte sich den ersten Schmerz von der Seele.

Spät in der Nacht hörte sie, wie sich Schritte näherten. Jemand kam mit einer Fackel, der Lichtschein brannte in ihren Augen. Sie spürte, wie sie hochgehoben und in den Turm getragen wurde. Etwas Bitteres brannte auf ihrer Zunge, Lappen wurden um ihre Hände gebunden. Dann schlief sie ein und sackte weg in ein Land ohne Zeit und Erinnerungen.

Die Monate zogen ins Land. Hannah verrichtete ihre Arbeiten in der Klosterapotheke wie gewohnt, aber sie fühlte sich, als wäre sie vom Leben abgeschnürt. Schweigsam huschte sie durch die kühlen Kreuzgewölbe zur Bibliothek, half in den Ställen und auf dem Feld und sehnte sich nach den einsamen Abendstunden. Dann stand sie am steinernen Klostertor und ließ die Zeit über sich hinwegziehen. Hannah starrte in die Ferne, lauschte auf jeden Reiter, auf das Rattern von Kutschenrädern, auf die Schritte nahender Pilger. War es Sebastian, der sich da näherte?

Eines Abends holte Faust sie aus ihren Träumen. »Was wagst du es, hier deine Stunden zu vertrödeln?« Der Magier spuckte verärgert aus und fuhr sich mit den verrußten Fingern durch die dunklen Locken. Seine Augenlider zuckten, der Atem ging heftig. »Die Zeit ist überreif für das große Werk und du verschleuderst deine Kraft mit geduldigem Warten, als könntest du dadurch irgendetwas erzwingen! Wo ist nur dein unbändiger Wille geblieben? Deine Unbeugsamkeit? Deine Zähigkeit? Verflucht noch mal, komm! Die Zeit drängt.«

Faust wandte sich schroff ab und stapfte davon. In der Abenddämmerung schien sich sein Umhang wie ein düsterer Schatten an ihn zu klammern. Gleichzeitig spürte Hannah, wie ein fiebriges Frösteln ihren Körper erfasste. Ihr war, als würde eine glühende Hand über sie streichen. Sie schüttelte benommen den Kopf und wischte sich kalten Schweiß von der Stirn. Da blitzten Gedanken auf, Neugier brannte mit einem Mal wie Feuer: War Faust wirklich so weit, das Geheimnis um den Stein der Weisen zu lüften?

Hannah blickte noch einmal durch das Steintor der Klosterbefestigung in die Ferne. Nebliger Dunst lag auf den Hügeln, den Wäldern und Wiesen, wo an der Lichtung das Wild äste. In der Ferne stießen zwei Dammhirsche mit aller Wucht ihre Geweihe gegeneinander. Es klang hart und erbarmungslos, ein blutiger Zweikampf auf Leben und Tod. Aufgewühlt rannte sie dem Magier hinterher.

Als Hannah das Alchemistenlabor betrat, hatte Faust verschiedenste Substanzen zum Köcheln gebracht. Kleine

Feuer knisterten unter den Phiolen. Lichter von Flammenspitzen tanzten über die groben Wände, dazwischen reckte sich der Schatten des Magiers auf wie ein Gebieter über auflodernde Höllenflammen.

Auf einem langen Tisch standen Becken neben Mörsern und Schälchen, in Regalen reihten sich bizarre Glaskolben, einer unförmiger als der andere. Es roch nach fremdländischen Kräutern und Ölen, stechenden Salzen und beißendem Schwefel. Neben dem Alchemistenofen blubberten in Destilliergeräten milchige Flüssigkeiten. In den Schalen einer Waage lagen Steine mit rötlich schimmernden Kristallen. Auf einem kleinen Ofen stand ein Glasgefäß, in dem eine zähflüssige Masse Blasen warf.

Hannah entdeckte an der Hinterwand des Gewölbes eine Schrift, die im Feuerschein glutrot aufleuchtete: »Scheide die Erde vom Feuer und das Feine vom Groben, sanft und mit großem Verstand!« Die Worte kannte sie, Sebastian hatte sie öfter aus der Geheimschrift des Hermes Trismegistos vorgelesen.

Faust löste mit einer Säure eine angebackene Substanz aus einem Tiegel und gab die Flüssigkeit in ein Glasgefäß. Hannah hockte sich an den Blasebalg, um Luft in den Ofen zu pusten. Sie wusste, die Erhitzungsphase war vorbei, jetzt kam die Destillation und die Temperatur musste genau gehalten werden. Wenn die Lösung zu sehr abkühlte oder zu heiß loderte, war das Experiment gescheitert.

Faust hob die Platte vom Ofen und schüttete die Mixtur in den Glaskolben, der hinter den wärmenden Steinen eingemauert war. Ein leises Zischen war zu hören, ein

Schäumen, ein blubberndes Tuscheln. »Für vierzig Tage muss die Temperatur gleichmäßig gehalten werden, genau einen Monat der Weisen lang. Dann wird die Lösung langsam verdampft sein.« Fausts Stimme klang wie brüchiges Leder, das in der Hand zu Staub zerrieben wurde.

Hannah schaute zu dem Glasröhrchen, das schräg aus dem Alchemistenofen herauszuwachsen schien. Der Dampf würde dort aufsteigen, abkühlen, sich in winzige Tröpfchen verwandeln und am Ende des Röhrchens in dem kleinen Glaskolben sammeln. Dieses Destillat wollte Faust dann zu Pulver trocknen, zu rotem, kostbarem Pulver …

Aus den Klostergängen hallten die eintönigen Gesänge der Mönche herüber. Wie Beschwörungsformeln taumelten sie durch Hannahs Kopf, während ihr ein beißender Geruch in die Nase stieg. Ein unheimliches Sirren lag im Gewölbe. Die Holzscheite knackten im Feuer, als wollten sie mit aller Macht aufbegehren. Hannah schüttelte benommen den Kopf und wischte sich den Schweiß aus dem hochroten Gesicht.

»So soll es gelingen, das große Werk!« Faust hielt seine Arme weit ausgebreitet. Der Umhang fiel wie ein riesiger Flügel über seine Schultern. Die Schatten wuchsen im rötlichen Feuerschein hoch bis zur steinernen Gewölbedecke, die mit schwarzen Rußflecken übersät war. Sie wirkten wie hingewischte Insignien der Hölle. In den Augen des Magiers flackerte eine Leidenschaft, die alles zu verbrennen schien.

Hannah betrachtete das aufsteigende Röhrchen. War dort nicht schon ein Hauch von weißlichem Dampf zu erahnen? Sollte es diesmal tatsächlich gelingen, das überirdische Werk?

»Natürlich wird es gelingen!« Faust lachte spöttisch auf. Es war, als würde es hundertfach in den Klostergängen widerhallen. »Ich werde es zwingen, mit meinem gesamten Leib!«

Hannah starrte ihn verunsichert an. »Mit Eurem Leib? Wie wollt Ihr das schaffen?«

Faust schob ruckartig den Kopf vor. Dunkle Locken klebten an seiner schweißnassen Stirn. Mit heiserer Stimme schleuderte er ihr entgegen: »Alles wird eins, Körper, Geist und Seele. Willst du Weisheit erfahren, musst du alle drei Ebenen bereitmachen. Ich werde meine Seele durch Beschwörungen öffnen, der Körper muss durch Fasten gereinigt und für den Geist durchlässig gemacht werden. Sieh dir die Pfaffen an, sie machen es dir tagtäglich vor.«

»Und wenn es nicht Gott ist, der die Einblicke gibt?« Hannah sah ängstlich zu ihm hinüber. Ein feines Zittern fuhr durch die Flammenspitzen der Kerzen, rußige Schwaden tanzten wie geheime Zeichen durch das Gewölbe.

Faust verzog das Gesicht zu einem fast schmerzhaften Grinsen. »Es kommt, wie es kommt. Die Zeit ist reif. Wie oben, so unten. Wie im Himmel, also auch auf Erden. Wie die Sterne, so die Prophezeiung. Jede Pore meiner Haut will ich öffnen, um die Weissagungen aufzunehmen.« Faust wankte auf Hannah zu, fasste nach ihrem Amulett und stieß mit tonloser Stimme hervor: »Der Löwe frisst die Sonne! Sind die Weisen nicht immer in die Stille gegangen, um Erkenntnisse über die tiefsten Geheimnisse zu empfangen? Wenn sich das Universum offenbaren soll, muss auch ich in die Unterwelt, in die Stille, in die Dunkelheit. Bis mir der Seelenführer die Weissagung bringt.«

Hannah betrachtete seine fiebrig glänzenden Augen. »Ihr meint, jemand vermittelt zwischen Ober- und Unterwelt?«

»Kennst du nicht Hermes, den Götterboten, der zwischen den Welten vermittelt?« Faust warf einen knappen Blick auf die rot glühende Kohle in der Kammer des Alchemistenofens. »Da gibt es auch einen Vermittler, das ist das Quecksilber …« Ein brennender, beißender Geruch stieg ihnen in die Nase. Faust stöhnte genussvoll auf. »Und das ist Sulfur.«

Hannah schnupperte. »Schwefel?«

»Ja, Schwefel! Er führt zur mystischen Schau der Einheit …« Fausts Stimme klang verzerrt, Schweißtropfen glänzten auf seiner Stirn. Ein heftiges Zittern durchfuhr seinen Körper, dann sackte er in sich zusammen, während er geheimnisvolle Silben zu Formeln fügte, die wie ein düsterer Klangteppich das Gewölbe ausfüllten.

Der Magier verfiel ins Fasten. Schon nach zwei Tagen wirkte sein Blick wie aufgebrochen. Nach einer Woche war sein Gesicht von einem grauen Schleier überzogen, die Augen lagen in dunklen Höhlen, hellwach wie die einer angeschossenen Raubkatze, die in tödlicher Vorahnung feinste Schwingungen witterte. Sein Gang wurde schleppend, sein Atem keuchend. Abends tunkte Faust den Blechlöffel immer fahriger in den Holzteller mit der

Wassersuppe, die er dann gierig aufschlürfte. Aber den Körper hielt er aufrecht mit einem unbändigen Willen, dem selbst der Teufel nichts anhaben konnte.

Wenn Hannah kurz nach Sonnenuntergang an der Klostermauer vor dem aufgeworfenen Hügel von Brutus' Grab hockte, drang anhaltendes beschwörendes Gemurmel aus seiner Kammer. Die wieder- und wiederkehrenden, gleichförmigen Laute machten leicht schläfrig und benommen. Manchmal glaubte Hannah in der Abenddämmerung eine kleinwüchsige Gestalt zu erkennen, mit dunkler Kutte und Krallenfüßen, übergroßen Ohren und glühenden Kohleaugen, die durch die Luft in die Kammer des Magiers fegte.

So gingen die Tage und Wochen ins Land. Während Faust sich immer mehr in sich zurückzog, wurde Hannah in ihren Gedanken, die wie Brandmale an ihr hafteten, zu Sebastian getrieben: Vielleicht würde er ja nie durch das Steintor des Klosters anreisen, vielleicht hatte er sie in den Studentenvierteln von Erfurt schon längst vergessen …

Hannah wurde schmal, ihre Haut blässlich, der Mund rissig. Sie wurde still. Unsäglich still.

Als sie eines Abends an der Klostermauer saß, in sich versunken, als könnte sie so aus dem Leben schlüpfen, öffnete sich die Holztür zum Turm. Es war Faust. Seine Augen waren blutig unterlaufen, wie irrsinnig flackerte sein Blick.

»Was hockst du da und schmeißt deine Zeit fort wie stinkenden Kloakendreck?«, donnerte er Hannah entgegen.

Er wischte sich mit zitternden Händen über die eingefallenen Wangen, tiefe Furchen zogen sich über seine Stirn. »Hast du nach dem Ofen geschaut? Die Glut überprüft? Das Feuer geschürt?«

Hannah senkte nur den Kopf, die dunklen Haare fielen ihr bis in den Schoß. Mit ihren Händen drückte sie sich auf dem lehmigen Boden ab.

»Oder willst du dich jetzt schon vom Leben ausruhen wie eine gezeichnete Greisin?«, höhnte er. Seine bleiche Gesichtshaut spannte sich über seine Wangenknochen, die Haare hingen ihm wirr ins Gesicht. »Wenn das so ist, dann geh! Verschwinde!«

Er stolperte in den Turm, kam mit einem Arm voller Habseligkeiten zurück und schleuderte sie Hannah entgegen. Ein zerrissenes Kinderkleid fiel ihr wie eine verlorene Blüte vor die Füße, der dunkle Panzer des Hirschhornkäfers schillerte im Abendlicht, das Elfenbeinkästchen lag jetzt zerbrochen an der Befestigungsmauer.

»Was habe ich von deinem Versprechen, bei mir zu bleiben, wenn du deine Seele längst verkauft hast. Verschwinde! Geh mir aus den Augen! Du bist frei!« Faust spuckte aus. Seine Mundwinkel bildeten in seinem Stoppelbart tiefe Furchen, die Hände hatte er erhoben, als wollte er Blitze über das Land schleudern. Dann taumelte er zurück in den Turm. Mit einem dumpfen Schlag verriegelte er die Tür. Da hallte ein unheimliches Säuseln durch die Klosteranlage, es klang wie ein verirrtes Gelächter, das der Seelenwind geradewegs aus der Hölle trug.

Am späten Nachmittag wanderte Hannah durch das steinerne Klostertor hinaus in die sommerlichen Wälder.

Ihr langes, dunkles Haar hatte sie zu einem Zopf gebunden, auf dem Rücken hing ein Leinenbündel, ein lederner Beutel baumelte von ihrem Gürtel herab. Drückende Schwüle lag in der Luft. Innerhalb kürzester Zeit war der Himmel wie mit geschmolzenem Blei überzogen, ein aufgewühlter Wind wirbelte trockene Blätter hoch, Schwärme von schwarzen Vögeln zogen wie Pestflecken übers Land. Als Hannah im Dickicht der Wälder untertauchte, klatschten die ersten dicken Tropfen auf die staubige Erde.

Jahrzehnte später.

An diesem Morgen klebten die Wolken schwefelgelb am Firmament. Ein Unheil verkündendes Surren lag in der Luft. Hannah hatte gerade ihr graues Haar zu einem Zopf gebunden und füllte einen Tiegel mit neuer Heilsalbe, als sie das holprige Rattern von Rädern aufschreckte. Eine schwarze Kutsche fuhr vor und hielt geradewegs vor ihrer Apotheke. Ein Pferd wieherte auf, Türen klappten. Ein dicklicher Mönch stieg heraus und hastete auf die Eingangstür zu.

»Martin!« Hannah lief ihm freudestrahlend entgegen.

»Du musst sofort mitkommen«, raunte er ihr zu. »Man sucht dich überall. Allein kannst du hier nicht bleiben, ich will dich mitnehmen, bis er zurückkommt.«

»Was ist geschehen?«

»Faust ist tot.«

Hannah fasste nach ihrem Amulett. Faust war tot? Ein

eisiger Schauer fuhr ihr über den Rücken, sie taumelte. Im Fallen riss sie das Leinensäckchen herunter, das ihr an der Gürtelschnalle baumelte. Spielkarten segelten auf den Steinfußboden. Auf der Rückseite der Karten war die Gestalt eines kleinen, gedrungenen Mannes in einer schwarzen Kutte zu sehen. Seine Krallenfüße waren rot angelaufen, sein Gesicht fratzenhaft verzerrt.

Bruder Martin half seiner alten Freundin hoch, die ihn fassungslos anstarrte. »Einige wispern, der Teufel habe sein Labor mit einem höllischen Schlag in die Luft gesprengt und ihn geholt«, fuhr er leise fort. »Man sagt, er habe grässlich zugerichtet dagelegen, den Kopf seltsam auf dem Rücken verrenkt. Andere flüstern, er selbst habe das Laboratorium entzündet. Wieder andere munkeln, bezahlte Verbrecher hätten ihn umgebracht und ihm das geheimnisvolle rote Pulver gestohlen.«

»Das rote Pulver ...«, sagte Hannah mit tonloser Stimme. »Und wo soll das geschehen sein?« Ihre Lippen waren blass, die Nasenflügel zuckten bei jedem Atemzug.

»In Staufen bei Freiburg. Und nun komm!«

»Aber was hat das mit mir zu tun?«

»Die Menschen spielen verrückt. In den Städten und Dörfern redet alles nur noch vom Teufelsbündler. Die Schreckensnachricht verbreitet sich wie der Samen vom Teufelskraut und findet überall einen fruchtbaren Nährboden. Alles, was mit Faust in Berührung gekommen sein könnte, wird vernichtet. Teller, Becher und Löffel werden dem Kreuz entgegengestreckt und unter Gebeten wieder und wieder gewaschen. Bettzeug und Linnen brennen im Feuer zu Asche, die in den Wäldern vergraben wird. Wirtshäuser und Klöster werden mit heiligem Wasser besprochen und ausgesegnet. Die Teufelsjäger suchen wie besessen nach Büchern und Schriften, nach Chroniken, Behördenblättern, Protokollen, Kirchenbüchern, Ratsbeschlüssen und Verordnungen. Alles ohne Ausnahme wird der reinigenden Kraft der Flammen übergeben.«

Bruder Martin zog erregt aus einem Regal ein schweinsledern gebundenes Werk hervor und ließ es blitzschnell in seiner Kutte verschwinden. »Hier! *Die Tischreden* Luthers! Selbst diese Auflage wird verbrannt, weil ein Absatz von Faust handelt. Jedes geschriebene Wort über ihn soll ausgelöscht werden, so als hätte er nie existiert. Die Welt soll ihn vergessen.«

»Wird denn nichts von ihm überleben?«, fragte Hannah leise, während sie hastig die Spielkarten zusammensuchte.

»Sicherlich wird man die eine oder andere Notiz über ihn finden, werden irgendwo Erinnerungen an ihn festgehalten sein. Wie auf dem Buchdeckel des Werkes vom großen Agrippa von Nettesheim: Da steht, dass ein großer Magier Paris besucht hätte, um die Leiden des Königs zu lindern.«

»Woher weißt du das?«

»Das Buch halte ich im Kloster versteckt, wie viele andere Schriften auch. Viele seiner Weissagungen werden überleben, wie die für den Vetter Ulrichs von Hutten über die gescheiterte Venezuela-Expedition*.«

Hannah nickte zögerlich. »Oder das Horoskop für den Bamberger Bischof*.«

»Oder die Korbacher Vorausschau* über den Kriegsausgang für Karl V.« Bruder Martin sah sie eindringlich an. »Und deine Aufzeichnungen! Schreib, Hannah, schreib! Um Fausts willen, schreib, was du von ihm weißt!«

»Aber warum soll ich mit dir kommen?«

»Denk an die Inquisition, überall werden Scheiterhaufen entzündet! Sie wollen dich brennen sehen, du warst doch über Jahre mit dem Magier unterwegs. Komm mit, bei mir bist du sicher. Alles ist geregelt, in nur ein paar Tagen, wenn er von der Reise zurück ist, wirst du abgeholt.«

Hannah nickte. Sie packte notdürftig ein paar Sachen zusammen, verriegelte die Holztür ihrer kleinen Apotheke und kletterte zu Bruder Martin in die schwarze Kutsche.

Am frühen Abend klapperten die Pferdehufe über die Pflastersteine des Zisterzienserklosters von Maulbronn. Hannah lehnte sich aus dem Kutschenfenster, ein Windhauch fuhr ihr kühl durchs Gesicht. Hinten rechts erhob sich der mit Efeu überwucherte Eckturm der Befestigungsanlage, in dem sie früher ihre Kammern gehabt hatten, und es war ihr, als würde sie in ein längst vergangenes Leben eintauchen.

»Wir sagen, du seist eine Verwandte von mir, die in ein paar Tagen nach Hause geholt wird«, raunte Bruder Martin ihr zu, als er sie in seine kleine Klosterzelle brachte. Dort stand in einer Ecke ein einfaches Bett mit grober Leinendecke, vom Fenster aus konnte man den gepflasterten Hof überblicken. An der linken Wand war ein einfach gezimmerter Schrank abgestellt. Auf dem Schreibtisch flackerten Kerzen, Blätter mit frisch geschöpftem Papier lagen ordentlich gestapelt, die zarten Rippen einer Gänsefeder schimmerten weißlich im Kerzenlicht.

»Und du? Wo bleibst du?«, fragte sie zögernd.

»Ich werde im Schlafsaal bleiben. Und hier, schau hier …« Bruder Martin bückte sich und fasste unter den Holztisch. »Wenn du unter der Tischplatte diesen kleinen Ring herausziehst, öffnet sich wie von selbst ein geheimes Fach.« Ein leises Klicken war zu hören, fast lautlos schob sich eine Schublade heraus. »Versteck die beschriebenen Seiten. Ich werde dich mit allem versorgen, was du brauchst. Aber schreib!«, fuhr er mit beschwörender Stimme fort.

Hannah schloss für einen Moment die Augen. Durch ihre feinen, fast pergamentdünnen Augenlider sah sie verschwommen einen Schatten, der sich vor rot glühenden Flammen hoch aufreckte.

»Und hier!« Bruder Martin holte aus seinem schwarzen Gewand ein versiegeltes Schreiben. »Das trage ich schon lange bei mir.«

»Von ihm?« Hannah starrte ihn ungläubig an.

Er nickte. Mit zitternden Fingern griff sie nach dem Brief, er fühlte sich rau und sperrig an.

»Er hat mich einfach fortgeschickt …«, sagte sie leise.

»Wärst du bei ihm glücklich geworden?«

Hannah schüttelte nachdenklich den Kopf. »Aber ich hatte doch versprochen bei ihm zu bleiben.«

»Nur so konnte er dich aus deinem Versprechen entlassen.« Bruder Martin fasste sie fest an den Schultern. »Und jetzt schreib. Du musst fertig sein, bevor er dich abholt.«

Lautlos ging er zur Tür. Seine schwarze Kutte raschelte leise, als er die Eichentür hinter sich zuzog.

Hannah blieb regungslos. War es ein Stück von der Ewigkeit, das sie in ferne Erinnerungen hineinsog? Die Botschaft in ihrer Hand brannte wie Feuer. Es war, als würde ein Strom aus Glut ihren Körper hochkriechen.

Später, wenn sie ihre Gedanken geordnet hatte, wollte sie das schwarze Siegel brechen, das Papier auseinander falten und lesen, was mit den Worten endete: »… lerne weiter, immer weiter ohne Beschränkung, dann wird das, was heute als Teufelsspuk gilt, morgen schon zum Natürlichsten der Welt gehören … Wer sich selbst nicht erkannt hat, hat nichts erkannt. Wer jedoch sich selbst erkannt hat, hat auch schon die Erkenntnis über die Tiefe des Alls erlangt.«

Hannah stützte sich mit den Fingerknöcheln auf dem Schreibtisch ab und verharrte in ihrer Bewegung, als wollte sie die Zeit anhalten. Dann setzte sie sich. Ihre Hüfte schmerzte, eine unauslöschliche Erinnerung an den Sturz aus der Postkutsche.

Plötzlich schreckte sie hoch. War da nicht eine fröstelnde Kälte, die aus den Mauern kroch? Tanzten da nicht unwirkliche Schatten über die grob gemauerten Wände, als sollte sie verhöhnt werden? Da war es ihr, als wollte das gleißende Kerzenlicht sie in eine andere Welt hineinziehen, wo fremde Kräfte sie erwarteten. Ein Hauch von nebligem Schwefel stieg auf, Sulfur, das die mystische Schau der Einheit erst möglich machte. Hannah schüttelte benommen den Kopf. Ihre schmalen Finger zitterten und sie umfasste ein kleines Amulett, das an einer silbrigen Kette um ihren Hals hing. Sie schloss die müden Augen. Winzige Falten durchzogen ihre Haut wie weit verzweigte Lebenslinien. Dann legte sie vorsichtig die frisch geschöpften Papierbogen zurecht und schrieb. Die Feder kratzte leise, als wollte sie den Himmel um Verzeihung bitten.

Hannah lächelte, als hätte sie mit dem vergangenen Leben ihren Frieden geschlossen. Ein letztes Mal öffnete sie mit der Haarnadel die geheime Schublade und legte die beschriebenen Blätter hinein. Ein letztes Mal hörte sie das Klicken, als sich der Mechanismus wieder schloss. Langsam ging sie ans Fenster und schaute hinunter auf den Klosterhof. Allmählich tastete sich die Morgenröte über den Himmel, zaghaft tauchte sie den Hof, die Bauten und Gärten in sanftes Licht. Die alte Frau nahm den Krug und ließ kühles Wasser in die Schüssel plätschern. Sie wusch sich von Kopf bis Fuß, rubbelte mit Seife und Bürste die Haut, als wollte sie den Schmutz der Jahre hinter sich lassen.

Da hörte sie im Hof eine Kutsche vorfahren. Eilige Schritte huschten den Gang entlang. Jemand klopfte gegen die Tür der Klosterzelle. Es war Bruder Martin. Er flüsterte: »Sie sind von der weiten Reise zurück und holen dich! Beeil dich!«

Hannah umarmte ihn und nahm das Kleiderbündel, das auf dem Tisch lag. An ihrem Hals blitzte das silberne Amulett auf. Darauf war ein Löwe zu sehen, der gierig das

Maul aufriss, um die Sonne zu fressen. Vorsichtig huschte sie aus der Klosterzelle und lief den Gang entlang, die Treppen hinunter in den Hof. Die Kutschentür wurde aufgerissen, ein junger Hund mit kupferbraunem Zottelfell sprang heraus und jagte auf sie zu.

»Brutus!«, rief sie und streichelte ihm zärtlich das Fell. Der Grauhaarige, der mit holprigen Schritten aus der Kutsche stieg, fuhr mit einer zärtlichen Geste über ihr weiches Haar. Dann nahm er sie fest bei der Hand und drückte sie so wie damals, als sie sich das Versprechen für die Ewigkeit gegeben hatten.

Die beiden Alten blickten hoch zum Klosterfenster, das Bruder Martin gerade öffnete. Tauben flatterten vom Sims. Sie leuchteten in der frühen Sonne wie weiße Federbüschel. Bruder Martin stand am Fenster seiner Zelle, die er der alten Frau zur Übernachtung abgetreten hatte, und streckte den Daumen hoch in die Luft. Der Grauhaarige lächelte verschmitzt und antwortete mit dem gleichen Zeichen. Nur für ein paar Sekunden reisten sie zurück in ihrer Lebenszeit und waren sich näher als je zuvor.

Der junge Brutus sprang in die Kutsche, dann kletterten die beiden Alten nach. Mit lautem Klappen fiel die Wagentür zu. Bruder Martin wartete, bis das Rattern der Kutschenräder auf den Pflastersteinen verhallte. Jetzt war der Platz vor dem Kloster leer. Zurück blieb die Asche verbrannter Bücher, die der Wind als letzte Erinnerung an einen Schwarzkünstler durch den Hof trieb.

Aeromant: jemand, der durch Beobachtung der Wolken, ihrer Form, Ausdehnung, Färbung, Auflösung und Zusammenballung, Weissagungen treffen kann

Alchemie: Vorläufer unserer heutigen Wissenschaft Chemie. Erste Alchemisten waren vermutlich Gelehrte und Priester im alten Indien und China. Im Laufe der Jahrhunderte wurde Alchemie auch in Ägypten (von 600 n. Chr. bis 1300) praktiziert. Alchemistisches Wissen gelangte vor gut 800 Jahren (um 1200) über Persien nach Europa.

Amerika: Der Nürnberger Karthograf Martin Waldseemüller benennt das Land nach dem Vornamen von Amerigo Vespucci, dem italienischen Seefahrer und Entdecker.

Bader: Betreiber einer Badestube, der außer dem Schneiden der Haare oft auch die Aufgaben eines Chirurgen oder Zahnarzts übernahm

Bamberger Bischof: Fürstbischof Georg III. hatte Faust eingeladen, damit er ihm ein Geburtshoroskop erstellte. Faust bekam dafür zehn Gulden, eine ungeheure Summe für einen solchen Zweck.

von Bingen, Hildegard (1098–1179): eine der bedeutendsten Mystikerinnen des Mittelalters

brunzen: furzen, scheißen

Chiromant: jemand, der aus der Hand zu lesen weiß

Die Chroniken des Universums: Nur hellsichtige Eingeweihte sollen die Fähigkeit haben, in diese Chroniken (zum Beispiel die *Akasha-Chronik*) Einblick zu erhalten, um Weissagungen treffen zu können. In diesen Chroniken sollen sämtliche Ereignisse der Vergangenheit, Gegenwart und Zukunft aufgezeichnet sein.

Elle: alte Längeneinheit, etwa 55–85 cm

Entenfuß, Johann († 1525): Faust soll vom hochverschuldeten Abt Entenfuß geholt worden sein, um im Kloster Maulbronn Gold zu machen und das Finanzloch zu stopfen, das der Abt durch seine baulichen Ausstattungen aufgerissen hatte. Entenfuß ist 1518 wegen seiner ökonomischen Fehlplanungen von den Mönchen abgesetzt und zum einfachen Ordensmann degradiert worden. Heute gehören seine architektonischen Bauten zum Weltkulturerbe.

Ephemeriden: Tabellen, mit denen man die genaue Sternenkonstellation zur Geburtsminute berechnen kann

Famulus: Student in höheren Semestern oder Gehilfe eines Gelehrten

Fron: Jeder Leibeigene musste für eine bestimmte Anzahl von Tagen im Jahr für seinen Grundherrn unentgeltlich arbeiten. Die restliche Zeit reichte kaum aus, um den eigenen Lebensunterhalt zu bestreiten.

Haselhuhn: das kleinste einheimische Huhn, das im Mittelalter weit verbreitet war und in den Wäldern Europas lebte

Hebräer Esra: Gott soll die Naturgeschichte an Moses weitergegeben haben, der den Sinn aus Angst vor Missbrauch verhüllte. Die Offenbarung wollte er nur den Weisen mitteilen und auch sie durften ihr Wissen nur wieder mündlich an einen Würdigen weitergeben. Priester Esra ließ es aufschreiben, es war die *Kabbala*.

Hinterer Gressenhof: historischer Gasthof in Würzburg, in dem unter anderem durch Florian Geyer die Bauernaufstände vorbereitet wurden. Der Hintere Gressenhof in der Gressengasse wird heute *Zum Stachel* genannt.

Hübschnerinnen: Dirnen aus Gelnhausen

Hydromantie: Weissagung durch Strudel, Wellen, Strömungen, Bäche, Flüsse, Seen oder das Meer. Auch die Farbe des Wassers war zu berücksichtigen. Man ließ zum Beispiel kleine Steine in Wasser fallen. Die Aufgabe des Hydromanten war es dann, die entstehenden Wellen, Kreise oder Luftblasen zu beobachten und zu deuten. Aber auch durch Hitze flüssig gemachte Stoffe, die in einen Wasserbehälter geschüttet wurden, konnten gedeutet werden. Heute kennt man noch das Bleigießen.

In Principio erat verbum et verbum erat apud Deum et Deus erat verbum: Am Anfang war das Wort und das Wort war bei Gott und Gott war das Wort.

Joppe: Weste

Kabbala, Kabbalist: jüdische Überlieferung des geheimen Wissens um den verborgenen Sinn der Heiligen Schrift. Nach ihrer Entartung in Zahlenzauber und Dämonenlehren wurde sie die Bezeichnung für fantastische Geheimlehren. Kabbalisten verbreiten diese Lehre.

Karbunkel: Geschwür

Klosterzwinger: Klostermauer

Korbacher Vorausschau: Faust prophezeite, dass in einer bestimmten Nacht der Münsteraner Bischof seine Stadt von den Wiedertäufern zurückerobern würde, was genau so eintrat. Ebenfalls sagte er den Sieg von Karl V. über Franz I. voraus.

Krakau: Hier wurden die »geheimen« Künste öffentlich gelehrt, was an deutschen Universitäten nicht möglich war. Die größten Wissenschaftler waren hier versammelt. Zu den Künsten, die unterrichtet wurden, gehörten auch erste Anfänge der Naturwissenschaften, Chemie, Physik, Optik, Technik, Mechanik, Magnetismus und Hypnotismus, Psychologie, innere Medizin. Auch die Camera obscura, aus der sich die Fotokamera entwickelte, wurde hier vorgeführt. 1493 wurde das Astrologiestudium in Krakau in Schedels *Weltchronik* hochgerühmt.

Krappwurzel: Sie wurde als Färbemittel, aber auch zum Abführen von Nierensteinen verwendet.

Küfer: Weinbauer, auch Hersteller von Gefäßen wie Fässern etc.

Lanzette: zweischneidiges Messer für chirurgische Eingriffe

Lieder: »Damit ich nicht vergess hiebei …«, Sebastian Brant: Das Narrenschiff 1494; »Nimm dem Bauer, was er hat …«, Volkslied; »Viel Praktik und Weissagekunst …«, Sebastian Brant: Das Narrenschiff 1494

Mephisto, Mephistopheles: Name des von Faust beschworenen Teufels

Mutter Shipton (1486–1561): berühmte Wahrsagerin. Die Weissagungen im Buch sind überliefert.

Nekromantie: Totenbefragung oder -beschwörung

neun kristallene Sphären – ptolemäisches Weltbild: Dieses Weltbild des Ptolemäus wurde 200 n. Chr. geformt und blieb gültig bis zum 24. Mai 1523, als *De revolutionibus orbium coelestium* von Nicolaus Kopernikus erschien. Das alte Weltbild besagt, das Universum sei ein zauberhaftes

Gebilde, in dessen Mitte die Erde als Scheibe schwebe. Um die Erde herum drehten sich kristallene Hohlkugeln mit den Planeten, eine über der anderen – die Sphären.

Operment: Farbstoff, stark ätzend

Oratorium: Gottesdienstraum

Paradiesmeister: einer der Architekten und Erbauer vom Kloster Maulbronn, dessen Name nicht bekannt ist

Postbote von Taxis: Thurn und Taxis, Adelsgeschlecht, das Ende des 15. Jahrhunderts regelmäßige Postverbindungen einrichtete

Pyromant: jemand, der mit Hilfe des Feuers Weissagungen macht. Wichtig waren Farbe und Formen, daneben das Geräusch des Feuers, Deutung von Qualm und Rauch. Auch Opfergaben wurden ins Feuer geworfen. Verbrannten sie schnell, so galt dies als gutes Zeichen, ebenso wie die spitz zulaufende Flamme von Pechfackeln; zeigte sich eine dreizüngige Spitze, bedeutete dies künftigen Ruhm.

rotes Pulver: Es heißt, Paracelsus habe das rote Pulver, das zur Gewinnung des Steins der Weisen unerlässlich war, im Silberknauf seines Gehstocks versteckt. Räuber hätten ihm das Pulver entwendet und ihn mit dem Stock erschlagen.

Rufus, Mutianus schrieb diesen Brief am 7. Oktober 1513 an Heinrich Urbanus zu Kloster Georgenthal.

Salomo (965–926 v. Chr.): israelitischer König, Sohn Davids; galt als Weisheitslehrer, von ihm stammt das weise, salomonische Urteil.

Saufeder: Jagdspeer

Scholar: Student, meist eines höheren Semesters, der

von Universität zu Universität zog, um sein Wissen zu erweitern

Schwarzkünstler: Ursprünglich wurden nach der Erfindung des Buchdrucks durch Gutenberg Drucker so genannt, die die Kunst verstanden, schwarze Farbe aufs Papier zu bringen. Dann erweiterte sich der Begriff auf Magier, die mit schwarzen Künsten umherzogen.

Signaturenlehre: Die Lehre ging davon aus, dass man eine Pflanze nur genau ansehen müsste, um herauszufinden, wofür sie sich eignete. Das Blatt einer Rose zum Beispiel hat ein Netz feiner roter Adern, rot wie das Blut. Also konnten mit dem Rosenstrauch Störungen des Blutkreislaufs behandelt werden. Eine Walnuss sieht aus wie ein winziges Gehirn in einem knöchernen Schädel – nach dieser Lehre ein sicherer Beweis dafür, dass Gott sie geschaffen hat, um Kopfweh und Erkrankungen des Gehirns zu heilen.

Spießglas: Mittel, um Metalle zu veredeln. Paracelsus schrieb, er setze es ein, um den Metallen eine höhere Spiritualität zu verleihen.

Stein der Weisen: Sieben Stufen der Herstellung gibt es:

1. Als Erstes galt es, die Prima Materia zu finden. Zunächst musste diese rätselhafte Substanz sorgfältig gereinigt, in einem Mörser zerstoßen, mit einem höchst komplizierten Salz aus Weinstein vermischt und alles in ein eiförmiges Gefäß gegeben werden. Dieses bleibt, hermetisch verschlossen, »bei der Wärme einer brütenden Glucke« in einem Gefäß, bis der Inhalt flüssig geworden ist. Gelang das Experiment nicht, war es nicht die Prima Materia.

2. Das »Ei« muss in der Erde vergraben werden, bis die Flüssigkeit schwarz wird und verfault,

3. dann wird sie wieder hell.

4. Lacta Philosophica, die Philosophenmilch – eine ebenfalls unerklärliche Substanz –, wird hinzugegeben. Die Flüssigkeit verfärbt sich gelb.

5. Jetzt rötet sie sich bis zum »dunklen Rot dicklichen Blutes« und muss

6. mit dem philosophischen Feuer erhitzt werden, bis sie

7. grobes Pulver oder Stein geworden ist: der Stein der Weisen.

Studentenburse: Die Burse entwickelte sich aus der Notlage der Studenten heraus. Jeder bezahlte einen Beitrag in eine Gemeinschaftskasse. So wurde eine Art Internat mit den meisten Unterrichtsräumen und gemeinsamer Wohnung und Verpflegung eingerichtet.

Venezuela-Expedition: Faust stellte Philipp von Hutten, Vetter des Ulrich von Hutten, ein Horoskop für eine Expedition nach Venezuela, die von den Welsern finanziert wurde. Später schrieb Hutten, »dass es der Doktor Faust schier getroffen hat. Er hat den schlimmen Verlauf der Welser-Expedition vorhergesagt«. Philipp von Hutten verstarb dann in Venezuela.

Vier Temperamente: Die Lehre besagt, dass im menschlichen Körper Gesundheit herrscht, wenn die vier Grundsäfte des Schleims, der gelben und schwarzen Galle und des Blutes im Gleichgewicht sind. Hat einer der Säfte Übergewicht, wird man krank und muss behandelt werden: Phlegmatiker (Schleim), Choleriker (gelbe

Galle), Melancholiker (schwarze Galle), Sanguiniker (Blut).

Virdung, Johann: Die Vorausschauen Virdungs – *Prognostica* – wurden später sogar durch ein kaiserliches Dekret von Karl V. geschützt. Er weissagte unter anderem Franz von Sickingen.

Zisterzienser: benediktinischer Reformorden

Zunftleute, Zunftwesen: Zusammenschluss von Handwerkern einer Branche zur Regelung ihrer wirtschaftlichen, sozialen, zum Teil auch kulturellen, religiösen und militärischen Belange. Jede Zunft hatte ihre eigenen Kleidervorschriften, an die man sich zu halten hatte.

Im Laufe meiner Recherchen, die ich auch vor Ort vorgenommen habe, wurde mehr als deutlich, dass es selbst bei Kulturämtern nicht selbstverständlich ist, historische Arbeiten fachlich zu unterstützen. Welch bürokratische Ignoranz macht sich da teilweise breit! Deshalb ist es mir besonders wichtig, mich bei den Menschen zu bedanken, die mir eine überaus große Hilfe waren. Was wäre dieses Buch ohne Daniel Klöckner, der mir die interessantesten Informationen über Gelnhausen gegeben hat. Oder die Bildungsstätte auf Sickingens Ebernburg. Danke auch an Inge Rossbach aus Bad Kreuznach, an Frau Dr. Erika Dittrich für ihre fachliche Hilfe, an Ellen Blumert aus Erfurt und die vielen BibliothekarInnen, die – erst mal auf die Fährte gesetzt – große Schätze aus dem Fundus der Archive ausgegraben haben. Danke auch an Frau Heimke Kilian für die morgendlichen Gespräche, für Tipps und Informationen, an Reinhard für die Fahrten ins Nirwana, an meinen Sohn Kristian für unermüdliches Gegen-, Quer-, Rauf- und Runterlesen, an Hilde für jegliche Unterstützung, die ihr möglich war. Und natürlich an meine Lektorin Susanne Evans für die unkomplizierte, kreative Zusammenarbeit.